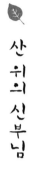

산
위
의
신
부
님

산 위의 신부님

박기호 지음

사람아, 흙으로 돌아가라!

2007년 초여름, 박기호 신부님과 길벗 사제 여섯 분이 일본의 공동체 마을 탐방을 왔을 때 처음으로 한국의 '예수살이 공동체'를 알게 되었습니다.

저는 그 만남을 계기로 일본에도 많은 공동체들이 이미 존재해왔다는 사실을 알게 되었으며 더불어 관심을 갖게 되었습니다. 그 후 박 신부님과 친하게 교류하면서 우리는 후지산 산기슭에 자리하고 있는 '와쿠와쿠무라' 공동체 마을 등을 함께 방문하기도 하였습니다. 2008년에는 일본 가톨릭 청년들과 함께 단양의 산 위의 마을도 다녀왔습니다. 호기심 가득한 눈빛으로 우리를 맞아주던 마을 아이들의 천진스러운 모습과 찬양이 마치 천사처럼 다가왔습니다. 그 아름다웠던 순간과 느낌은 지금도 제 기억 속에 깊이 남아 있습니다.

　박 신부님이 책을 내게 되었다면서 편집 중인 원고를 보내왔습니다. '삶의 증거로 전하는 희망의 메시지'라는 생각입니다. 세상과 교회와 신앙의 현실을 진지하게 고민하면서, 그 실현을 위해 도전하고 행동하는 사제의 모습이 고스란히 담겨 있었습니다. 읽어갈수록 그가 삶으로 살고 있는 공동체 운동에 대하여 더 깊이 이해하고 신뢰하게 되었습니다.

　예수살이 공동체를 처음 접했을 때 저는 크리스천 운동체로서 좋은 느낌을 받았습니다. 열성적인 여타 운동들에서 자칫 지나친 자기주장이나 조직의 경직성, 폐쇄적인 인간관계와 같은 부정적 인상이나 위화감을 느낄 때가 있습니다. 그와 같은 태도는, 운동들이 지닌 좋은 취지에도 불구하고 오해를 불러일으키거나 대중의 신뢰를 얻지 못하는 경우가 있습니다. 오사카교구와 예수살이 공동체의 청년들은 몇 차례의 교류행사를 함께해왔는데, 예수살이 공동체는 열성적이면서도 교양commonsense을 지니고 있는, 영성적인 생활 운동이라는 느낌을 받았습니다. 평신도들의 공동생활이라 해서 지나친 유토피아니즘을 지향하는 단체도 물론 아니었습니다. 책에서는 산 위의 마을이 모색하는 삶이 "대안이 아닌 원안原案의 삶"이라고 합니다. 본문의 "할머님 시대에는 그냥 사는 일이었는데……"라는 인상 깊은 표현은 "원안의 삶"의 의미에 깊이 공감하게 합니다.

저는 형제자매가 많은 집안에서 태어나 어렸을 때 물질적으로 가난하게 살았습니다. 하지만 지금도 그 시절이 제 인생에서 가장 풍요로운 시기였다는 생각을 합니다. 산 위의 마을 어린이들과 식탁을 마주하고 함께 기도하는 동안 어린 시절의 '오래된 그리움'이 떠올랐습니다. 그런 감정은 나만의 특별한 것이 아니라, 누구나 '그냥' 내면에 지니고 있는 본래적 느낌이자 원체험과 같은 기억이 아닐까 생각합니다. 박 신부님께서 말하는 "원안의 삶"이란, 바로 이 '오래된 기억'이 태초의 인간과 자연 생태가 조화를 이룬 삶으로 이어져 있으며 그 사회적 실천 형태를 의미한다고 여깁니다.

링컨은 "우리가 사이좋게 지냈던 시절의 기억으로 거슬러간다면 서로 좋은 친구가 될 수 있는 날이 반드시 온다" 하였습니다. 창조의 삶에 대한 희망이 곧 원안의 삶이라고 생각합니다. "잃어버린 본래의 삶으로 돌아가는 것"을 단순히 종교적 회심의 문제로만 바라볼 것이 아니라, 그 길로 정진하고 있는가를 성찰하는 것이 더 중요하다고 생각합니다.

하느님께서는 성조 아브라함이나 모세에게 방향을 지시하며 '떠나도록' 촉구하셨습니다. 그들은 안정적인 삶을 누리게 해주던 토지와 생업을 버리고 약속의 땅으로 떠납니다. 저는 이 '떠남'을 "하느님의 백성이 되기 위한 여정"으로, '약속의 땅'은 '하느님과의 관계의 삶'으로 해석합니다. 혈연이나 사회적 부와 지위, 기술문명을 지나치게 숭배한 나머지 하느님과의 관계가 소홀해지고 그 결과 공동체를 잃어버렸다는 것입니다. 그러므로 공동체로 산다는 것은 하느님의 백성으로서 '관계됨'을 회복하는 길이 될 수 있습니다.

산 위의 마을은 그와 같은 길을 오르도록 이끌어주고, 그 평화의 발길을 비추어주는 징표가 될 것입니다. 산 위의 마을은 예수님 삶에 비추어 자신의 삶을 직시하기 위해서 하느님과 독대하는 수행의 사막이 될 수 있다고 봅니다.

마을 가족에게 남긴 "선종의 은혜를 구하며"라는 글이 특히 깊은 감동을 주었습니다. 신부님께서 걸어온 길이 주님의 부르심에 응답하여 온전히 봉헌해온 삶이었음을 느끼게 했습니다. 사람은 결국 흙으로 돌아가는 물성의 존재이며 그렇게 살아가지만, 동시에 '하느님의 입김으로 빚어졌다'는 창조의 영성으로 살아가는 일 또한 가능합니다. 겸손하게 이 사실을 받아들인다면, 창조 본연의 삶으로의 전환 또한 가능할 것입니다.

독자 여러분과 산 위의 마을 가족, 그리고 박 신부님에게 하느님의 축복이 함께하기를 바랍니다.

2011년 9월 16일

마쓰우라 고로(가톨릭 주교, 일본 오사카교구)

松浦悟郎

*번역: 전은이 연구원(고베 대학 국제문화학 연구과 박사과정)

하느님의 선물, 자연이에게

'김자연 스콜라스티카' 안녕? 너의 탄생을 환영한다!

우리 마을에 베푸신 하느님의 축복이구나. 마을의 선물을 받아라.

소백산 구봉팔문의 명경과 맑은 하늘과 공기, 구름, 이 여름 시원한
바람과 봄, 여름, 가을 피어 있는 온갖 꽃들을 너에게 화관으로 준다. 모
든 보이고 느껴지는 순간만은 우리 것이고 너의 것이란다. 삶은 순간이
란 구슬로 꿰어져 있지.

축하금도 없고 일회용 기저귀도 없지만 우리는 '가짐 없는 부자'의 방
식으로 너의 탄생을 축하했고 사랑하고 있단다. 너는 부잣집 딸로 태어
난 거다!

네가 태어날 때 마을 가족들이 모두 걱정하며 기도했다. 보발천의 노란 생강나무꽃과 산새들이 너를 위해 노래하고 춤추었고, 마을에 첫 아기가 태어난다고 소와 닭과 염소들이 들떠서 아주 야단이었어.

땀을 훔치며 밭에서 돌아와 식당에 눕혀진 자연이의 똘망한 눈길을 마주치며 기뻐하는 가족들의 얼굴은 베들레헴의 목동의 경배고 행복이다. 이 땅에 태어나서 이만한 축복을 받은 아가들도 많지 않을 거야?

너는 태어나면서부터 공동체에 큰 축복을 선물하는구나. 우리 마을에서는 바오로 삼촌 같은 일꾼부터 갓 태어난 아기까지 모두 자기 밥값을 하고 산다. 공동체는 정말 신비로운 세계다! 제 먹을 것은 가지고 태어난다는 옛 말씀이 맞는 거다.

스승 예수님께서 "가난한 사람들아, 너희는 행복하다! 무엇을 먹고 마시며 살아갈까 걱정하지 말라, 오직 하느님 나라를 찾으라" 하셨다. 가진 것을 내어놓고 공유하며 살았더니 "그들 가운데 가난한 사람은 아무도 없었다"고 사도행전에 기록해두었다.

우리는 말씀대로 따름이 제자의 길이라 믿었고 이곳 산 위에 우리 시대 '노아의 방주'를 띄웠다. 너의 엄마 아빠가 방주의 문을 열고 들어왔단다. 이제 네가 할 일은 매순간 감사하고, 가족들과 조화롭고 기쁘게 사는 일뿐이다.

너의 앞날에 하느님의 은총과 사람들의 총애가 충분할 것이다. 아무것도 걱정하지 마라. 우리 모두가 네 인생길에 도움을 줄 것이다. 하느님의 영이 함께하시니 두려움 없이 가거라!

자연아, 너의 탄생은 하늘이 계시하시는 좋은 징조다. 인큐베이터 속의 연약했던 자연이가 이토록 무럭무럭 성장하는 것은, 주님께서 보내신 추수 일꾼들이 북적거리게 될 날이 다가오고 있다는 희망의 징조다.

씩씩하고 좋은 마음을 가진 젊은이들이 많이 찾아올 것이다. 결혼도 하고 네 동생들도 계속 태어날 거다. 세상 곳곳에서 마음 다친 이들이 찾아와 하느님을 만나고 치유 받아 일어서는, 영적 기운이 충만한 공동체가 될 거라는 예감이다! 정말 마음 벅찬 일 아니겠니?

징조가 현실로 드러날 무렵에 자연이는 꼬뮌스쿨 빵학년에 입학해서 언니오빠, 동생들과 같이 놀고 공부하며 행복하게 지내겠지.

찬양은 큰소리로 예쁘게 하고 신발정리 잘해야 하는 거 잊지 마라. 천인결사 은인들의 공덕을 잊어서는 안 된다. 마을 건립의 공로자다. 타인의 행복과 사회 발전에 도움이 되는 천직을 가져라. 경쟁하거나 영성이 없는 직업은 불행하다.

자연아! 산 위의 마을에서 태어난 첫둥이라는 운명을 받아들이고 공동체의 향기로운 꽃이 되어라. 자연이는 성년이 되면 어떤 일꾼이 될까? 농부? 수녀님? 아니면 아이들을 돌보는 선생님도 좋겠지? 진짜 그날이 올 때까지 나도 건강하게 살아 있기를 기도해야겠구나.

이 책은 신부님이 마을에 들어와 생활하면서 썼던 글모음인데, 자연이가 태어난 해에 펴냈으니 출생기념으로 삼자꾸나. 공동체 가족과 더부네들, 그리고 마을을 떠난 가족들도 함께 앉아 정담을 나누는 마음으로 읽어주면 좋겠다. 내 믿음과 숨결이 담긴 것이니 새길 것 있으면 챙겨 넣기를 바란다.

네가 이 책을 읽으며 마을의 역사와 삶에 대해 알 나이가 되면 오, 내 얼굴에 주름도 늘고 머리도 하얗게 새어 있을 거야! 흑흑! 자연아, 사랑해! 날마다 기쁘게 살자. 홧팅!

2011년 9월, 산 위의 마을에서
박기호 신부

인간에게 가장 소중한 것은 숨 쉬기다.
그러나 인간은 산소를 만들지 못한다.
오직 나무와 풀들만이 산소를 만들어낼 수 있다.

그것만으로도 풀과 나무는 존경받아야 한다.
하느님의 창조를 계승하고 있으므로.

하나

노아의 방주를
찾아서

나는 홍해를 건너 탈출하는 이집트의 하삐루
다. 소비문화라는 파라오로부터 탈출을 감행
했지만 배고픔과 사막의 목마름으로 인해 노
예생활이 그리울지도 모른다. 애굽의 고기 가
마와 야채를 그리워하는 노예들처럼 시시때
때로 서울의 삶이 그리울 것이다.

"한 처음 하느님께서 천지를 창조하셨다. 세상은 이제 막판에 이르러 무법천지가 되었다. 너는 전나무로 배 한 척을 만들어라……. 목숨 있는 동물들이 너와 함께 살아남게 하여라! 죽지 않으려거든 떠나거라. 살려 거든 어서 달아나거라. 있는 힘을 다해 산으로 피해라. 뒤를 돌아다보면 죽는다."

나는 지금 서울을 떠나고 있다. 서울을 빠져나오고 있다. 충북 단양의 산 위의 마을로 향하고 있다. 떠나야 한다. 사람은 흙에서 왔고 흙으로 돌아갈 존재다. 그런데도 흙과 분리되어 아스팔트를 밟고 콘크리트 건물 사이에서 불야성의 조명을 바라보며 사이버의 삶을 살아간다. 그런 조울증의 도시로부터 떠나야 한다. 흙을 밟고 나무 숲 사이에서 하늘의 별을 바라보며 인정으로 살아가는 푸른 생명의 삶을 찾아가야 한다. 그런 갈망의 마음과 영혼의 속삭임을 들으며 나는 떠나가고 있다.

서울에서 단양, 승용차로 세 시간이면 갈 수 있는 길인데 5박 6일 여정으로 걸어가고 있다.

나비가 되어 자유로이 날아다니는 꿈을 꾼다. 그 꿈을 이루고자 허물을 벗어내려고 지금 애벌레처럼 꾸물꾸물 기어서 가고 있는 것이다. 번신翻身! 기어가는 애벌레의 가슴에 호랑나비가 갇혀 있다. 자신의 옷을 벗어버리고 거듭나는 번신의 날, 아름다운 날개를 얻어 훨훨 날아갈 것이다. 지금 걷는 이 길이 다시는 돌아오지 못할 강을 건너는 그런 길은 아니다. 또 가지 않으면 안 되는 의무의 길도 아니다.

떠나는 내 발걸음은 생명의 빵과 물을 찾아 헤매는 목마른 영혼들의 상징이며 성사다. 어쩌면 도시를 떠나고 싶지만 마음만 간절한 사람들의 혼불이요, 떠나야만 살 길이 보인다는 투신의 상징이다. 그 상징이 가톨릭 사제인 내게는 의미심장한 영성의 행위이기에 '성사聖事, Sacrament'라고 했다.

서울. 서울은 내가 속한 교구이고 동료 사제들과 공동체와 길벗들이 있는 곳이다. 어머니가 계시고 동생들이 사는 곳이며, 1967년에 상경하여 내 인생에서 가장 오랜 세월을 살아온 인연의 땅이다.

사제는 '교회의 사람'으로서 교회에 순명하는 몸이다. 교회, 가족, 동

창, 이웃들……. 내게서 그런 인연들의 끈을 잘라버린다면 나는 전신줄에 걸린 방패연이 되고, 줄 끊어진 거문고처럼 내 존재의 소리는 사라질 것이다. 그물처럼 얽히고설킨 인연, 죽기 전에는 버릴 수 없는 관계의 몸이다.

그래도 나는 떠나야 한다고 생각한다. 이미 많은 선지식들이 서울을 떠났으며 나 또한 그들이 낸 귀향의 발자국을 따라가는 것이다. 그렇지만 주교님과 어머니를 포함해서 이웃들에게 왜 서울을 떠나야 하는지 설명하기가 쉽지 않다. 더러는 설명할 수 없는 상태가 가장 좋은 설명이 될 것이다. 내가 떠나면 모든 인연들과 더욱 친밀하고 의미 있는 일치를 이룰 수 있을 것이라 믿는다.

첫날 오전에는 아무 생각 없이 무념무상으로 걷기만 하자 마음먹었지만 온갖 잡념망상이 가득하다. 묵주기도를 무한정 바치면서 모란에서 광주로 넘어가는 이배재 고갯길에 들어선다. 옛길이라 차량도 사람도 다니지 않는다. 다른 자동차 전용도로가 직선으로 뚫렸기 때문이다. 오르막이지만 힘들지 않다. 이 고개를 넘으면 또 어떤 고개가 나올지, 가보지 않은 길이라 알 수 없다. 어차피 걸어가야 할 길이라는 것만 안다.

드라이브족으로 보이는 승용차 한 대가 느리게 지나면서 자꾸 쳐다본다. 등산로도 아닌데 어딜 가느냐고 묻는 듯하여 친절히 대답한다.

"난 피난민이라오. 내 뒤쪽을 봐요, 지금 혼돈의 땅을 탈출하는 중이오. 풍랑을 피해 항구를 찾아가는 조각배랍니다. 단양으로 가는 중이에요. 걸음이 바쁜 것은 목숨을 살리기 위한 앙탈이라서 그럴 겁니다. 나는 다가오는 장마를 피해 집을 떠나는 개미지요. 그들은 운명의 공동체

입니다. 나도 개미처럼 기어가서 공동체 대열에 합류하려는 겁니다. 성경을 아세요? 창세기에 '노아의 홍수' 이야기가 나옵니다. 나는 지금 심상치 않게 밀려오는 먹구름을 두려운 눈으로 바라보고 있습니다. 그리고 노아의 방주를 향해 빠르게 걸음을 옮기는 중이랍니다. 살길을 찾아 산 위의 마을로 가고 있지요!"

나는 소비문화라는 노예의 삶을 청산하고자 홍해를 탈출하는 이집트의 '하삐루'다. 탈출은 결행했지만 배고픔과 사막의 목마름으로 인해 노예생활이 그리울지도 모른다. 고기 가마와 풍성한 야채가 생각나듯이 시시때때로 서울의 삶이 그리울 것이다.

"돌아보지 마라. 돌아보면 죽는다!"

소돔과 고모라성에 내린 유황불의 저주를 뒤로하고 탈출하던 롯의 아내는 도시에 대한 미련을 못 버리고 돌아본 순간 소금기둥이 되어버렸다.

나는 16년 동안 서울 시내 본당에만 붙박이로 사목했다. 며칠 전까지 서교동 본당 주임이었으나 지금은 산 위의 마을을 향해 걸어간다. 안식년의 자유로운 몸인지, 더 무거운 멍에를 메고 나선 건지 모르겠다.

5박 6일 '길 위의 시간'을 세운 것은 피정避靜으로 마련한 여정이다. 본래 마을에 들어가기 전 며칠 정도 피정을 다녀오고자 했는데 생각을 바꾼 것이다.

길 위. 좋은 상징이다. 길 위에 있는 것은 앉아 있지 않다. 길도 이정

표도 살아 있다. 살아 있는 모든 것은 움직이고 운동한다. 이상은 빛나고 실천은 기운차다. 제자들에 대한 스승 예수의 가르침과 삶, 그리고 스승과 제자의 대화도 길을 가는 도중에 이루어졌다. 길은 가르침이요 희망이며 하느님 나라의 운동이다.

내가 걸어갈 길 위에서는 아는 사람도 만날 사람도 없다. 빨리 가거나 천천히 가야 할 이유도 없다. 홀로 걷는 길 위의 시간은 하느님과 온전히 독대할 수 있는 기회다. 좋은 피정이 될 것이다. 이 길 위에서 본당 사목 중에 시작한 예수살이 공동체 운동과 무소유의 공동체 삶에 대해 좀 더 깊고 솔직한 묵상을 하고 싶다. 나는 어떻게 살아온 사람이며, 어떤 삶을 살아야 하는가? 그분께 답을 얻고 싶다. 그리고 내 남은 생에 대한 컨설팅도 해보고 싶다.

산 위의 마을, 공동체라는 불투명한 삶으로 향하는 걸음이 비록 모래바람 흩날리는 사막의 밤을 눈물 흘리며 걸어가는 은수자의 여정과 같을지라도 나는 감사할 것이다. 그분이 함께 걷는 길이라고 믿기 때문에.

산비둘기 두 마리. 길 가에서 눈길 마주치다.

이배재 고갯길을 넘어서 한참 걸었는데도 숲으로 가려서인지 광주 시가지가 보이지 않는다. 이동률 바오로 형제는 벌써 마을에 도착했을 것이다. 바오로 형제는 산 위의 마을에 사는 마흔아홉 살의 독신자 가족이다. 내선전기 기술자인데, 진실하고 성실하기 이를 데 없는 친구다. 내가 시흥4동 본당 주임을 하던 7년 전 낚시 친구로 만나 세례를 받았고 지난 1년 반 동안 마을과 함께했다.

오늘 아침미사를 예수살이 밀알의 집에서 함께 봉헌했다. 내가 주례하면서 나를 파견하는 미사였다. 2006년 2월 17일 금요일이다. 바오로 형제는 승용차로 나를 잠실 전철역에 내려주고 곧바로 단양으로 갔던 것이다.

나는 사흘 전 서교동본당 주임 자리에서 물러났다. 마지막 미사를 봉헌하고 나서던 날 포천 송우리에 모신 아버님 묘소에 들러 인사를 드렸다.

"제가 이제부터 신부생활 좀 힘들게 할 것 같습니다. 자청한 일이니 잘 하도록 도와주십시오!"

곧바로 광덕산 '평화의 집'으로 갔다. 평화의 집은 장정숙 수산나 씨가 오갈 데 없는 중증 장애인들을 거두어 돌보고 있는 곳이다. 수산나 원장은 신심이 깊고 기도를 많이 하는 분이어서 종종 기도를 부탁하러 가곤 한다.

"도와주세요. 내가 사제생활에 지치지 않도록 기도해줘요!"

이튿날 어머니께 가서 하루를 푹 쉬고, 다음날 아침 경기도 화성의 산안마을(야마기시즘실현지)로 윤성렬 선생을 만나러 갔다. 윤성렬 선생은 일찍이 사회운동에 참여하여 특별히 유기농업과 축산으로 생활 중심의 운동을 실천했던 분으로 일본 야마기시즘 운동을 도입해서 연찬회도 주관하신다. 산 위의 마을로 들어가면서 공동체 원로에게 힘을 얻고 싶었다. 좋은 조언을 많이 해주셨다.

그날은 45년 전에 돌아가신 할머님 제삿날이기도 했다. 고모님과 누님, 누이와 아우 내외가 왔다. 어머니는 조상님들의 제사를 지성스럽게 모셔오셨다. 친척들도 와서 전통적 형식으로 지내는데 나는 장남이기 때문에 늘 제주祭主가 된다. 내년부터는 매년 참석할 수 없을 것 같아서 더욱 정성껏 절을 올렸다.

"할머니, 우리가 지금 건강하고 조화로운 삶을 공동체에서 찾아보겠다고 법석 중인데요, 그게 뭐냐면, 사실은 할머니랑 함께 살던 옛날 생활로 돌아가는 겁니다. 할머님 시대에는 그냥 사는 일이었는데 이제는 대안이다, 귀농이다, 공동체 투신이다, 야단을 떨면서 시작하는 거랍니다. 할머니, 도와주세요!"

마을에 들어가기 전의 시간들이 평소와는 조금 다른 느낌으로 다가왔다. 마치 아주 먼 길을 떠나는 듯한 기분이었다. 언젠가 내가 죽기 전에도 이런 감정이 들 것 같다. 김승훈 신부님도 돌아가시기 직전 주교님과 면담을 하신 후에 명동성당 건물을 한 바퀴 도시면서 제의실 뒤편 벽돌과 창문을 하나하나 쓰다듬더라고 한다. 죽음을 앞둔 당신의 마지막 느낌이었을 것이다.

다리가 아파서 도롯가의 그늘에 앉으니 담배 생각이 난다. 그럴 줄 알고 대용품으로 초코사탕 한 봉지를 배낭에 넣었는데 심심할 때마다 하나씩 먹었더니 빈 봉투다. 사순절이 2주 앞으로 다가와 있다. 해마다 사순절에 극기와 절제의 수련으로 교우들과 함께 담배를 끊는 행사를 했다.

"교우 여러분! 사순절에 예수님의 수난공로를 따르는 공덕을 쌓기 위해서 고행, 극기, 절제를 하나씩은 해야 합니다. 술을 끊든지 담배를 끊든지 단식을 하든지, 매일 가족과 30분 대화를 하든지, 화를 낼 때마다 1만 원씩 내든지, 암튼 하나씩은 합시다! 그리고 술, 담배 끊기 같은 것은 공동으로 하는 게 효과적입니다. 모두 찬성하시죠? 대답이 없는 걸 보니 모두 감동하여 찬성하신 걸로 알고, 그럼 잠시 후 나가실 때 담배를 모두 수거할 테니 바구니에 넣어주십시오. 그리고 부활절 아침을 맞아 저와 함께 맛있는 담배 한 대씩 힘차게 피우도록 합시다!"

금연은 사순 첫 주일 교중미사 때 공지사항으로 단골 메뉴였다.

그런데 금년에는 사정이 생겼다. 지난달 마을에 갔을 때 가족회의에서 음주 문제가 제기되었다. 밭일을 하면서 한 잔씩 하는 정도였던 것이 점점 늘게 되어 논의 끝에 술을 마시지 않기로 했고, 대신 나도 담배를 끊기로 약속한 것이다. 이제 마을에 도착하면 어쩔 수 없이 금연 약속을 지켜야 할 판이다. 더구나 장거리 도보를 하게 되었기에 사순절 일정을 조금 앞당겨 금연을 시작했다.

길에는 가게도 없고 먹을 것이라곤 반 병 남은 생수뿐이다. 물만 홀짝거리면서 쉬다가 일어서서 걷다가, 또다시 쉬다가 하면서 차량도 다니지 않는 옛 국도 고갯길을 넘어간다. 길에서의 기도는 묵주기도가 최고다. 15단이 순식간이다. 벌써 해가 서쪽으로 많이 기울었다.

휴대폰을 껐다. 하루 두 번 식사 때만 켜기로 했다. 광주를 지나는데 3월의 짧은 해는 이미 넘어가버리고 어스름이 밀려왔다. 고갯길을 하나 넘으면 곤지암이다. 밤이 되니 적적함이 느껴진다. 그나마 가로등과 건물들이 거의 연이어 있어서 어둡지 않다. 종아리가 뻑뻑해오는 느낌이지만 계속 걸었다.

8시에야 소머리 국밥집에서 저녁을 먹는데 '겁나게' 맛있다. 옛날에도 낚시 다닐 때면 국밥집에서 저녁을 먹곤 했다. 낚시꾼 친구들의 얼굴이 그립다. 당시 참붕어 단골꾼이던 강승한, 권혁동 신부와 셋이서 낚시를 떠났던 월요일 새벽, 중부고속도로 곤지암과 호법IC 중간쯤에서 중앙분리대를 올라타는 교통사고를 냈다.

한참 만에 깨어나니 누군가가 휴대폰으로 전화를 하고 있었다. 지나

가던 차량이었다. 다행히 새벽이라 차량 통행이 적어 대형사고는 면했
으나 성모병원에 줄줄이 입원을 했고, 프라이드 승용차는 폐차되고 말
았다.

 식사를 마치고 사우나를 찾아갔다. 평소의 습관처럼 열탕과 냉탕을
왔다 갔다 할 참이었다. 그런데 열탕에서 냉탕으로 들어가는 순간, 어?
갑자기 왼쪽 허벅지에서 종아리 사이로 찌릿하며 뻣뻣한 경련이 일어났
다. 쥐가 난 것이다. 큰일 났다. 5박 6일을 가야 하는데……. 뜨거운 열
탕에 계속 담그고 풀리기를 기다렸다. 이럴 때는 냉탕이 좋은지, 열탕이
도움이 되는지 잘 모르겠다. 더듬거리다시피 2층 여관 계단을 올라가
다리 밑에 베개와 이불을 받치고 누웠다. 내일 아침이면 감쪽같이 말끔
하기를 바라며…….
 위~잉! 모기 소리가 들려 킬러를 살포해야겠구나 생각했지만 일어나
기 귀찮다.

 너, 모기 운 좋은 날이다!

16
년
전,
트
라
피
스
트

어허 참, 아침에 일어나니 다리 경직이 심하여 절룩 걸음이다. 낭패
다. 해장국 한 그릇을 비우고 식당 벽에 무심히 기대어 앉았다. 이제 딱
하루를 걸었는데 어떻게 하나? 잠시 망설이다 '그래, 가는 데까지 가보
자!' 천천히 일어서서 걸음을 계속했다. 첫날 너무 무리한 것 같다. 평소
에 자주 걸어 다니거나, 등산이나 자전거를 좋아한 것도 아니면서 무작
정 걷겠다는 것이 무모했다. 그래도 며칠 정도 걸어가기로 할 때는 나름
대로 자신감이 있었다.

나는 어린 시절 조정래의 장편《태백산맥》의 무대가 된 벌교중학교를
다녔다. 집은 벌교읍에서 8킬로 떨어진 고흥 동강인데 차비를 아끼기
위해서 친구들과 자주 걸어 다녔다. 자전거로 통학하는 고등학생의 조
수가 되어 가방을 함께 묶고 고갯길을 올라갈 때는 자전거를 밀어주고,

하나 : 노아의 방주를 찾아서

29

내려갈 때는 매달려 타고 다니기도 했다.

중학교 1학년의 보통 빠른 걸음으로 한 시간가량 걸리는데 장날이면 머리에 짐을 잔뜩 인 할머니들이 우리를 추월해가시곤 했다. 그때는 모두 그렇게 다녔다. 지금은 장정들도 시간당 4킬로 정도밖에 못 걷는다고 한다. 현대인의 신체 기능은 급격히 퇴화하고 있다.

옛날 생각만 하고 한 시간에 6킬로는 걸을 수 있겠다는 계산이었는데 큰 착오였다. 더구나 성남 이배재 고갯길에서 속력을 낸 것이 화근인 듯하다. 계속 가자니 다 못 가서 어떻게 될 것 같고, 계획을 취소하자니 웃음거리가 될 것 같다.

왼쪽 다리의 통증을 참으며 어기적어기적 걷다 보니 불현듯 16년 전 트라피스트수도원에서의 생활이 떠올랐다. 35세 만학도로 신학교에 입학한 나는 학년 최연장자였다. 동료들은 나를 '기호 형'이라 불렀는데, 나이는 많지만 철이 덜 들었었다. 덕분에 신학교 생활 6년을 동료들과 행복하게 지냈다.

신학교 6학년은 초급 성직자인 부제반으로 사제서품을 준비하는 마지막 단계. 졸업을 앞둔 2학기 최종교수회의 사제서품 심의만 통과하면 된다. 그런데 나는 동료 세 명과 함께 서품 심사에서 탈락하게 되었다. 이유는 신학교의 전설로 묻혀 있다.

신학생은 오로지 사제서품을 기다리며 사는데, 서품에서 누락되었다는 것이 사형선고처럼 느껴졌다.

교수회의의 결정은 절대적으로 존중하는 것이 가톨릭교회 사제 양성의 관례다. 괴롭고 힘든 하루하루를 보내면서 어쩔 수 없는 일이라고 체념도 해보았지만 공황감이 너무 컸다. 용달차에 책을 싣고 혜화동 대신학교 교정을 돌아다보고 또 돌아다보며 울면서 나섰다.

한 달 후 교구장이신 김수환 추기경님과의 면담이 있었다.

"어쩔 수 없네. 은총의 시기로 삼아보도록 하게. 사순절을 산다고 생각하고 기도 열심히 하며 지내도록 해!" 하셨다. 1년을 기다리는 일은 아무것도 아니었지만, 주변에 대한 신뢰가 무너져 공황 상태가 계속되었다. 며칠 후 교구청 성소국으로부터 트라피스트수도원에 가서 생활하도록 지시를 받았다.

나를 위해 밤낮 기도로 살아오신 어머님은 물론 형제들 마음을 생각해도 안쓰럽고, 본당 신부님과 교우, 은인들에게도 송구한 일이었다. 완전히 기가 꺾였다. 본당 사제관에서 시름시름 지내던 어느 날 아침, 사고가 터졌다. 일어나려는데 엄청난 통증과 함께 허리가 말을 안 들어 꼼짝할 수가 없었다. 눈도 어지러워 물체가 돌았다.

직감적으로 정신적 쇼크 현상이라는 생각이 들었다. 그동안 태연한 척했지만 정신적 충격이 너무 컸고 속 깊이 찔려버린 것 같았다. 엑스레이를 찍으니 요추에 이상이 왔다고 보여주었다. 추나요법을 하고 침을 맞았지만 전혀 호전이 없고 눈에는 엄청난 난시가 발생했다. 트라피스트로 가야 하는 날은 하루하루 다가오는데 몸이 부서져버린 것이다.

'어떻게 하나? 움직일 수도 없는데……'

서품 심의에서 탈락한 동료는 모두 네 명이었는데, 형제들을 위해서라도 내가 빠져서는 안 되었다. 안경을 맞추어 쓰고 파스를 한 묶음 사서 옷가지와 책을 챙겨 파주군 법원리의 트라피스트수도원을 찾아갔다. 수도원의 일과는 아주 단순하다. 새벽 2시 30분에 기상하여 800여 미터 거리의 수도원 성당에 올라가 3시에 독서기도와 미사를 시작으로 하루 여섯 번의 기도, 오전과 오후의 침묵 노동을 마치면 저녁 7시 30분에 취침한다.

문제는 움직일 수 없는 몸 상태였다. 원장 신부님께 사정 얘기를 하고 침이라도 맞으러 다녀야 하지 않을까 고민하다가, '에이, 그냥 죽자!' 결정했다. 침으로 될 일일까 싶기도 했고, 어떻게 되든지 말든지 자포자기의 심정으로 아픈 것을 무시하고 움직이기로 했다. 땅 구덩이 파기, 염소사 치우기, 나무 옮겨심기 등 몸을 학대하다시피 노동에 전념했다. 낮에는 움직일 만했지만 밤과 새벽에는 다시 경직이 오곤 했다.

그런데 살아났다. 꼭 일주일이 지난 날 아침에 일어나니 몸이 풀려 있었다. 몸살에서 풀려나듯 가벼워졌다. 시력도 돌아왔다. 몸이 풀린 것으로 보아 마음과 정신에서 어떤 포기가 이루어졌거나, 무엇인가 정리가 되었나 보다 하는 생각이 들었다. 내 안에서 나와는 별개로 일어난 일이었다.

그때 알았다. 신의의 붕괴와 저항할 길 없는 좌절감, 영적 공황 상태 등이 몸으로 반응될 수 있다는 것을. 그렇게 다친 마음의 상처를 자가 치유하는 힘은 몸을 쓰는 노동에서 나온다는 것도 믿게 되었다. 그래서 지금까지도 영혼과 마음을 치유하는 데는 육체노동이 위력을 가진다는 사실을 믿고 상담하는 이들을 독려하고 있다.

사순절의 마지막 주인 성주간에 트라피스트수도원을 나와 동료와 함께 대방동 살레시오수도원으로 옮겨 대림절까지 살았다.

16년 전 트라피스트에서의 노동을 회상하니, 지금 절름거리며 간다는 사실이 우습게 느껴진다. 제 발로 걷겠다고 나섰다가 이렇게 됐으니 누굴 원망할 일도 아니고, 그냥 껑충거리며 가면 될 일이다. 오늘이나 늦어도 내일이면 풀릴 것이다. 이천을 향해 절름거리는 발걸음을 재촉했다. 고개를 넘어가자 왼쪽 다리의 경직이 많이 풀리고 약간 뻐근한 정도였다.

국도 좌우로 석물 전시장들이 나타났다. 아주 정교한 불상들도 있어서 구경했다. 보살석상을 다소 변형해서 성모상을 만든다면 종교 심성에 맞을 것 같다는 생각이 들었다. 성모상은 어느 작품이나 너무 서구적이고, 한국의 성모상들은 추상적 요소가 너무 강해서 불만이다.

왼쪽으로 이천 시내가 보였다. 박경숙 크리스티나 자매가 생각났다. 우리 마을 '천인결사' 은인이고 공동체 행사에 자주 참가하는데 겸손하고 친절한 얼굴이다. 이천에서 백초당약국을 경영한다고 들었다. 근교에는 성안드레아정신병원이 있어 양운기 원장 수사님도 생각났다. 한국순교복자회 수도사로서 인천에서 오랫동안 노동자 사목을 했다. 예수살이 길벗으로 공동체 청년들과 마을 가족들의 상담, 피정 지도도 종종 해주신다.

미란다호텔 온천 건물이 나타났다. 일정상으로는 계속 걸어야 하지만 이럴 때는 유혹에 빠져보는 것도 좋을 듯하다. 혹시라도 늦어지면 하룻밤 더 자고 가면 되지 뭐! 나야 급할 것 없다. 온천에 들어가 한 시간을 푹 담그고 나니 아주 상쾌하고, 뻐근하던 다리도 거의 풀렸다. 아이스크림 하나를 입에 물고 나서니 천하에 부러울 것이 없다.

이천에서 장호원 방면의 길은 정말 최악이다. 국도 옆에 인도가 없어서 걸을 수 있는 공간이 전혀 없다. 가드레일에 바짝 붙어 가는데 대형 덤프트럭들이 살인적인 바람을 몰고 지나갔다. 아차, 하면 사고다. 미화원의 X자 형광색 옷을 걸쳤어야 하나…….

산업화 시대의 도로는 사람과 수레와 자동차가 함께 다닐 수 없고 각각 전용도로가 있다. 전용도로에서의 사람은 승용차라는 박스 안에 담겨 포장되어야 사람으로 인정받고, 비로소 경치와 먼 하늘을 바라볼 수 있는 자격도 주어진다. 슬픈 일이다.

2월인데도 대낮의 햇볕이 따갑다. 추위를 많이 타서 두툼한 파커를 입었다. 서교동 본당에서 청소년 담당을 했던 조현준 신부가 지난겨울 선물해준 것이다. 배낭은 김경식 신부가 사주었다. 형제, 도반들의 정을 입고 메고 함께 걸어가게 해준 후배 신부들의 따뜻한 마음이 고맙다. 공동체는 도반의 삶이다.

신학이나 사목에서 공동체는 너무 흔한 언어다. 중남미의 바닥공동체나 본당사목에서의 소공동체, 혈연과 지연의 전통사회의 유대감 정도로 들어왔던 공동체란 개념을 실체로 접하게 된 것은 공동생활 공동체를 탐방하고 나서였다. 자녀를 가진 여러 가정이 모여 가톨릭교회의 수도원과 같거나 유사한 구조의 무소유 삶으로 100년 혹은 400년 가까운 역사를 이어온 삶의 현장은 큰 충격을 주었다. 종교적 가르침을 따르거나 혹은 사상에 대한 신념에 따라 구도자로 살아가는 모습은 신비스럽게 다가왔다. 신비란 자신에게 알려지지 않았던 어떤 실체를 보게 하는 계시다. 이제까지 내 삶과 무관했던 어떤 세계가 자신을 드러내서, 체험되는 것이다. 공동체라는 창틈으로 들여다본 세계는 우리 시대가 무엇을 소중한 가치로 삼고 지향해야 하는가를 보여주었다. 일그러진 삶에 대한 치유의 모델로서 존재하는 빛이었다. 진정한 진보는 근본주의에 있었다! "산 위의 마을은 드러나게 마련이다" 했는데 공동체야말로 시대의 빛이며 산 위의 마을이었다.

공동체 마을을 찾아갈 때마다 내 집 같은 느낌이 들었다. 모두 처음 보는 얼굴이지만 오랜 식구 같은 친밀감이 들었다. 그들 역시 공동체 생활자가 찾아가면 아무 경계심 없이 가족처럼 대한다. 피는 물보다 진하지만, 영적 지향의 일치는 피보다 훨씬 고결하다는 것을 생각하게 된다.

일본의 '아타라시키무라'에서는 91세의 할아버지가 홈페이지 웹마스터를 하고 계셨고, 89세의 할머니가 미술관 사서를 하고 계시던 모습이 생각난다. 지금은 돌아가셨다고 들었지만 공동체의 노인들은 한결같이

건강하게 사시다 건강한 죽음을 맞이하신다. 공동체 안에 산부인과가 있어서 아기를 낳고, 공동체에서 태어난 아이들이 유치원과 학교 교사가 되어 다음 세대를 가르친다.

도요사토 야마기시즘실현지 안의 산부인과의원에는 각국의 공동체 멤버들이 찾아와 출산을 하고 산후조리를 하고 있었다. 상냥하고 총명해 보이는 유치원 교사를 만났는데 스무 살이라고 했다. 공동체에는 몇 살 때 들어왔는가 물었더니 부모님이 들어와서 자기는 그곳에서 태어났다고 했다. 순간 야마기시즘이 큰 바위나 거목처럼 느껴졌다.

젊은이에서 90세 이상의 노인에 이르기까지 그 밝고 환한 얼굴들이 떠오른다. 산 위의 마을을 향해 발걸음을 옮길 때마다 그들 마을의 형상이 더 진하게 다가온다.

이천에서 멀어질수록 가로등이 줄어든다. 어둠이 짙어서야 가남면 소재지에 도착했다. 가게에 들러 물어보니 "민박은 없고, 저~쪽에 여관이 있는데, 인부들도 다 거기서 자요!" 한다. 찾아갔더니 건설 현장 인부들이 식사를 마치고 왁자지껄 떠들며 들어가는 중이었다. 방값은 저렴했지만 난방이 시원찮아 조금 썰렁하고 온수도 미지근했다.

다리가 아프지 않다. 모든 현상은 변화한다.
사라진 것은 회상으로 존재한다.

오늘은 일요일. 신자도 성당도 없는 주일을 맞았다. 신부가 되고서 처음이다. '길 위의 미사'로 바쳤다. 가로수 사이로 걸어가면서 입당성가를 불렀다. 사제로서 부족하고 위선적인 것들을 생각했다. '매일미사'로 독서와 복음을 읽었다. 친구들에 의해 예수께 안내되어 치유받게 된 중풍 병자 이야기였다. "도반을 통해서 오는 구원! 공동체는 구원의 최고 조건이다!"

잠시 서서 벌판 건너 솔밭을 향해 손을 벌리고 기도했다.

"온 누리의 주 하느님, 찬미 받으소서. 주님의 너그러우신 은혜로 저 농부들이 땅을 일구어 얻은 곡식을 주님께 바치오니 생명의 양식이 되게 하소서!"

"받아먹으라. 너에게 내어주는 내 몸이요 피다. 내 등에 업히라. 너를 위하여 동행하는 나의 여정이다. 이제 어렵고 힘들 때마다 내가 함께 있음을 기억하라!"

아침 일찍 지나가는 경운기를 향해 평화의 인사도 나누었다. 파견성가로 '지상에서 천국처럼'을 불렀다. 쉰 목소리지만 내가 듣기에도 청년처럼 우렁차다. 노래와 발걸음에 맞추어 박수도 힘차게 쳤다.

"지상에서 천국처럼 자유함으로, 지상에서 천국처럼 늘 기쁨으로, 지상에서 천국처럼 투신의 넋으로……!"

지나가는 사람이 보았다면 살짝 맛이 간 노숙인으로 여길 것 같다. 나는 앞으로 노숙인을 그렇게 보지 않을 것이다.

발걸음은 가벼운데 바람이 차다. 저 멀리 길이 쭉 뻗어 보이는 가운데 묵정과 관상의 순간들을 맞이한다. 언젠가 읽은 초의선사의 일대기가 떠오른다. 초의선사는 귀양 온 다산 정약용과 완당 김정희와 사귐 교분으로 강진에서 한양을 네 번이나 다녀갔다. '걸어서 한양까지!' 한 번 상경에 보통 엿새와 짚신 일곱 켤레가 필요했다고 한다.

'걸어서 천국까지!' 노틀담수녀회의 모토가 생각났다. 내가 들은 모토 가운데 가장 강력한 인상을 주었고 순식간에 그들의 영성으로 끌고 가는 프레임이었다. 어쩌면 이상과 현실이 합일된 언어를 그렇게도 간결하게 빚어낼 수 있었을까! 아마 누군가 무심코 떠올린 한 생각이었을 가능성이 크다고 본다. 그런 예언자적 언어는 무심의 영감에서 계시되는 경우가 훨씬 많은 법이다. 신비의 차원이란 특별한 무엇이라기보다 늘 그렇게 나타난다. 그래서 사람들은 신비를 체험하지 못할 때가 더 많다.

노틀담수녀회는 걸어서 천국까지 가겠다고 하고, 젊은이들은 산티아고 데 콤포스텔라 성당까지 한두 달씩 '걸어서 순교자의 길을' 순례한다. 수경 스님과 문규현, 전종훈 신부는 삼보일배 오체투지로 '기어서 서울까지' 순례했다. '5박 6일 걸어서 단양까지'는 너무 어쭙잖다. 다만 '걸어서!'의 마음은 닮은꼴이다. 출발하는 마음도 닮았고, 너와 내가 흙에서 왔고 흙 위를 걷는 것도 닮았으니 그것만으로도 피조물의 친밀성과 신앙의 진정성을 공유한다.

장호원으로 가는 길, 늘어나는 차량으로 더욱 심해진 매연에 얼굴을 찌푸리며 걷다 보니 도보를 '팔당—양평—여주—옥계—제천' 코스로 잡았더라면 하루 더 가는 대신 아름다운 길을 걸을 수 있었을 텐데 하는 아쉬움이 들었다. 늘 지름길만 생각하며 살아온 습관의 한계다.

습관에는 영감의 자리가 없다. 자연의 생김은 곡선이고 인공은 직선이다. 도시의 물건들은 모두 네모고 두메산촌과 인적 없는 섬에 있는 것들은 모두 곡선이다. 해와 달, 산, 강, 숲, 초가집, 골목길, 밭두렁, 가축, 꽃까지 모든 것이 그렇지 않은가. 직선이란 가장 빠른 지름길이다. 현대인은 모두 직선만 생각하며 살아간다. 최연소 합격부터 고속승진까지!

얼마나 왔을까? 온 만큼 서울에서 멀어졌는가, 가는 만큼 단양이 더 가까워졌다고 볼 것인가? 갑자기 누군가 같이 걸었으면 좋겠다는 생각이 들었다. 태어날 때부터 혼자인 존재는 없다. 태어날 때는 큰 것에 기대고, 자랄 때는 또래와 함께 있고, 어른이 되어서는 자녀를 품에 안고 있다. 그리고 죽음에 이르러서는 다시 나의 탄생을 맞이하는 저편의 세계가 있다.

먼 읍내의 장을 걸어서 가건, 달구지를 타고 가건 길동무는 늘 있었다. 길동무는 도움을 주는 친구이자 협력자이고, 새로운 세계의 네트워크이며 서로에게 필요한 존재다. 그런데 출발에서 지금까지 단 한 명의 길동무도 나타나주지 않는다. 길벗이 사라진 시대다.

그렇지만 혼자 가는 길은 아니다. 뜨거운 형제애를 나누는 더부네들이 있고, 산 위의 마을을 후원하는 '천인결사' 은인들이 있다. 또 하나둘 모여드는 마을 가족들이 있다. 결코 혼자일 수 없는 길이다. 언젠가 이 길을 따라 많은 예수살이 민들레와 제자단 가족들이 무리를 지어 산 위의 마을을 향해 걸어갈 것이다. 나는 지금 그 길을 내고 있는 중이다. 길 없는 곳도 사람이 가면 길이 되니까.

2년 전 산 위의 마을 터를 얻기 위해 헤매고 떠돌아다니던 순간들이 떠오른다. 경기, 충남 일대는 서울과 지리적으로 가까운 만큼 땅값이 비쌌다. 그래서 홍천, 강림, 주천, 횡성, 제천, 충주, 멀리 문경과 예천까지, 우리를 위해 친히 남겨두고 마련해두신 약속의 땅을 찾기 위해 얼마나 돌아다녔는지 모른다.

부동산 중개인들은 하나같이 투자 가치가 있는 땅만 소개했다. 실제로 그들의 말을 들었다면 돈도 벌 수 있었을 것이다. 겨울에 답사할 때

평당 3500원이던 임야가 이듬해 가을 1만 5000원에 매매되는 것을 보았다. 땅이 마음에 들면 가격이 높고 가격이 낮으면 너무 열악했다.

우리는 무소유의 신앙공동체로 살아가려는 것인데, 모두 도시 출신인데다 생태유기농업 방식을 고집할 계획이어서 기존 마을과 조화에 어려움이 있을 수 있음을 생각했다. 기존 마을과 조금 떨어진 독립적 공간이 필요했다. 생태 환경을 보존할 벨트가 숲으로 조성되어 있고 농업생산이 가능한 땅이라야 했다. 말하자면, 자연 생태가 잘 보존되어 있는 곳, 개발되거나 땅값이 오를 전망이 없는 곳, 조금은 불편하더라도 독립성이 보장되는 곳, 건축 영농자재를 실어 나르거나 응급 차량의 접근이 가능한 곳, 북서풍이 막아지는 곳이면 좋겠다고 생각했다.

그런 땅은 아무도 눈길을 주지 않는 열악한 오지밖에 없을 것이다. 그렇게 해서 얻은 곳이 지금의 단양 산 위의 마을이다. 물이 귀한 곳이다. 마을 곁에 맑은 계곡이 흐른다면 좋겠지만 그런 곳이 돈 없는 우리 차지가 될 리는 없다. 그래도 500미터만 내려가면 계곡이 흐르고 있으니 그만하면 되었다.

중개인과 문경을 다녀오던 어느 날 지금의 마을에 들르게 되었다. 한 스님이 살던 빈 암자가 보였다. '이 정도면 후보지로 삼을 만하다' 했더니, 차마 이런 열악한 곳은 전혀 생각하지 못했다고 한다. 그렇지만 우리는 하느님께서 감추어두셨다가 마지막에 보여주신 땅이라 여겼고, 그 터 위에 산 위의 마을을 세웠다.

장호원 시가지와 왼쪽으로 감곡성당이 눈에 들어온다. 좁은 샛강을 사이에 두고 경기도 장호원과 충북 감곡으로 갈리는 재미있는 고을이다. 장호원성당은 수원교구이고 감곡성당은 청주교구이다.

해는 이미 넘어가버렸다. 밥 짓는 연기가 마을 골목을 덮을 어스름의 시간이지만, 이제는 농촌에도 연기 나는 집이 거의 없다.

감곡에서 옥계 엄정까지는 옛 국도를 살려두었다. 사람을 위한 길처럼 느껴진다. 고마운 일이다. 날씨도 선선하여 그대로 걸었다. 가로등이 없어 어두웠지만 텅 빈 아스팔트길이어서 안전하고, 밤길을 걷는 기분이 특별했다. 신비롭고 비밀스러운 동굴을 더듬어 따라가는 듯한 기분이었다. 달도 뜨지 않은 칠흑 같은 밤인데 가끔 멀리서 차량이 나타나 곁을 지나칠 때까지 조명이 되어주었다.

앙성을 지나다 온천 목욕탕에서 몸을 담그며 다리를 풀었다. 능암에 도착하니 8시였다. 호텔 못지않은 거창한 모텔로 들어갔는데 카운터에는 중년의 아주머니가 손자를 안고 있었다. 손님이 끊어진 지 오래여서 침실 몇 개만 운영 중이라 했다. 복도의 불빛도 흐리고 인기척도 없어 이상한 영화 속으로 들어간 듯 기분이 좀 그렇다.

3일째 밤이고 여기는 충청북도. 절반은 왔다.

만족스럽다. 푹 자자!

날씨가 무척 화창하다. 충북 지역은 올갱이(다슬기) 국밥이 유명해서 낚시 다닐 때 자주 먹었다. 올갱이 해장국을 먹으면서 휴대폰을 켜니 강승한 신부의 문자메시지가 와 있다. '어디만큼 가고 있느냐?'며 중간에서 잠시 만나자고 한다. 마음이 안 놓이는가 보다. 강 신부는 신학교 입학 동기에다 같은 본당 출신으로 나와는 호형호제하는 사이다. 지금은 예수살이 공동체의 살림을 맡고 있다.

'왜 공동체여야 하는가?'의 화두를 안고 산 위의 마을로 향하고 있는 모양을 뭐라고 말할까? 공동체 더부네들은 '예수살이 운동의 진보나 의지의 실현을 위해서!'라고 말할 것이고, 나를 아는 누군가는 '이것저것 뭔가 특별한 일을 잘 벌이는 사람이니까!' 할 수도 있을 것이다. 어쩌면 맞고 조금은 틀린 것 같은데 정확히는 나 역시 자신 있게 표현할 수가 없다.

'본당 신부'나 열심히 하지 공동체 운동이란 건 또 뭐하는 거냐? 공동체 한다면서 겨우 몇 사람 모여 농사짓고 사는 게냐?'라는 질문도 자주 받았다. 그때마다 내 영혼과 마음과 정신으로 시원스럽게 일치된 대답을 해본 적이 단 한 번도 없었던 것 같다.

"하늘의 구름을 보면 다른 삶이 필요한 건 분명한데, 그것이 무엇인지는 정확한 답을 낼 자신이 없다. 딱히 할 일은 보이지 않고 뭔가는 해야겠고, 그래서 공동체 운동이라도 하는 거다!"

늘 이렇게 얼버무리고 넘어가는데 정직한 대답은 못 된다. 아직 신념이 부족한 탓일 거다.

그렇지만 분명한 점도 있다. 내가 그런 질문에 답을 꼭 해야 할 의무가 없다는 것이다. 내가 원해서 사는 것이지 누군가에 의해서 사는 게 아니기 때문이다. 산 위의 마을로 향하는 이 길을 꼭 내가 가야 하는 것도 아니고, 신부가 마을에서 살아야만 공동체가 건설되는 것도 아니다. 그리고 공동체 삶이라야 사제로서 더 성화되거나 영성이 깊어지거나 품격을 얻을 수 있는 것도 물론 아님을 안다. 공동체 마을 하나로 세상이 바뀌는 것도 아니다. 어쨌든 명료한 해답을 얻지 못한 것은 사실이지만 나는 그것을 문제로 보지 않는다.

마을을 찾아가는 나의 걸음을 각탈^{覺脫}의 몸부림으로 보아줄 수도 있고, 아니라면 공명심이나 객기로 볼 수도 있을 것이다. 각탈의 길이라면 이제나마 나를 찾게 하시는 하느님께 감사할 일이다. 객기로 여긴다면, 그럼에도 너그러움으로 배려하는 교구^{敎區}에 감사할 일이다.

나는 마흔두 살에야 사제서품을 받았다. 청소년기에 한눈팔지 않고 평생의 길을 선택한 동료, 형제들을 나는 늘 부러워했고 진심으로 존경했으며 지금도 그렇다. 그들의 순수하고 고결한 응답과 비교할 때 나는 청년기에 혼란과 방황의 사막을 건너서야 부르심에 응답한 늦둥이다. 나는 그들의 순수성을 본받는 마음으로 신학교 생활을 했고, 배우고 도움 받으며 사제가 되었다. 내 사제직은 동료들의 공동 작품으로 만들어진 것임을 고백한다. 사제서품을 받으면서 내 평생을 하느님께 봉헌했다.

"내게 주신 모든 은혜, 무엇으로 주님께 갚사오리. 구원의 잔 받들고서 야훼의 이름을 부르리라(시편 116)."

그리고 나를 사제로 서품한 교회와 사제직에 대한 충성을 다짐하면서 나 자신과 한 가지 약속을 했다.

"나는 '신부이니' 나를 필요로 하는 부르심에는 기꺼이 응답하자!"

신부가 되었지만 나는 지식과 총명성이 부족하고 능력도 뛰어나지 못했다. 그런데도 사람들은 내게 많은 것을 기대했다. 자신들의 운동에 함께하기를 요청했고, 어떤 이들은 가족사를 보고 '노동의 새벽, 박노해 시인의 형'이라는 수식어를 붙여 나의 의식 성향을 규정하기도 했다. 어느 주임신부는 나의 강론에 대해 "노동 운동가의 선동연설 같다"는 말도 했다. 두 번이나 그랬을 때 너무 슬프고 모욕적이어서 "내 강론의 어떤 부분이 복음적이지 못한지 지적해달라"고 했으나 정작 그는 한마디도 짚어내지 못했다.

경제적으로 서민층인 교우들은 나의 현실 비판적인 강론을 좋아했고,

부유층 신자들은 임기 동안 조용히 지내다 가주기를 원했다. 청년시절의 친구들은 나환우와 행려자를 돌보는 활동에 결합해달라며 나를 초대했다. 원고 청탁이나 강의 요청을 받으면 대부분 거절하지 못했다. 밤늦도록 글을 쓰고 강의와 미사에 불려 다니고 후원금을 내고, 술자리를 함께하고, 백수 청년들과는 푼돈을 나누기도 했다. 모든 부르심에 응하지도 못했고 힘들었지만, 정말 애썼다. 자신과의 약속이기 때문에.

그럴수록 기본으로 주어진 본당 사목에 더욱 성심으로 임해야 했다. "자기 소임에는 불성실하면서 운동하는 데만 쫓아다닌다"는 비난은 결코 듣고 싶지 않았기 때문이다.

동료 사제들이나 교우들 중엔 내가 열정이 넘치고 기질적으로 이곳저곳 쫓아다녀야 힘을 받는 사람이라고 생각하는 이도 있었을 것이다. 사실은 그렇지 않다. '최선을 다해 응답하기'라는 삶은 만족스럽거나 명예로운 생활은 결코 아니었다. 감당할 수 있는 체력을 필요로 했고, 구약의 요나처럼 도망가고 싶은 심정은 늘 내 의식의 한쪽 팔을 잡아당기고 있었다.

그렇지만 육신의 피곤함과는 비교할 수 없는 엄청난 선물도 받았다. 그 선물이 무엇인지 정확하게 표현할 수는 없지만, 예를 들면 사물에 대한 식별력, 내적 충동의 체험 등을 들 수 있겠다. 어떤 문제를 궁리하고 풀어갈 때 대부분 직관과 영감으로 내린 결정들에서 좋은 결과가 주어졌다. 더러는 기초적 사유도 계획도 없이 말부터 터내는 경우도 많았는데, 공동체 운동을 시작하고 전개할 무렵에 특히 더 그랬다.

공동체 영성으로 제시된 문건들 중에는 깊은 사유와 신학적 논리에

근거하지 못하고, 이상^{理想}과 대안^{對案}의 삶을 그려놓은 가상의 공간과 시간 차원에서 시작한 후에야 문건을 만들어 수습하는 것들이 상당 부분 있었다. 사실 이것은 지성으로 용납될 수 없는 사이비^{似而非}다. 나 역시 '자기 신념이 아닌 것은 기만^{欺瞞}'이라고 생각하면서도 담대히 받아들였다. 그것도 신비의 영역에 속할런지 모른다.

산 위의 마을 건립 과정도 그랬다. 무슨 장학기금처럼 누군가가 거액의 돈을 기부해서 시작한 일이 아니다. 우리 시대 무소유의 신앙공동체가 하나라도 있다면 그런 삶은 충분히 가치 있다는 것! 환락의 세상에 빛이 되고 구원의 성사가 될 수 있다는 것! 그 목적성의 빛이 너무 강렬했다. 할 수만 있다면 좋은 삶이 분명하다. 그것이 하느님의 일이라면 하느님께서 마련하실 것이라는 믿음 하나로 시작했다.

아무것도 없는 상황에서 먼저 우리가 추진하고자 하는 일이 하느님의 뜻에 맞는 것인지 묻기 위해 '마을건립 청원 천일기도'를 시작했다. 2002년 1월 1일이었다. 내가 먼저 시작하여 100일 동안 기도했고, 공동체 청년들과 준비모임에서 이어받았다. 무엇보다도 '천일'이라는 기간 설정이 중요했다. 기도 자체에 대한 정화가 되기 때문이다. 기도 가운데 섞여 있는 이기적 사욕과 부정성을 정화시켜내는 힘이 있다. '꼭 필요한가? 진실하고 순수한 방법인가?' 물어보고, 그 과정에서 중간에 청원이 바뀔 수도 있고 그만둘 수도 있는 것이다.

신앙인은 지금 자신의 확고한 생각을 정화의 불길에 태워볼 필요가 있다. 금도 강철도 그렇게 제련된다. 내가 추구하는 공동체 마을도 꼭 필요하다면 죽이 되건 밥이 되건 이루어질 일이고, 아니라면 애만 쓰고

망하게 될 것이라 생각한다. 안 되거든 "부르심으로 믿고 헌신적으로 노력했는데 내 소명은 아닌 것 같더라" 하고 물러서면 그만인 것이다. 그것이 내가 이해하는 '기도의 정화'이다.

천일기도를 시작한 지 꼭 2년 만에 지금의 산 위의 마을 땅을 얻었다. 그곳에 둥지를 틀기 시작한 지 또 2년 만에 내가 지금 산 위의 마을을 향해 걸어가는 신세가 된 것이다. 무엇을 청한다는 것은 두려운 일이다. 그래서 스승께서도 "네가 청하는 것이 무엇인 줄은 아느냐? 내가 마실 잔을 너희가 마실 수 있느냐?" 하셨던 것이다.

남한강을 건너는 옥계다리는 제천과 원주로 가는 길이다. 카메라를 꺼내 사진을 찍다가 지나가던 아주머니에게 사진 한 장을 부탁했다. 바구니를 머리에 인 채로 셔터를 눌러주셨다. 5박 6일의 기록이 담긴 두 장의 내 모습 중 하나다.

38번 옛날 국도를 타고 박달재를 향해간다. 박달재 서편 평동마을에 판화가 이철수 화백이 살고 있다. 하룻밤 신세질 생각이다. 하룻저녁 정도는 침묵을 풀고(Break time) 좋은 벗과 즐거운 대화를 나누는 것도 행복할 것 같다.

단양에는 올갱이 줍는 전용 바구니를 판다.

지
각
인
생

능암에서 옥계까지의 길은 한적하고 여유로워서 좋다. 걷거나 수레를 끌고 다니기에 안성맞춤이다. 도로가 바뀌었지만 골동품상들은 여전하고 솟대 조각물을 무더기로 세워둔 곳도 보기가 좋다. 옥계다리 아래로 흐르는 강물은 산 위의 마을이 있는 단양 가곡면을 거쳐서 충주호에 담겼다가 내려오는 남한강이다.

충주 근처에 이르니 내가 낚시꾼이라는 사실을 떠올리게 된다. 낚시는 생각만으로도 행복감을 준다. 진짜 꾼들은 '낚시꾼'이라 부르지 않고 '조사釣士님'이라고 존칭한다. 얼마나 품격 있는 호칭인가! 그런데도 사람들은 꼭 '질' 자를 붙여서 '낚시질'이라고 한다. 기분 나쁘다는 말은 아니다. 그렇다고 낚시의 행복이 손상되는 건 아니니까.

충주호를 모르면 한국의 낚시꾼이 아니다. 1980년대 중반 완공된 충주호가 담수되면서 참붕어 입질은 가히 환상적이었다. 그때를 '충주호 시절'이라고 부른다. 충주호 시절 장호원은 낚시 가게와 해장국집과 출조 버스로 밤마다 불야성을 이루었다.

나는 충주호 붕어보다 조정지^{탄금호} 참붕어를 더 좋아했다. 조정지의 지류인 달천강에서 밤낚시를 하면서 끌어올린 참붕어들은 거의 모두가 '점박이'였다. 비늘마다 까만 점이 하나씩 있어서 점박이라고 부르는데 그 붕어의 자태가 너무너무 아름다워서 낚아 올릴 때마다 뽀뽀를 해주곤 했다.

세상에 부러울 것 없는 미소로 준척급 붕어를 살림망에 넣은 다음, 다시 떡밥을 달아 던진 후 손을 씻고 세리머니로 담배 한 대를 뽑아 피우는 맛이란! 이를 두고 조사들은 "마누라 열 명 하고도 절대 바꿀 수 없다!"라고 말한다. 아내가 없는 나도 그 점에 대해서는 충분히 이해한다.

낚시가 끝나면 늘 붕어를 살려주었다. 붕어는 자태만 예쁜 것이 아니라 예의염치가 있다. 낚시꾼이 살려주면 반드시 고맙다는 인사로 꼬리를 치면서 간다. 어느 훗날엔가 나는 그 강가에 나가 "참붕어야, 참붕어야! 할머니의 소원이다. 물동이 하나만 다오!" 할런지도 모를 일이다. (알아듣는 독자는 행복하다.)

갈대 사이에서 황소개구리 울어대는 가운데 여명이 밝아오는 새벽녘 케미라이트가 스멀스멀 올라와 넘어지는 환상에 잠시 잠겨본다. 밤낚시 한번 가고 잡다!

이제 마을에 들어가면 가족들과 호흡을 맞추어 살아야 하니 밤낚시는 접게 될 것 같다. 그런데 왜 나는 늦은 나이에 공동체를 찾아나서는 것일까? 사람들은 왜 공동체로 사는 것을 생각하고 그런 삶으로 오랜 역사의 강물을 이루었을까?

인간이란 본래적으로 공동체로 살아왔고 살아가게 되어 있다. 그러나 개인과 가족과 가정을 더 소중한 가치로 여기면서 공동체를 잃어버렸다. 그러므로 공동체를 찾아가는 것은 잃어버린 본래의 삶으로 회귀하는 것이 분명하다. 오래전 내 스스로 버리고 떠나왔던 어린 시절의 삶으로 돌아가는 것이다. 그러니까 대안對案이 아니라 원안原案의 삶이다. 버릴 때는 미련도 없었지만 다시 찾으려니 낯가림에 힘이 드는 것이다.

고향에서 중학교도 가지 못하고 농사짓던 친구들은 여전히 지금도 그렇게 살고 있다. 똘똘한 맹기, 순둥이 충오 등 어린 시절의 동네 친구들 몇 명이 붙박이 농사꾼으로 고향을 지키고 있다. 농약 먹고 죽은 친구 필재, 방학 때 농약 치다 죽은 희수도 생각난다.

루가복음에 '돌아온 탕자' 이야기가 나오는데, 돈 많은 집 둘째아들이 아버지께 자기 몫의 유산을 미리 챙겨서 도시로 떠났다가 환락에 빠져 완전히 탕진한 후 회개하고 빈털터리로 환향還鄕한다는 이야기다. 그는 도시로 나가 모든 것을 잃었다. 얻은 것은 도시의 소비와 환락이 해답도 행복도 아니라는 깨달음 하나뿐이었으니 진실한 삶이 무엇인지를 배우는 데 너무나 비싼 비용을 치른 셈이다.

공부해야 출세하고 행복할 수 있다는 믿음으로 나도 고1 때 서울 사람이 되었다. 그리고 40년 세월이 지난 지금 생의 반환점을 훌쩍 넘어 환향의 길에 오른다. 돌아온 탕자처럼 잃어버린 아버지의 삶을 찾아간다. 그마저 바다가 있는 내 고향을 두고 산촌으로 들어간다.

회개하는 마음보다는, 죽음의 홍수와 저주의 유황불이 천지를 뒤덮게 될 그날이 두려워 살아남고자 노아의 방주를 찾아가고 있는 것이다.

오늘은 박달재 아랫마을까지 가야 한다는 조급함이 있다. 걸음이란 줄기차야 속도가 나기 때문에 무념무상이 좋다. 잡념망상의 감정 상태는 걸음에 반영되기 때문에 늦어지게 마련이다. 조금 빠른 4분의 4박자 템포의 노래가 좋다.

걸음이 느리거나 빠르거나, 앞서거나 뒤서거나 모두 같은 길 위를 걸어간다. 앞서 간 걸음을 뒷사람이 따라가야만 길이 된다. 뒷사람이 얼마나 중요한가. 사상도 삶도 그렇다. 나보다 앞선 삶이란 것이 있다.

한 걸음 앞선 것은 이미 검증되고 평가받은 학문과 경험을 소개하는 벤치마킹이라 할 수 있다. 두 걸음 앞선 것은 방향을 알고 새로운 패러다임을 제시하는 삶이다. 생태문제, 영성운동, 대안교육, 대체의료 등과 같이 인문학적 상상력과 대안적 가치들을 통해 미래의 삶을 준비한다. 세 걸음 앞선 것은 빛나는 이상과 의식을 실현하는 삶이다. 영성과 정신을 공유하고 통하는 이들만이 유유상종하게 된다.

누구나 한 걸음 앞서가려고 경쟁한다. 승리하려는 이유에서다. 두 걸음 앞선 행동은 매력은 있으나 관망한다. 불확실성과 위험성이 따르기 때문이다. 따라가더라도 퇴로를 열어둔다. 세 걸음 앞선 삶은 선망은 하되 따르지 않는다. 그래서 무소유 공동체의 삶은 모두 지지하고 칭송하지만 따르는 자가 적은 것이다.

너무 가까이 앞서가는 걸음은 가치가 적고, 너무 떨어져 가는 걸음은 현실성이 적다. 그러나 인류의 역사는 항상 세 걸음 앞서가는 사람을 두 걸음 앞선 자가 따르고 결국 모든 사람들이 그 길을 일반화시키며 진보해왔다. 인문학도 과학도 모두 그랬다.

"변혁의 시대에는 이상을 외치는 자가 먼저 죽임을 당하고, 뒤따르는 자는 감옥에 가거나 불이익을 당하고, 관망하는 자가 그 열매를 먹는다"고 했다. '공동체주의'는 변혁의 목표성을 밝히는 삶이자 모델임이 분명하다. 무소유의 공동체는 우리 시대 순교의 삶이다. 그래서 광란의 시대에 방주로 인도하는 등대가 된다.

박달재는 천등산에 있다.

　발뒤꿈치가 따끔거린다. 신발을 벗고 보니 역시 뒤꿈치가 까졌다. 산척면 소재지의 약국에서 연고를 사서 발랐다. 구치소 앞을 지나 박달재 쪽으로 향하는데 길이 헷갈린다. 물어볼 사람도 이정표도 없다. '모든 길은 길로 통한다'는 것을 믿을 뿐이다.

　평동으로 들어가는 길목에서 강승한 신부와 조상민 더부네를 만났다. "뭐하러 여기까지 왔느냐?"고 말로는 그랬지만 무척 반가웠다. 새삼 내가 가는 길이 혼자가 아니라는 생각에 눈물이 나려고 했다. 길 가에 잠시 함께 앉아 포트에 담아온 뜨거운 인삼차를 훅훅 불면서 두 잔을 거푸 마셨다. 속이 풀리는 듯 기분이 좋았다. 디카도 찍었다. 두 번째 사진이다. 강 신부가 이철수 화백 댁까지 데려다주었다. 미리 연락해둔 터이지만, 덕분에 한 시간쯤 절약하여 손님으로서 밤에 들어가는 결례를 면했다.

작업을 하고 있던 화백 내외가 반갑게 맞아주었다. 화백의 집은 미술가답게 한옥을 단아하게 개조해서 기품이 있다. 실내에 재래식 변소를 두었는데 출입문과 변기 뚜껑을 달아 냄새를 차단하고 합수는 뒤 안에서 퍼낼 수 있게 되어 있다. 담론이 무성한 시대지만 실천으로 사는 사람은 따로 있는 법이다.

이 화백 내외는 귀농 열풍이 불기 훨씬 전에 농촌으로 들어가 농사꾼으로 이미 한 삶을 묶어냈다. 귀농생활이 말처럼 쉽지 않다는 것은 살아본 사람만이 안다. 그는 생태적 의식성이건, 문화적 예술성이건 생활을 미학으로 파고 찍어내는 진정한 예술가라는 생각이다. 괴짜나 기인은 많아도 생활인으로서 그만한 예술가는 만나기 쉽지 않다.

나는 이철수 화백과 그의 작품을 좋아한다. 이 화백의 판화를 대하노라면 우거진 영성의 숲으로 들어가는 듯하다. 불교의 표현으로라면 '관법선'이면서도 '간화선' 풍이다. 사물의 내면을 읽어내는 그의 영감은 종교적 차원에서도 경외심을 지니게 할 때가 많다.

화백의 부인이 손수 빚은 술이라며 내왔다. 이웃 과수원에서 낙과된 사과를 주워다가 발효시켜 증류했다고 한다. 골동품 가게에서 옹기로 된 전통 증류솥을 사서 실험 삼아 해보았는데 잘 되더라는 것이다.

나는 술이라면 한두 잔이라도 증류주가 좋다. 안동소주, 문배주, 고량주, 꼬냑을 마시면 그런대로 괜찮은데 소주나 맥주, 막걸리는 두통과 숙취가 심하다. 청년시절에도 그랬다. 의사는 간에서 알코올 분해효소가 제대로 분비되지 못하는 일종의 간장 질환이라고 했다.

지금은 술을 즐겨 마시지 않지만 젊었을 때는 한가락 했었다. 방배동 본당 근처에는 귀화중국인이 운영하는 실내포장마차 수준의 음식점이 있었는데 자장면은 중국음식이 아니라면서 취급하지 않았다. 유산슬을 가장 잘 만들었는데, 그것을 안주 삼아 고량주를 마시는 맛이 아주 일품이었다. 어느 날 밤에 술을 좋아하는 세 명이 모여 밤늦게까지 진열된 이과두주를 모두 비운 적도 있었다. 한때의 전설이었다.

이 화백의 부인이 빚은 사과주는 향이 그윽하고 좋았다. 술과 과일 향은 어울리지 않는 법인데 증류 방식의 술은 역시 특별했다. 석 잔을 맛있게 마셨다. 부인은 농사에 대해 이런저런 조언을 해주었다. 농업에 대한 성공과 실패담에서 귀농생활의 연조가 느껴지기에 충분했다.

이 화백은 유명한 미술가이지만 생긴 것은 전래동화 속의 나무꾼 같은 인상이다. 하늘이 참 공평한 것이, 깊은 영성과 높은 예술성을 지닌 이가 인물마저 걸출하다면 그건 불공평하고 당연히 안 될 일이다. 그런 이가 더러 있는데 불운하고 박명하다.

젊은 시절 고생 안 한 사람이 어디 있으랴만 귀농해서 자영농까지 하면서 살아가는 생활이란, 만만한 것도 예술적 삶도 아니었을 것이다. 그렇지만 그 삶의 내공에 기반하여 이제는 원숙한 장년의 삶을 기운차게 꾸려가는 모습이 보기 좋다. 계속 이야기를 듣고 싶었지만 먼 길에 피곤한 나를 배려한 듯 자녀가 쓰던 방으로 안내했다.

아침식사 후 서둘러 길을 나섰다. 이철수 화백은 박달재 옛길 입구까지 한참 먼 길인데도 함께 걸으며 배웅해주었다. 멀리 뒷모습이 보이지 않을 때까지 서로 돌아다보고 손을 흔들며 박달재를 오른다. 박달재 길은 본래 38번 국도로서 제천으로 향하는데, 고개에서 북쪽을 타고 넘으면 배론 성지로 통한다고 한다.

지금은 자동차 전용 터널이 뚫려 박달재를 넘어 다닐 필요가 없게 되었다. 가끔 작업 차량이나 노인들을 태운 관광버스 정도가 다닐 뿐 아주 한적한 길이다. 길에 깔린 솔잎 낙엽이 향기로웠다. 공기가 상쾌하여 걸어가는 길로는 최고였다. 감사하다.

"천등산 박달재를 울고 넘던 우리 님아~."

구성진 가락이 스피커로 들려왔다. 박달재 정상 휴게소에서 틀어놓은 노래다. 정상에 도착하여 동서로 관통하는 바람을 맞으며 잠시 다리를 풀었다. 비석들이 여기저기 세워져 있었다. 산 위의 마을에서도 머지않아 송덕비를 세워야 하는데 어떤 모양을 활용할 수 있을지 관찰하고 촬영도 했다.

산 위의 마을 건립은 은인들의 도움으로 이루어졌다. 공동생활 마을과 자녀교육을 위한 대안학교 건립에 10억 원을 계획하고 '천 명의 은인恩人을 모시자!'는 취지로 '천인결사千人結社'라 부른다. 계획을 세운 후 맨먼저 어머니께 말씀드렸다. 어머니는 비가 오나 눈이 오나 기도를 많이 하시기 때문에 기도의 효력을 얻으려는 마음이었다. 꽤 큰돈을 주셔서 후원인 1번으로 모셨다. 교우 개인과 본당, 수도회와 단체들에서 응원

해주어 현재 약 500구좌에 이른다.

우리는 토지를 구입하고 건축을 하는 데 필요한 재정은 천인결사 기금에서 사용하고, 마을 운영과 영농자금 등은 지참금과 농산물 판매, 기타 수익으로 조달한다는 원칙을 가지고 살림을 한다. 천인결사 후원은 마을이 어느 특정인의 소유가 아니라 공유의 공동체라는 개념에 기초가 되었고, 마을 건립에 결정적 공헌을 했다. 또한 공동체 생활은 하고 싶은데 재정적으로 넉넉지 못한 가족들에게도 힘이 되었다.

천인결사 은인들을 위해 천일기도의 은혜를 나누며 주일마다 생미사를 봉헌하고 마을에 송덕비를 세워 기념하겠다는 약속을 드렸다. 머지 않아 '천인결사송덕비'를 세우고 기부자들의 이름을 모두 새겨 항구히 기억하려고 한다. (2007년 5월 성모상 건너편에 천인결사송덕비를 세우고 제막 미사를 드렸다.)

날씨도 좋고 기분도 좋고 내려가는 발걸음도 가벼워 '마니피캇(마리아의 노래)' 찬양에 맞추어 걸었다. 박달재를 넘을 때까지는 기분이 최고였는데, 봉양역을 지나 중앙고속도로 주변에서 헤매는 바람에 40분 이상 고생했다. 제천에 들어서니 날이 어두워졌다. 서울을 떠난 뒤 처음으로 도심을 지나게 되어서인지 답답한 마음에 빨리 빠져나갈 생각만으로 열심히 걸었다. 어상천면으로 넘어가는 두학동에서 민박을 할 생각이었는데 저녁을 먹으면서 식당 주인에게 물으니 민박이 없어졌다고 한다. 으악!

제천으로 다시 나가려면 3킬로는 족히 가야 하는데 낭패다. 지금까지 잘 왔는데 마지막 날 밤 이렇게 억울한 일이(?) 생기다니……. 어쩔 수 없다. 발길을 돌려 다시 제천으로 갔다. 밤 9시가 넘은 시간, 중앙시장 근처의 가까운 여관을 찾았다. 약간 떨어진 곳에 24시간 불가마가 있었지만 거기까지 갈 마음의 여유가 없었다. 불빛이 더욱 현란한 도시의 밤을 다시 맞았다.

내일이면 마을에 들어간다!

7시까지 푹 자고 일어났다. 떠나올 때 책을 한 권 넣었으나 저녁이면 잠에 빠져 아직 펴보지도 못했다. 서울에서 마을까지 도보 피정 마지막 날이다. 쿠키 몇 개를 사서 배낭에 넣었다.

태백선 철도 하이브리지를 건너 신백동을 향해 뛰다시피 걸었다. 어젯밤에 되돌아왔던 두학동 정자나무를 지나면서 마을에 전화를 했다. 저녁때쯤 도착하면 미사를 봉헌하자고……

마을이 점점 가까워지니 왜 내가 이 길을 가고 있는지 새삼 질문하게 된다. 공동체의 영성이나 정신에로 들어가는 것이 아니라, 삶에로 들어가는 것에 대한 진정성에 의문이 든다. 사제로서 나의 역할을 제대로 잡았는가? 꼭 공동체 가족으로 살아야 하는가? 이 문제에 대해 전적으로 동의하는 것은 아니다. 진실을 고백하자면 '방법이 없어서, 어쩔 수 없어서, 할 수 없이', 말하자면 사람을 얻지 못해서 직접 마을로 가고 있는 것이다.

🖋

신학생 때나 사제생활을 하면서 나는 가톨릭 사회운동에 종사하는 이들과 늘 가까이 지내왔다. 신앙으로든, 역사의식으로든 투신가로 살아가는 이들을 진정으로 존중했고 신뢰했다. 나이가 적으면 모두 내 아우의 얼굴로 느껴졌다. 내가 겪어본 젊은 활동가들은 교회가 판만 깔아주면 잘할 수 있는 성심과 열성과 능력이 있었다.

판이란 거창한 것이 아니라 업무를 위한 작은 공간과 운영비, 기초생활을 위한 약간의 활동비를 의미한다. 풍찬노숙을 헤치고 싸우며 살아온 이들이기 때문에 웬만한 기초만 제공되면 사심 없이 운동에 전념할 수 있는 믿음과 인격과 품성이 갖추어져 있다.

교회나 사제는 그런 활동가들의 신앙생활이나 운동에서 다소의 문제점과 불안정한 요소가 보이더라도 결과적으로는 교회의 복음적 증거가 된다는 점을 신뢰하면 되는 것이다. 청년사목이건 노동사목이건 인권운동이건, 현실을 보는 눈은 사제들보다 활동가들이 월등한 수준에 있음이 분명하다. 사목자가 할 일이란 그들과 교회의 일꾼으로서 연대하고 필요한 곳에 그들을 파견하는 것이며, 그들의 삶이 부르심에 응답하는 삶이라는 자의식을 부여하는 것이라고 생각한다.

공동체 운동에 대해서도 그렇게 생각했다. 젊은이들이 자발적 투신으로 모이고 살아갈 수 있기를 바랐던 것이다. "나도 들어가 살 것이다"라고 말은 했지만 사실상 나는 공동체 마을 건설에 필요한 일정 부분을 일정 기간 뒷바라지하는 것으로 내 역할을 규정하고 있었다. 그러나 공동체 삶은 운동이 아니었다. 결과적으로 사람을 얻는 데 실패한 것이다. 마침내는 내 스스로를 던져야 하는 순서가 다가왔다.

나는 너무 깊이 들어가고 있다. 교구 어른이신 주교님께는 공동체 양성을 위해서 3년 정도 있어보겠다고 말씀드렸지만, 알 수 없는 미지의 동굴로 들어가는 기분이다. 이쯤에서 두려움 없이 전진할 것인지, 아니면 출구를 확보해놓을 것인지의 문제를 예정해야 하지 않을까 생각한다.

출구를 확보하는 것은 쉬운 일이지만 계속 전진하는 것은 적어도 내 능력으로 부족하다는 생각이다. 한 가지 가능한 방법은 내가 믿는 분의 인도하심에 결합되어 들어가는 것이다. 두려움 없이 가기 위해서는 믿음의 빛이 필요하다. 결국 내가 들어가고 있는 산 위의 마을의 삶은 나에게 있어서 진정한 투신의 길이고, 영적 도정이고, 공동체를 이끄시는 분께 대한 합일의 길이라는 것을 고백할 수밖에 없다.

어상천으로 넘어가는 고갯길에서 마을 가족인 이계창 형제 내외를 만났다. 제천으로 시장 보러 가는 길이었다. 이계창 형제는 자녀 둘과 장모님과 함께 다섯 식구가 입촌하여 2년째 살고 있다. 마을에는 현재 3가족과 독신자 등 어른 일곱, 학생 일곱이 살고 있다. 모두 저녁이면 만날

얼굴들이다.

가족들의 얼굴을 떠올리니 지금 함께 있어야 할 이들이 하나둘 떠나 버린 사실이 가슴 아프게 다가왔다. 서로의 생각과 방식이 달랐는데, 긴장과 갈등 속에서 마음만이라도 평화롭고 싶은 심정에서 떠나갔다. 하느님께서 보내주신 귀한 선물들인데 받을 그릇이 부족해 함께 가지 못하는 것이다. 안타깝고 아쉽다.

보발천을 끼고 들어가는 길은 언제 보아도 너무 아름답다. 향기로우면서도 적당히 차가운 공기가 여느 때보다 상쾌하다. 늘 다니는 길인데도 오늘따라 새롭게 느껴졌다. 가족들이 동네까지 마중 나와 배낭을 받아들었다. 마당에 들어서자 기쁨도 아니고 설움도 아니고 감동도 아닌, 알 수 없는 눈물이 눈앞을 가로막았다. 가족들과 함께 앉아 잠시 기도하였다.

"여기가 서울을 벗어나 찾아온 피난의 방주가 맞습니까? 여기가 바로 내가 살 곳인가요? 주님, 당신께서 저를 이곳으로 부르셨음을 고백합니다. 힘을 주십시오!"

미사를 봉헌했다. 성체성사를 나누는데 떠나간 사람들의 얼굴이 떠올라 그리움에 복받쳤다. 모두 잘 지내고 있을 것이다.

2006년 2월 22일 저녁이다.

선생님이 묻는다.
"눈이 녹으면 무엇이 될까요?"
 도시 아이가 대답한다. "물이 됩니다."
 산골 아이가 대답한다. "봄이 됩니다."

선생님이 묻는다.
"이 두 마리의 사슴 그림은 무엇을 뜻하지요?"
 도시 아이가 대답한다. "먹이를 두고 싸우고 있는 겁니다."
 산골 아이가 대답한다. "짝짓기를 하려고 합니다."

남한강이 얽히고설킨 세속의 인간사라면, 보
발천은 홀로 고결한 수행자의 삶이다. 단양이
풍경 좋고 사람 살기 좋은 대처라면, 보발리는
노승의 은둔소와 같은 불편한 토굴이다. 보발
천이 정화의 길이 되어 보발리 사람들을 더욱
청정한 삶으로 인도한다.

가난한 자는 복福으로 산다

천천히 오십시오

산 위의 마을을 찾아오는 이들은 단양읍에서 고수대교를 건너 영월 방향의 59번 국도를 타게 된다. 길 왼편으로는 사계절 맑고 푸른 남한강이 흐른다. 단양읍에서 고구려 유적지 온달산성과 영춘면, 고씨동굴을 지나 영월에 이르는 동안 국도와 남한강이 맞붙어 있는 강변길이 참 아름답다.

정선의 동강과 평창의 서강이 영월에서 만나 남한강이 되는데, 가곡면을 지나면 도담삼봉과 신단양 읍내를 돌아 충주호를 이루고 옥계에서는 섬강을 껴안고 흐르다가 4대강 사업으로 신음하는 여주를 지나 팔당에서 북한강과 손을 잡는다고 두물머리兩水里라 한다. 거기서부터 서울의 젖줄인 한강이 된다.

단양에서 영월에 이르는 2차선 국도는 구불구불해서 운전하기 불편하지만 경관이 아름답다. 국도를 따라 6킬로미터를 지나면 삼거리가 나오는데 오른쪽은 소백산 등산로인 새밭계곡과 한드미 생태마을로 가는 길이다. 몇 년 전엔 큰 홍수로 삼거리 국도가 1미터가량 물에 잠겨 통행이 두절된 적도 있었다. 장마나 홍수가 나면 남한강은 흙탕물로 흐른다. 거대한 소나무가 떠내려 오기도 한다. 강물은 바다로 흘러가지만, 아무리 황톳물로 흘러도 바다는 늘 푸르다. 바다는 자비심이기 때문이다. 그래서 '대하탁大河濁, 대해청大海淸!'이라 했다.

삼거리를 지나 조금 더 가면 가곡면 소재지다. 초·중학교, 농협과 마트, 보건소, 우체국, 경찰 지구대, 면사무소, 음식점 두세 곳, 이발소, 넓은 공터와 게이트볼장 등이 있다. 남한강을 내려다볼 수 있는 공터 느티나무 아래에는 전통 건축의 크고 아름다운 정자가 있다.

가곡면佳谷面은 '아름다운 계곡'이라는 말 그대로다. 맞은편 석회암 지대의 절벽과 그 아래를 끼고 흐르는 맑고 푸른 남한강이 어우러져 풍치가 정말 아름답다. 가곡을 찾는 이들이 평화롭고 풍요로운 경치를 감상할 수 있도록 맞은편 강가에 공원을 만들어놓았다. 공원 아래로 2.5킬로미터에 이르는 강변의 갈대밭이 있고 목재 산책로도 설치해두었다.

이곳을 지나는 이들은 발길을 멈춘다. 아무 곳이나 자리를 잡고 앉아 남한강을 조용히 내려다보고만 있어도 찌든 마음의 정화가 이루어지고 평화로움이 주어진다. 높은 절벽 위에서 계곡의 정령이 내려다보고 있음으로 인하여 묵정黙靜의 시간으로 인도된다. 무심히 흘러가는 강물은 삶의 번뇌와 고통이 얼마나 무상한 것이며, 어떻게 생긴 욕심과 어리석음 때문인지를 속삭여준다.

욕망과 이기의 마음을 버리고 영혼의 음성을 들을 수 있는 자, 마음의 평화와 더불어 눈에 보이는 모든 것의 주인이 된다. 삶과 생은 오늘이란 순간으로 이루어져 있다. 지금 이 순간 보고 누리는 모든 것이 자기 것이다. 하느님은 소유의 금을 그어놓은 적이 없으며 등기권리증도 만들지 않으셨다. 보이는 모든 것이 자신의 것이다. 다만 그것을 침해하지 않음으로써 내 것을 빼앗기지 않으면서도 모든 이의 것이 된다.

누구나 맑은 공기를 마음껏 마시고 행복감을 누려도 일체의 돈이 필요치 않다. 무소유의 기쁨과 행복을 누릴 수 있는 곳이 얼마나 좋은가. 하느님께서 숨겨놓으시고 욕심 없는 자에게 보여주시고 거저 주시는 은총의 광장이다.

하느님은 공평하시다. 돈 많은 도시에서는 돈을 많이 가져야 사람대접을 받게 하시지만, 돈 없는 농촌에서는 돈이 없어도 인정으로 대접받을 수 있도록 깨끗하고 착한 마음을 주셨다. 그래서 서로 정을 나눔에서 행복하게 하셨다.

왜 이렇게 아름답고 풍요로운 낙원을 두고도 대도시 생활에 허덕이고 안달하며 살아야 하는지 알 수 없다. 자녀들에게 과학고, 외고, 특목고, 서울대와 카이스트가 중요할까? 아니면 행복하게 사는 기술이 중요할까? 해답은 빤하지만 각자 인생관이 있을 테니 다른 이들의 생각도 존중하겠다.

뱀발蛇足 하나! 가곡면에서 쉬어가는 분들은 가까운 농협이나 우체국이나 경찰 지구대, 면사무소 어디든 공공기관에 들어가면 커피 한잔 정도는 무료로 마실 수 있다. 찾아오는 손님들이 모두 가족 같은 지역민이기 때문에 대접하는 것이다. 자고로 사람은 사람을 귀하게 대접하는 곳에서 살아야 성정性情이 곱고 자애심이 깊어진다. 사랑받는 자가 사랑할 수 있기 때문이다. 그렇지만 관광버스를 세워놓고 몰려가면 난처하지 않을까?

모르겠다. 그래서 사족이다.

가곡에서 영월 쪽으로 4킬로미터쯤 가면 '향산 삼거리'가 나온다. 통일신라시대의 유물인 '향산 석탑'이 있는 마을이다. 삼거리에 우회전 방향의 보발리 표지판이 있는데 595번 도로다. 보발리까지 4.8킬로미터, 도로 곁으로 흐르는 개천이 보발천이다. 보통은 산허리를 따라 길이 생기지만 산세가 험한 곳은 계곡을 따라 길이 나게 되어 있다.

남한강으로 흐르는 보발천은 옛날에 보발리에서 은둔자로 살아가던 이들이 대처로 나가는 길이기도 했다. 흘러가는 남한강을 바라보면서 지나오는 동안 도시의 삶이 잊혀진다면, 보발천 계곡을 지나오는 동안에는 세속의 허물들이 벗겨지고 순수의 감성들이 살아난다.

남한강이 얽히고설킨 세속의 인간사라면, 보발천은 홀로 고결한 수행자의 삶이다. 단양이 풍경 좋고 사람 살기 좋은 대처라면, 보발리는 노승의 은둔소와 같은 불편한 토굴이다. 보발천이 정화의 길이 되어 보발리 사람들을 더욱 청정한 삶으로 인도한다.

보발리 동네는 1970년대 블록식 집들이 개천 양쪽에 옹기종기 붙어 앉은 소박한 모습이다. 노인들만 남아 있는 여느 농촌과 비슷하지만 집집마다 꽃을 가꾸는 여유로운 마음 덕분에 계절마다 오색 꽃들이 지나가는 방문자들에게 미소 짓는다. 동네를 지나 산 위의 마을까지는 외통길로 1.5킬로미터 떨어져 있다.

포장한 농로 끝에 산 위의 마을이 있는데, 끝까지 걸어가면 천국에 당도할 것이다. 우리의 이상대로 지상에서 천국과 같은 삶을 살 수만 있다면……

새벽부터 비가 온다. 손님이 오시려나 보다.

해가 저물면 5시 30분에 저녁식사를 한다. 노동으로 흘린 땀도 씻고 저녁기도를 준비해야 하기 때문에 식사가 조금 빠른 편이다. 학교에 다녀와서 닭, 염소 돌보기와 놀기에 정신 팔려 있던 아이들이 우르르 식탁으로 몰려들면 시장 바닥처럼 왁자지껄하다. "식사 자리가 너무 시끄러워 정신이 없다!"고 말하기도 하지만, 노동이든 공부든 하루를 잘 마쳤으니 저녁식사를 감사의 축제로 삼는 것이다.

저녁기도를 마치면 8시인데 비로소 하루 일과가 모두 끝난다. 낮 동안 분주했던 가족들은 자녀들과 함께 평온한 성가정 시간을 맞는다. 이렇게 해서 하루 가운데 노동과 친교와 침묵의 시간이 저절로 구분된다.

10시도 안 되어 가정사家庭舍의 불빛들이 사라지면 다시는 깨어날 것 같지 않은 깊은 침묵과 안식의 세계로 빠져든다. 저녁 늦게 학원에서 돌아오고, 밤늦게 퇴근하고, 깊은 밤까지 텔레비전을 보고 인터넷과 게임을 하는, 침묵도 대화도 아닌 도시의 시간은 버린 지 오래다.

밤이 오면 온 천지가 암흑이다. 밤이란 것이 느껴진다. 최근에는 구인사로 넘어가는 보발재에 가로등이 하나 가설되어 4킬로미터는 족히 떨어진 곳의 불빛이 먼 바다의 등대처럼 반짝일 뿐 어디를 보아도 칠흑 같은 어둠이다. 소백산도 능선만 보인다. 손님들은 이런 어둠을 낯설고 두려워한다. 그래서 여기저기 전등스위치를 마구 올려놓는다.

마을의 전등은 가로등을 포함해 모두 15~20와트 전구를 쓴다. 도시에서야 15와트 촉광으로는 비상등 구실도 할 수 없지만 이곳에선 촛불 하나로 8평 실내를 훤히 밝힐 수 있고, 15와트 전구 하나면 온 마당을 밝히기에 충분하다. 어둠을 잃어버린 현대인은 밤에도 낮보다 더 밝아야만 볼 수 있다. 눈의 조리개 기능이 뒤바뀐 것이다. 그래도 다시 어둠의 세계에서 살게 되면 잃었던 시력을 되찾게 될 것이다.

전기 공사를 전문 직업으로 하던 바오로 형제가 모든 건물의 전기를 담당하는데 처음에는 천정의 매립 등을 도회지 쇼핑센터처럼 많이 뚫고 촉광도 높은 전구로 끼웠다. 내가 요구한 대로는 어두워서 안 된다는 것이었다. 가로등은 수은등을 써야 한다고 했다. 그러나 지금은 자신이 직접 살고 있기 때문에 어둠 속에서는 아주 작은 불빛만으로도 충분하다는 것에 공감한다.

달이 뜨면 마을의 밤은 그야말로 백야다. 유럽의 백야만큼 밝지는 않지만 반달만 떠 있어도 책을 볼 수 있을 정도여서 화장실 가는 데도 손전등이 전혀 필요 없다. 소백산 선녀들이 달빛을 타고 구봉팔문九峰八門을 들락거리는 듯하다. 달이 뜨지 않는 날 밤의 골짜기는 칠흑 같은 어둠속에 갇히게 되는데 그러면 하늘의 별들이 크리스마스트리처럼 빛난다.

겨울이 아니어도 별이 유난히 많이 보이는 밤에는 별들이 아주 가까이 떠 있어서 장대로 휘두르면 엄청 쏟아질 듯하다. 이런 풍경을 누리는 것은 귀농하여 사는 이들, 특별히 산촌 깊이 들어와 사는 이들만의 특권일 것이다. 감사할 일이다.

손님으로 찾아온 아이들은 영상으로만 보던 별 그림이 실제 하늘에 펼쳐짐에 놀라고, 하늘의 별이 그렇게 많다는 사실에 또 놀란다. "저것이 바로 은하수란다" 하고 가르쳐주면 은하수가 특별하게 생긴 별인 줄 알았다는 사람이 청년들 중에도 의외로 많다. 땅은 있어도 흙이 없고, 밤은 있어도 어둠이 없고, 하늘은 있어도 별이 보이지 않은 도시. 얼마 전까지 우리도 그렇게 살았지만 이제는 잃어버린 것을 다시 찾았다.

별을 헤면서 '귀농'의 의미를 새겨본다. '농農'이란 글자는 '별 진辰' 위에 '노래할 곡曲'을 붙인다. '별의 노래를 듣는다'는 의미일까? 아니면 '굽을 곡曲'으로 절기의 리듬을 따르는 일이 농사라는 뜻일까? 잘 모르겠다. 그냥 편안하게 은하수를 보면서 오작교의 견우와 직녀 이야기를 들으며 안타까워했던 동심의 나라에 사는 삶이 귀농이라 생각한들 어떠한가. 이제는 이미 해체되어버린 신화와 전설의 세계를 동경하는 삶으로, 그래서 위성안테나가 아니라 영성 세계에 주파수를 맞추고 살아가려는 귀의의 삶이 진정한 귀농이 아닐까 생각해본다.

어린 시절 여름방학 때로 기억한다. 우리 동네 친척 집에 놀러온 도시 아이가 나에게 말했다.

"저기 저게 내 별인데, 너의 별은 어떤 거니?"

그 말이 너무 엉뚱하면서도 신기하게 들렸다. 하늘의 별에 주인이 있다는 말도 신기했고, 그 많은 별들 중에 나의 별도 있다는 말은 더 신기해서 내가 동화의 주인공이 된 것 같은 생각이 들었다.

공기와 물과 해와 달과 별, 구름, 비, 꽃, 바위, 나무, 숲, 산, 계곡……사람이란 그들의 틈새에서 살아가게 되어 있음을 창세기가 들려준다. 빛과 어둠, 하늘과 땅, 숲과 강, 온갖 피조물이 어우러져 봄, 여름, 가을, 겨울을 사는 것이 세계의 완전한 형태이며 질서다.

진화론적 탐구는 인간의 기원을 밝혀보려는 과학이다. 반면에 창세기는 생명의 기원을 밝히려는 목적의 과학서가 아니라 '사람이란 어떻게 살아야 하는가?'를 가르치려는 교훈서이다.

"우리를 닮은 사람을 만들자!"

모든 사람은 원숭이 혈통에서 온 것이 아니라 하느님의 의지에 따라 하느님의 얼굴로 왔다는 가르침으로, 인간의 존귀한 품위와 천부의 권리를 선언한다. 이로써 '인간의 존엄과 가치는 차별될 수 없다'는 사실을 인류의 보편적 진리가 되게 했다.

하느님은 첫 사람을 에덴동산에 살게 하고 "동식물을 돌보라" 하셨다. 인간 이전에 이미 동식물이 있었다는 말이니 평화롭고 건강한 삶의 기반은 자연과의 조화에 있고, 자연에서 얻는 혜택으로 살아가라는 것

이다. 지상의 존재 가운데 가장 조화로운 질서가 자연이며, 영적 세계와 소통하는 몸이 자연이다. 그래서 자연은 깨달음을 추구하는 구도자와 은수자는 물론 영성과 조화로운 삶을 추구하는 공동체 마을까지 모두 자기 품에 끌어안는다.

창세기는 "하느님이 창조한 세계를 보시고 행복해하셨다"고 기록했다. 그렇지만 불행히도 질서를 이탈한 에덴 사람의 불순명, 카인의 살인, 도시의 환락 등 후속편의 이야기들을 제시한다. 조화가 깨진 상태를 보면서 고통과 번뇌의 원인과 책임이 인간의 욕심과 질투에 있음을 깨달으라는 뜻이다.

질서의 이탈은 혼돈을 부르고 창조계를 해체시킨다. 밤이 되어도 어둡지 않고 하늘이 있어도 별을 볼 수 없다. 땅이 있어도 신발에 흙이 묻지 않고 겨울이 되어도 웅크릴 일이 없고 여름이 되어도 땀 흘릴 일이 없다. 콩쥐팥쥐, 해님달님 이야기를 들려줄 할머니의 무릎도 없고 들어줄 아이도 없다. 선악도, 가치 지향도, 이념도 온통 혼돈이다. 과학기술, 개발과 성장, 투자 유치, 일자리 창출이란 이름의 날카로운 발톱이 모든 것을 사정없이 파헤쳐버린다.

정부가 녹색성장을 신성장 동력으로 삼겠다고 발표했다. 헷갈린다. 문제는 마인드인데 부동산 경기를 살리려 안달하고, 지금도 4대강 삽질을 계속하는 토목꾼이 같은 입으로 그런 숭엄한 정책을 말씀하시니 전혀 믿음이 안 가는 것이다.

'사람에게는 얼마만큼의 토지가 필요한가?'

톨스토이는 단편 우화를 통해 인간의 무한 욕망에 대해 묻는다. 토지와 인격과 문화까지, 존재하는 모든 것을 상품 가격으로 계산하는 혼돈의 시대는 정화되고 치유되어야 한다. 창조는 혼돈에서 시작되었는데, 이 혼돈의 시대에 우리는 무엇을 해야 하는가?

오늘밤 별님에게 물어봐야겠다.

밤이 되니 춥다.

전기 없는 날

거 참, 늙어가는 징조가 확연하다. 어제도 같은 실수를 했다. 여느 때처럼 새벽에 경당에 들어가 불을 켜고 잠시 기도하고 있는데, 복사하러 온 아이가 귓속말을 한다.

"오늘은 전기 안 켜는 날이에요."

"아, 그렇군!"

'전기 없는 날'인데도 아무 생각 없이 일어나서 불을 켜고 머리감고, 경당에 들어와 스위치를 올리고…… 지난달에도 그랬는데 또 실수를 한 것이다. 기억력과 뇌 기능이 날로 퇴화되고 있는 것 같다. 늙어가니 어쩔 수가 없다.

우리 마을의 매월 첫째 목요일은 '전기 안 켜는 날'이다. 새벽미사부터 하루 동안 전기를 사용하지 않는다. 거창한 이유는 없고, 전기 문명에 대해 성찰하고 마을 생활의 의지를 한 달에 하루라도 다지자는 의도다. 매달 하루만이라도 자발적으로 불편함을 감수해보자는 것이다. 자녀들에 대한 교육적 효과도 있을 거라 생각해서 시작한 측면도 있다. 왜 전기를 켜지 않는지 그 이유를 알고 직접 겪어보면 그것이 곧 교육 아니겠는가.

'전기 없는 날'은 전력을 이용한 일체의 조명과 기계를 사용하지 않는다. 그렇다 해도 어쩔 수 없는 예외가 두 가지나 된다. 주방의 냉장고와 연탄보일러다. 30여 명의 식재료를 관리하는 냉장고니 어쩔 수 없이 양보했고, 연탄보일러는 전기로 모터를 돌려주지 않으면 난방이 불가능하기 때문이다.

가족들은 제대祭臺에서 쓰고 남은 초를 켜거나 등불을 직접 만들어 사용하는데, 아이들은 손전등을 좋아한다. 경당과 식당 등 공동 공간에는 촛불이나 호롱불을 켠다. 우리 마을에는 '휴대전기'라는 말이 있다. 평소에 손전등 하나씩은 가지고 다닌다. 건전지는 전기를 축전한 것이니 전기로 보아야 한다고 누군가가 주장해서 손전등을 '휴대전기'라고 부르게 되었다.

'전기 없는 날' 휴대전기를 쓰느냐 마느냐 하지만, 그동안의 경험으로 볼 때 가장 좋은 것은 그냥 일찍 자는 것이다. 전기를 없앤다는 것은 옛 삶으로 돌아가는 가장 효과적인 문명 저항의 방법이다. 충전식 휴대전기는 말할 것도 없고 태양광이나 풍력발전을 쓴다고 해도 에너지원의 조달 방법이 다를 뿐 기술문명에 의탁하는 문제는 여전히 남기 때문이다.

예수살이 공동체 영성의 구체적 실천은 안티소비문화 운동으로 나타난다. 멤버들은 공동체 수행의 일환으로 소비문화에 저항하는 '오프^{Off} 운동'이라는 것을 한다. 편리함을 끊어버리는 일상의 수행이다. 예를 들어 '쇼핑 오프'는 쇼핑을 안 하고 사는 것이다. 텔레비전 오프, 액세서리 오프, 메이크업 오프, 신용카드 · 승용차 · 휴대폰 오프 등이 있다.

'오프 운동'에는 자발적으로 참여한다. 집에서 텔레비전을 없애버리는 100퍼센트 오프의 멤버도 있고, 다섯 개의 신용카드를 하나로 줄이거나 아예 안 쓰거나, 승용차 대신 대중교통을 이용하거나 소형차로 바꾸는 사람도 있다. 자유로운 동조다. 하지만 최소 한두 가지는 실천하는 것이 예수살이 운동의 기본 조건이다. 가장 잘 되는 오프 운동은 텔레비전과 쇼핑 오프이고, 가장 안 되는 것이 휴대폰 오프이다.

산 위의 마을은 그런 오프 노력을 공동생활 속에서 구조화한다. 아예 돈이 필요 없는 생활 시스템을 만들어 소유욕으로부터 자유로워지려고 한다. 텔레비전도 승용차도 없기 때문에 굳이 오프를 위해 애쓸 필요도 없다. 그러나 아직까지는 나를 포함해서 마을의 안내전화도 휴대폰을 사용한다. 책상 앞에 앉아 사무를 보면서 전화 받을 사람이 없기 때문이다.

통신수단으로 휴대폰을 대신하는 구조를 만들어보자며, 무전기와 무선 햄 등을 도입하자는 제안도 있었지만 '억지춘향' 같아 시도하지 않았다. 아이들 교육을 위해서라도 태양열, 태양광, 풍력발전 설비는 하나씩 해볼까 했지만, 전시용이나 형식적인 시설은 없는 것만 못하다는 생각이다. 이미 행정 · 교육기관들에서 나랏돈으로 시설해놓고 보여주고 있는 것으로 족하다.

　가령 풍력, 태양열 등의 이용 방법을 교육하는 곳에서 정작 자신들은 일반 전기를 사용하고 있다면 그런 생태운동은 설득력이 없을 것이다. 원자력발전이 안전한 클린 에너지라고 광고하는데, 그렇게 안전하다면 전력을 가장 많이 소비하는 서울·경기에서 가까운 난지도나 팔당 같은 강변에 건설해야 할 것이다. 그럴 배짱은 없겠지. 지구상에 '100퍼센트 안전'이란 말은 허구다. '고장 없는 기계'는 존재하지 않기 때문이다.

　미국이나 보수 우익 정치인들은 비핵화 조건을 남북관계의 요체로 생각하는 것 같은데 어리석은 견해다. 비핵화가 이루어졌다고 가정하자. 북한의 미사일이 남한의 원전에 떨어지면 그 자체가 핵폭탄인데 비핵화가 무슨 의미가 있을까. 북한의 미사일이 삼척, 고리, 영광에는 도달하지 못할까? 풍선은 들고 있는 아이의 손에서 터지는 법이다.

　소비문화는 우리의 삶을 가장 완전하게 지배한다. '원전건설반대'나 '방사능폐기장반대' 운동은 잘할 수 있지만 전기 문명 생활은 조금도 버리지 못한다. 내가 옳다고 생각하는 믿음대로 살아갈 수 있는 시대가 아니다. 가령 신제품을 출시한 기업이 "이건 당신의 비즈니스와 가정의 행복을 위해 꼭 필요합니다!"라고 속삭이면 그것을 거절할 수 있는 자유가 내게 없다는 말이다. 마음은 간절한데 몸이 말을 듣지 않는다. 악령이 내 의식을 지배하고 조종하기 때문이다.

티베트 망명정부의 총리인 삼동 린포체는 말했다.

"40년 동안 중국의 군사적 점령, 통치 하에서 티베트 민중은 온갖 억압을 당하면서도 티베트 문화를 훼손하지 않고 잘 유지해왔다. 그러나 지난 10년간 티베트에 불어 닥친 소비문화는 티베트의 전통문화를 뿌리째 흔들고 있다. 단 10년 만에!"

소비문화의 악령께서 말씀하신다.

"너의 생각은 고상하고 좋은 것이다. 그러나 실천은 나를 따르라!"

두려운 존재이시다. 소비사회의 그리스도교 신앙은 허구가 될 확률이 매우 높다.

어느 날 지구적 재앙이 나타나 전력 보급에 문제가 생겼다고 상상해보자. 현재 상태를 몇 시간이나 유지할 수 있을까? 전력을 이용한 모든 시스템이 단절된다. 은행은 현금 인출을 거부해 내 돈이 인정받지 못한다. 통신, 가스, 난방, 엘리베이터, 수돗물, 지하철, 주유소…… 모든 것이 먹통이고 멈춤 상태가 된다. 공포와 침묵의 도시가 되는 것이다. 아니면 아비규환의 지옥이 되든가……. 소돔과 고모라성의 재앙은 언제든 실제 상황이 될 수 있다.

도시는 하루도 버틸 수 없지만 농촌은 살아남을 것이다. 물론 그것도 이제는 쉬운 일이 아니다. 대부분의 농가에서는 이미 온돌이 사라지고 전기를 보조수단으로 하는 보일러 난방에 가스레인지, 전기밥솥을 사용한다.

임락경 목사의 화천 시골교회 공동체에 갔더니 겨울에 전력이 끊어질 것을 대비한 온돌과 고수위 수도시설이 있었다. 절대적으로 필요하며, 우리 마을도 그렇게 가야 한다고 생각한다. 전기가 끊어진다면 우리도 당장 물을 끌어올릴 수 없어서 길어다 먹고 씻고 해야 할 것이다. 그래도 아직 포기하지 않았다는 상징으로 한 달에 하루만이라도 '전기 없는 날'을 실천하고 있는 것인데, 아직은 상징성 수준이다.

일본 동북부의 대지진 참사와 쓰나미로 희생된 사망·실종자 수가 공식 집계된 것만 2만 8000명이다. 그중 후쿠시마 원자력발전소는 불가항력의 대형 사고를 냈다. 체르노빌 사태보다 극심한 결과로 나타날런지 모른다. 아마도 우리는 자신들의 손으로 만든 기술문명의 어떤 아바타로 살아가고 있는 듯하다. 우리의 영혼은 소비문화의 악령에 사로잡혀 묘지 주변을 헤매고 있다.

전기 안 쓰는 날, 손에 든 호롱불에 비친 우리의 얼굴이 잃어버린 모상模像을 찾아 나선 영혼들처럼 느껴진다.

비가 오실 때면 누군가 찾아올 것만 같다.

소
박
한
밥
상

일반적인 도시생활자들이 공동체 생활을 하는 가족들과 이야기를 나누다 보면, 가상의 세계 혹은 이상향에서 살고 있는 이가 눈앞에 있다는 느낌이 들 수도 있다. 생활이 다르니 언어도 추상적으로 들리기 쉽다. 그렇지만 공동체 생활의 목적은 단 하나, '건강한 삶을 누리기 위해서'이다. 신체적으로 활력 있게 생활할 수 있고, 마음과 정신이 평화롭고, 자연과 이웃을 대하는 관계가 사이좋으면 그것이 건강이다.

내 육체를 포함해서 생명 있는 모든 것과 조화로운 상태를 '사이좋음'이라고 할 것이다. 우주만물이 낳고 변화하고 사라지는 조화의 원리는 자연의 이법에 있고, 몸을 지탱케 하는 생명의 조화로움은 노동과 섭생의 균형에 있다. 좋은 공기와 물과 음식과 노동의 균형 말이다.

우리 마을은 봄나물이 나오는 초봄부터 10월까지 식품비 지출이 적다. 아주 약간의 생선과 고기, 과일 외에는 주변에 넘치는 푸성귀로 자급할 수 있기 때문이다. 50여 마리의 닭을 길러 계란도 자급한다. 야채와 나물류가 풍성하니까 가족들의 몸도 건실하고 얼굴도 좋아진다.

아무래도 공동체 책임자로서 가장 관심을 갖게 되는 것이 가족들의 건강이다. 나는 대화가 적은 대신 가족들의 얼굴과 태도를 많이 살핀다. 대화는 포장도 속임도 가능하지만, 얼굴과 태도는 숨기는 것도 속임도 불가능하다. 건강과 영적 상태가 고스란히 드러난다.

입촌한 가족들이 처음으로 봄을 맞이하면 얼굴도 체중도 쑥 빠졌다가, 여름 한철을 보낸 다음 겨울이면 가장 좋은 얼굴이 된다. 어른들은 농사일이 힘들고 아이들은 1.4킬로미터 거리의 학교까지 걸어 다녀야 하니, 어른 아이 할 것 없이 밥을 수북하게 먹게 된다. 술, 고기, 기름진 간식들로 살아오다 마을에서 만만찮은 노동을 생활화하니 당연하다.

노인들은 속이 비어야 건강하고, 힘쓰는 젊은이들은 밥을 많이 먹어야 건강하다. 식사량이 많으면 배설량도 늘게 된다. 전체적으로 건강이 좋아지는 현상이다.

우리 마을은 산촌지역이라 벼농사를 못 짓는 것이 흠이다. 한 달에 소비하는 쌀이 80킬로그램 세 가마로 1년에 40가마를 먹는데, 주식인 쌀은 우리 손으로 생산하지 못한다. 힘써 유기농업을 하고 살면서도 정작 쌀은 마련할 수 없으니 아쉬운 일이다. 친환경 쌀을 구입하는 데만 연간 400만 원 정도가 추가되고 현미나 흑미 등을 구입하는 비용도 상당하다.

세계의 공동체 마을들은 우유와 계란 외에는 거의 육식을 하지 않는 곳이 대부분이다. 우리도 육식을 최소화해서 사실상 식탁에서 고기를 구경하는 일이 별로 많지 않다. 그런 식습관 때문인지 고기가 없어도 궁하지 않고, 가끔 먹어도 별로 탐식하지 않는다. 아이들도 그렇다.

일본의 한 공동체를 방문했을 때 왜 육식을 안 하는가 물었더니 "굳이 고기를 즐겨야 할 이유가 무엇이오?" 되물을 뿐 더 이상 아무 대답도 하지 않았다. 육식을 안 하는 이유를 묻기보다는 고기를 즐기는 사람에게 '그것이 몸에 좋으냐?'를 묻는 것이 정상일 것이다.

"육식은 성인병과 밀접한 관계가 있다. 육식은 성질을 급하게 만들고 육식을 많이 하면 성정性情이 폭력적이 된다. 축산 사료에는 많은 곡물이 사용되므로 결국 식량 문제와 이산화탄소 배출 문제를 일으킨다. 동물성 폐기물 사료는 광우병 등 악성 질병을 일으킨다. 고단백과 과영양은 질병의 주요 원인이다. 몸에는 좋지 않으면서 비용은 많이 든다. 고기가 맛있으므로 맛없는 음식에 들어 있는 영양소를 결핍되게 만든다" 등등 육식을 피해야 하는 이유는 무수히 많다.

음식은 생명의 에너지원이다. 나쁜 음식에는 죽음의 기운이 있다. 각종 암과 혈관질환, 사망률 증가, 비만, 아토피, 조기 생리와 자폐아, 기형아 출산, 주의력결핍 및 과잉행동장애ADHD, 아스퍼거증후군, 청년 불임…… 우리 시대는 가히 유전자 변형체의 기형적 인간 시대를 맞고 있다.

생각해보자. 조부모와 부모의 키가 작은데도 아이들의 키가 크다면 참 이상한 일이다. 하지만 부모는 조금도 의심하지 않는다. 뭔가 잘못

판단하고 있는 게 아닐까?

제초제와 화학비료, 성장촉진제, 항생제, 병충해 방제제, 음식점 조리나 패스트푸드에 기본적으로 사용하는 조미료, 음료수와 과자류에 들어간 과당, 색소, 향료, 방부제 등 법으로 허가된 식품첨가물만 630여 가지라고 한다. 이것들은 체내에 누적되어 내분비순환계를 교란시키고 유전자의 변형을 일으킬 것이다. 기술문명이 인간을 진보시킨다고 생각하지만 사실은 신체부터 변질시키고 있다.

지성인이라면 고급 레스토랑에서 우아하게 건배하고 만찬을 나눌지라도, 이런 시대의 징표를 살펴야 할 의무가 있다. 신앙인이라면 더더욱 우리 시대 진정한 복음적 삶의 양식이 무엇인지 질문해봐야 한다.

얼마 전 일본 방문 중에 오사카 교구의 마쓰우라 고로 주교님의 안내로 '와쿠와쿠'라는 지역 공동체의 한 가정을 방문했다. 부부는 아토피 피부염이 심한 두 아들을 데리고 5년 전 귀농해 빌린 집을 수리해 살고 있었다. 아내인 자매님은 동경대 출신으로 연극을 전공했고, 남편인 형제님은 전직 전산 프로그래머라고 했다.

저녁때가 되자 자매님이 낫을 들고 나가 두릅과 몇 가지 야채를 바구니에 담아왔다. 저녁 식탁에는 소스에 무친 야채를 가득 올려놓았다. 그것이 메뉴의 전부였다. 내 정서로는 조금 이상했다. 반가운 주교님이 모처럼 멀리서 방문했고, 동네에 마트도 있는데 생선 한 마리, 소시지 한 조각 없이 식탁을 차렸기 때문이다.

그러나 더 이상했던 것은 기분이 나쁘지 않고 오히려 흐뭇했던 점이다. 귀농인의 신념과 기풍 같은 것이 느껴졌다. 자신은 건강을 위해 고기

둘 :: 가난한 자는 복으로 산다

93

를 안 먹으면서 손님더러 많이 드시라고 대접하는 것은 과연 뭔가 이상한 일이다. 그런 것이 우리의 생활이 아니었는가 생각한다. 우리는 야채 한 잎 남기지 않고 깨끗이 비웠고, 주교님은 설거지를 담당했다.

식사 후 차를 마시는 자리에서 자매님은 오렌지 껍질을 들고 와서 칼로 다듬으며 이야기를 나누었다. 오렌지 껍질에 설탕을 묻혀 레인지에 돌려 숙성시키면 아이들 간식이 된다고 했다. 이튿날 아침 공동 모내기에 나간다면서 주먹밥을 만들었다. 마을 사람들도 모두 주먹밥을 만들어 와서 점심으로 먹었다. 정말 소박하고 검소한 모습이었다. 술 한잔, 고기 한 점 없었지만 부족함도 궁색함도 없었다.

일할 수 있는 건강을 가지면 족한데 우리는 먹고 마시는 데 너무 많은 에너지를 쏟는다. 공중파 텔레비전은 하루도 빠짐없이 지지고 굽고 먹는 음식 소개로 전파를 소모한다. 최근 〈트루맛쇼〉라는 다큐 영화를 보니 음식 소개 프로그램의 대다수가 방송사 피디들이 돈을 받고 연출한 것이라 한다.

헬렌 니어링은 저서 《소박한 밥상》에서 긴 시간 준비해서 짧은 시간 먹어 치우는 식탁에 대한 혁명이 필요하며, 채식으로 간소하게 준비해서 즐겁게 먹어야 한다고 주장한다.

자발적인 가난은 육신과 영혼을 건강하게 한다.

아직 겨울인데도 냉이 올라온 거 봐라!

멧돼지, 고라니에 대한 유감

이게 무슨 변괴인고? 기가 막히다. 아침에 일어나 보니 닭장 여기저기에 시체들이 널려 있다. 간밤에 무엇인가가 나타나서 일흔한 마리나 되는 닭들을 한 마리도 남김없이 모조리 물어 죽였다. 세상에 이런 일이!

닭의 등 쪽에 날카로운 이빨자국과 핏자국으로 보아 딱 한 번씩 물었다. 동네 반장님이 살펴보시더니 삵이 왔다간 것이라 했다. 요즘 동네에 삵이 심심찮게 출몰해서 덫에도 걸린 적이 있다고 한다.

TV 프로그램 〈동물의 왕국〉과 책에서나 보았지 삵을 실제로 본 적은 없다. 삵은 호랑이를 닮은 고양이과 짐승으로 고양이 덩치보다는 조금 크다고 한다. 산촌지역의 닭장을 종종 습격하는데 한 번 침입하면 모조리 죽여놓고 간다고 한다.

우리 닭들은 강통삼 박사네 양계장에서 얻어온 것이다. 강 박사 내외는 아들 베드로와 함께 귀농하여 단양군 매포읍 도곡리에서 무항생제 유정란 양계 농장을 한다. 우리는 닭이 필요하면 전화를 한다.

"닭 몇 마리 주세요. 잡아먹게요!"

"닭 많습니다. 가져가세요!"

찾아가면 아들 베드로가 수십 마리의 닭을 포대에 담고 수탉도 대여섯 마리 비율로 넣어준다. 일정기간 산란을 한 닭이라서 털이 많이 빠져 볼품이 없고 계란도 몇 개 낳지 않는다. 그런데 적은 규모의 '그룹 홈(?)'에 살게 되어 그런지, 즉시 털갈이를 하고 알도 다시 낳는다. 우리는 필요할 때 몇 마리씩 잡아서 요리를 한다. 요컨대 우리 집 닭들은 삶과는 아무런 유감도 없고, 이권관계도 없는 사이라는 말이다.

가족들이 나와서 학살현장을 보고는 경악하여 입을 닫지 못했다. 아이들도 그 광경을 보았으니 이제는 밤중에 화장실 갈 일을 서로 걱정한다. 마침 마을에서 '천국의 아이들'이라는 어린이 여름캠프를 열고 발도로프 교육 프로그램을 진행하고 있었다. 캠프 자원봉사자 청년이 "오늘은 알에서 생명이 깨어나 성장하고 또 알을 낳는 과정을 찰흙으로 빚어가면서 공부하고, 닭장에 가서 계란도 꺼내보며 견학하는 날인데 무슨 일이람?" 한다. 생명을 주제로 공부하는 날이 학살의 날이 되고 만 것이다.

물을 끓여 오전 내내 닭털을 뽑으며 손질을 했다. 보통 일이 아니다. 허리와 어깨가 모두 절단 나는 것 같고 일어설 수도 없다. 아이들도 닭털을 뽑게 했더니 조금 전 공포스러운 너스레는 금방 사라지고 신이 난 모양이다. 생명에 대해 가르쳐야 하는 학습계획이 닭 잡는 과목으로 바뀌다니! 마을 체면이 말이 아니다.

털을 뽑고 발과 목을 잘라내고 내장을 정리해서 보발리 각 가정마다 돌렸다. 모두 혀를 차며 안쓰러워하셨다.

야생동물 때문에 산촌지역은 피해가 이만저만이 아니다. 골짜기에 들어와 살면서 보니 야생동물 보호가 어쩌고 하는 말은 귀에 들어오지 않는다. 멧돼지가 감자, 고구마, 더덕을 마구 파헤쳐놓는다. 우리 마을의 소득 작물 세 가지 중 하나가 더덕인데, 멧돼지 습격이 두려울 수밖에 없다. 3~4년 농사가 순식간에 작파된다.

수컷 멧돼지는 혼자 다니지만 암컷은 보통 새끼들을 6~8마리씩 데리고 다니기 때문에 한번 밭에 들어오면 먹지도 않으면서 이빨자국으로 난장판을 쳐놓고 간다. 작년에 동네 최씨 할머니께서 "3년 동안이나 밭을 매고 애쓴 더덕밭을 멧돼지가 망쳐버렸다!"면서 한숨짓던 모습이 눈에 선하다.

멧돼지는 태생적으로 고구마, 감자 같은 뿌리 작물을 좋아하는데다 우리 밭에는 지렁이가 많아 지렁이를 잡아먹으려고 뿌리고 뭐고 사정없이 헤집어놓기 일쑤다. 일단 들이닥치면 농작물의 상품성은 끝이다. 한번은 야콘밭을 찾아온 적이 있었는데, 마치 우리 가족이 필요한 만큼 캐낸 것처럼 차근차근 질서 있게 파 들어간 것이 보였다. 그나마 그렇게 고마울 수가 없었다.

2005년 겨울로 기억하는데 갑자기 수돗물이 나오지 않았다. 확인해 보니 간밤에 멧돼지가 마을에 내려와 저수조 탱크의 배수 파이프를 물어뜯은 것이다. 트럭으로 몇 번을 오가며 길어 부어야 하는 식수를……. 겨울에 눈이 오지 않으면 야생동물들은 목 축일 물을 찾아 마을로 내려올 수밖에 없는데, 방심했던 것이다. 물소리가 나지 않는데도 물이 있다는 것을 아는 짐승들의 감각은 천부의 센서다. 놀랍다.

멧돼지만 우리를 괴롭히는 게 아니다. 고라니는 배추와 콩 모종을 차근차근 뜯어 잡수신다. 모종을 심은 날 밤, 어쩌면 그렇게 귀신같이 알고서 들어올까? 어떤 해는 고라니의 습격을 받고 김장배추 모종을 세 번이나 심은 적도 있다. 배추 모종을 심고서는 노루 망을 둘러치는 것이 순서인데, 어물쩍 넘기려다 큰코다친 것이다.

김장배추 모종을 심을 때 막대한 피해를 주는 다크호스가 또 있다. 귀뚜라미다. 배추 모종을 심고 물을 주면서 앞으로 나가다 보면 뒤따라오면서 모종 줄기를 똑똑 잘라버린다. 귀뚜라미를 쫓기 위해 물 대신에 목초액과 소변, 유용미생물EM을 희석하여 모종에 뿌렸더니 효과가 있었다. 냄새가 고약해서인지 나타나지 않았다.

콩밭을 망치는 놈은 두 번에 걸쳐 등장하는데 콩을 심어놓고 새싹이 나올 무렵에는 산비둘기와 긴꼬리까치가 씨콩과 콩 싹을 파먹는다. 햇빛에 반사되는 줄을 쳐놓고 허수아비도 세우지만 효과는 며칠뿐이다. 새들은 아예 허수아비 팔에 앉아 바람을 쐬기도 한다.

"농사짓기 힘들지? 너무 섭섭하게 생각하지 마. 다 이렇게 공생하는 겨!"

콩잎이 한 뼘 이상 자라날 무렵이 되면, 이번에는 노루와 토끼가 부드러운 콩잎을 잘라 먹는다. 그럭저럭 꽃이 필 무렵 이후라면 콩잎을 잘라 먹어도 따먹은 줄기에서 콩이 더 많이 열린다. 콩이란 본래 잎을 일부러 낫으로 쳐주기 때문이다. 이거 딱 한 가지만 서로 공생이 된다고 할까.

　핀드혼 공동체 이야기를 책에서 읽었다. 그들은 모든 존재 사물에는 정령이 있어서 대화를 나눌 수 있다고 믿는다. 그래서 나무와 밀, 각종 풀과 채소, 가축들과도 대화를 한다는 것이다. 산토끼가 자주 출몰하여 채소를 뜯어 먹을 때도 대화로 타협한다고 했다.

　"산토끼야, 우리는 너희를 사랑한다. 그런데 너희 때문에 요즘 스트레스가 대단하단다. 우리가 가꾼 채소를 버려놓으니 말이다. 먹을 것은 농장 밖에도 많이 있으니 거기서 찾아 먹으렴. 우리가 애써 심어놓은 농사를 망치지 말아다오. 부탁이다!"

　그렇게 '튜닝(소통)'을 한다는 것이다. 내가 직접 가보지 못해서 사실여부는 알지 못하지만, 그럴 수도 있겠다. 우리 공동체는 모임이나 전례를 시작할 때 서로 손을 잡고 '한 몸 되기'를 한다. 너와 내가 하나의 숨결로 살아가는 존재임을 맥박으로 확인하면서 하느님께서 창조하신 '존재 일체'를 고백하는 것이다. 그런데 핀드혼 공동체는 사람관계를 넘어 동식물과도 그렇게 튜닝을 한다니 참 놀랍다.

　핀드혼 생각이 나서 나도 몇 번 대화를 시도해보았다. 밭을 향해 팔을 벌리고 어딘가에 숨어서 나의 간절한 탄원을 듣고 보고 있으리라 믿으면서. 그러나 멧돼지와 고라니, 산토끼들은 나의 진실을 인정해주지 않았을 뿐 아니라 가지고 놀았다. 그날 밤도 다녀간 것이다! 내 책임도 있다. 진실한 믿음 없이 '밑져야 본전'이라는 생각으로 했기 때문이다. 진실한 믿음은 산도 옮길 수 있다고 설교하면서……. 신부에게 믿음이 없으니 난 돌팔이다.

면사무소 산업계에 신고를 했더니 다른 방법이 없다며 포수를 보내겠다고 했다. 야생동물과 조류의 농작물 피해 방지를 위해서 관청에서는 필요하다면 포획과 사살을 특별 허가하기도 한다. 그 후 포수들이 산으로 올라갔고 총성도 가끔 들렸다. 멧돼지를 몇 마리 사살했다는 말은 전해 들었지만 확인할 수는 없었다.

이듬해 대안이 제시되었다. 전기 목책기를 설치하는 것이다. 저주파 전류가 흐르는 전선을 밭 주변에 둘러치는 방식인데, 군청의 보조사업으로 이루어졌다. 효과는 대단했다. 그런데 멧돼지가 고라니보다 머리가 좋다는 것을 알았다. 멧돼지는 한 번 감전으로 혼나면 다시는 나타나지 않는다. 반면 고라니나 노루는 당하고도 늘 나타나곤 한다. 한참 도망가다가 문득 돌아보면서 '내가 왜 도망가고 있지?' 하고 생각한다는데, 사실인 것 같다. 닭대가리가 아니라 노루대가리다. 짐승이나 사람이나 기억력은 중요하다.

도시에서는 멧돼지 고기를 파는 곳이 많은데 모두 양돈으로 생산한 잡종이라고 한다. 실제 멧돼지 고기는 너무 질겨서 우리 동네 사람들은 먹지 않는다. 삼겹살을 사다먹는 게 더 좋다고 말한다.

겨울이면 포수들이 마을 뒷산인 해발 930미터의 용화봉에 심심찮게 올라간다. 멧돼지를 잡게 되면 쓸개만 떼어내고 버린다고도 하고, 쓸개는 시가로 100만 원을 호가한다고도 하는데, 실제로 그런지는 알 수 없다. 또 고라니와 노루는 그 뼈를 매달아놓았다가 썩힌 후에 관절염 치료에 쓴다고 한다. 그것도 사실인지 아닌지는 모른다.

야생동물 보호에 대한 인식이 높아지고 법으로 보호되면서 개체수가 한없이 늘고 있다. 특별히 멧돼지는 먹이사슬의 천적이 호랑이라고 하는데, 현실적으로 천적이 없기 때문에 더욱 문제가 심각하다. 골짜기를 중심으로 매년 출몰 지역이 달라진다.

길 잃은 어린 고라니와 멧돼지 새끼, 산토끼를 포획한 적이 몇 번 있었다. 분유를 먹이고 더러 동물병원에도 데리고 갔었는데 한 번도 살려내지 못했다. 그 후로는 포획하지 않고 내버려둔다. 야생은 야생에 맡기는 것이 그들의 생태임에 동의한다.

아무튼 목책기 덕분에 야생동물 피해는 현저히 줄었다. 자기 농사만 생각하는 이기적인 태도로만 보지 말기 바란다. 멧돼지와 고라니도 먹고살 권리가 있고, 우리도 우리 농사를 지킬 권리가 있다. 타협을 하면 좋겠지만, 살아보니 사람끼리도 소통이 어려운데…….

창밖에 긴꼬리까치가 벌레를 찾고 있다. 행복하신가?

산촌 오지마을이긴 하나 방문자들이 종종 있다. 먼 길 찾아온 얼굴들은 항상 반갑고 고맙다. 정성으로 대접해야 마땅함에도 초보 농부의 생활이 어려워서 결례라도 되지 않으면 다행으로 여긴다. 대중교통이 좋지 않아서 승용차로 오시는 분들이 많다.

요즘은 '내비게이션'이란 것이 있어서 길 안내에 신경 쓸 필요가 없게 되었다. 얼마 전만 해도 승용차로 오는 방문자들은 홈페이지의 길 안내를 프린트하는 것은 기본이고, 마을이 가까워지면 '학교를 지나쳤다', '팻말이 안 보인다'며 계속 전화를 하곤 했다.

마을로 들어서면 승용차를 7~9대 정도 주차할 수 있는 공간이 있다. 방문자들이 늘어나자 군청에서 마련해준 것이다. 주차장에서 불과 40여 미터 거리에 마을 본채 마당이 있다.

방문자들은 언제라도 반갑지만 미운 생각부터 드는 경우도 있다. 어떤 이들은 주차장을 두고도 마당 안까지 차를 끌고 들어오는 것을 당연하게 여긴다. 아이들이 공놀이를 하거나 자전거를 타며 놀고 있어도 상관 않고, 비가 와서 흙 마당에 바퀴자국이 크게 패여도 전혀 개의치 않는다. 지역의 택배 차량들은 짐을 운반하면서도 웬만해선 마당까지 들어오지 않는 예의가 있는데, 어쩜 40미터 걸어오는 것을 못해 그 모양일까…….

권정생 선생은 승용차로 찾아오는 이들에게 "할일이 없어서 공기 더럽히고 다니느냐?"면서 혼내시곤 했다고 한다. 우린 그럴만한 통도 없고, 섭섭해할까봐 뭐라고 말하기도 거시기 하지만 마음으로는 더 크게 야단을 치고 있다.

이건 예의나 염치의 문제가 아니라 습성화의 문제다. 요즘은 소득수준과 관계없이 남녀노소 모두 승용차를 기본으로 이용하는 시대여서인지 아파트, 회사, 휴게소 할 것 없이 한걸음이라도 가까운 곳에 주차하는 걸 당연시한다. 도로와 마당까지 전부 포장되어 있으니 '흙 길'이나 '흙 마당'일 수도 있음을 생각하지 못하는 것이다. 길은 보지만 땅은 보이지 않는다. 주차공간은 보지만 마당은 보지 못한다. 모두가 주차난 속에 사니까 서로 이해하고 매연을 풍기는 것도 너그럽게 이해하고 넘긴다.

사람이나 짐승이나 습관성 동물이다. '습習'이란 몸이 사물을 대할 때 일어나는 몸의 기억으로 자동 반응이다. '습관이 운명을 바꾼다'는 말도 있듯이 개인의 좋은 습관은 성품으로 평가받기도 하고, 세상을 아름답게 만드는 힘이 될 수도 있다.

승용차는 시공을 단축시켜주는 문명의 이기지만 건강하고 아름다운 세상을 위해 어떤 습관을 가르치고 만들어내는 물건인지 심문받아야 한다. 사람이 만든 승용차가 이제 사람의 생활을 좌지우지한다. 승용차 이용 습관이 40미터도 못 걸어가게 만들고 예의염치 없는 장애자로 만들어버렸다면 기술과 상품의 주인이 누구라고 보아야 하는가?

　마을을 시작하면서 400만 원을 주고 '세레스'라는 농업용 중고차량을 구입했다. 이미 단종된 1톤짜리 소형 트럭인데, 힘이 좋아서 사료나 농산물을 운반하기에도 좋고 덤프도 되어 꽤 실용적이다. 물을 길어오거나 빨랫감을 가지고 샘터로 갈 때, 읍내에 나가 장을 보거나 농자재를 구입할 때, 닭똥을 실어 나르거나 축대 쌓는 데 필요한 돌과 흙을 나를 때, 밤중에 급하게 병원에 가거나 손님을 모실 때, 아이들을 데리고 가까운 곳에 놀러갈 때 등등 전천후 기능을 했다. 쿠션이 없어서 경운기처럼 덜덜거리기 때문에 승차감은 아주 '제로'지만, 오랜 시간을 타면 뻐근했던 근육이 오히려 풀리기도 한다. 전신 안마기다.

　그 후 내가 마을에 들어오면서 서울 본당에서 쓰던 세피아 승용차를 갖고 왔다. 12만 킬로미터를 주행했고 무사고 차량으로 성능도 좋았다. 가족들도 필요하면 운행하도록 보험도 바꾸어놓았는데, 가족들이 운전하면서 두 건의 사고를 냈다. 특히 두 번째 사고는 터널 입구에서 충돌해 동승한 동네 할머니가 크게 다치시고 폐차되었다. 차량을 버리고 살라는 뜻으로 좋게 해석했다. 소식을 접한 후원인 한 분이 승용차를 주겠다고 했으나 사양했다. 우리는 승용차를 굴릴 자격이 없었다!

그 후로 내 개인 차량은 없다. 그런데 만약 구입할 경우 보험할증료가 상당할 거라고 한다. 왜 보험할증 부담이 사고 낸 운전자가 아니라 차 주인에게 돌아오는지 그 제도를 이해할 수 없다.

세레스만으로는 응급 기능도 어렵겠다 싶어 1톤짜리 더블캡 중고 트럭을 한 대 구입했다. 3년이 지난 후 7인승 갤로퍼 한 대가 들어왔다. 정병철 유지니오 형제가 직장 다니며 쓰던 차인데, 35만킬로미터를 운행한 폐차행 노구였다. 가족도 늘어나고 승합차가 아쉬울 때가 많아 받아두긴 했는데 들어가는 수리비와 부품비가 만만찮다.

차는 없으면 없는 대로 살게 되지만, 있으면 당연히 이용하게 되어 있다. 그만큼 이용할 일도 자주 생기고, 대중교통을 이용하거나 걸어 다니는 습관과는 멀어진다.

외출하는 일은 많지 않지만 의도적으로 한 달에 한 번 이상은 꼭 버스를 타려고 한다. 그렇게 하지 않고는 자기 각성의 방법이 없다.

이제는 대중교통 이용이 자연스러워졌다. 서울까지 운전으로 왕래하는 경우는 농산물을 운반하거나 가족들이 공동체 행사에 참석할 때 외에 없다. 만약 운전을 하면서 서울을 왕복한다면 시외버스 속에서의 평온한 수면과 독서, 출발의 여유, 창밖의 구경거리같이 대단한 것들을 포기해야 하고, 연료비와 고속도로 이용료, 주차비, 범칙금까지 많은 비용을 지불해야 한다.

하지만 단양 읍내까지는 대중교통보다 차를 많이 이용하게 된다. 농업 일손이 아쉬우니 일을 빨리 보고 들어와야 하고, 또 여럿이 이용하거나 짐을 실어야 하는 문제 때문이다. 물론 짐이 없거나 한두 명일 경우에는 시내버스를 이용한다.

대중교통 이용은 경제적, 생태적 측면에서 좋을 뿐 아니라 특별하고도 즐겁고 새로운 선물을 주었다. 시내버스로 읍내를 다니면서부터 보발리 어른들과 대화가 많이 늘었다. 정류장에서, 버스 안에서 농사에 대해 물으면 아주 친절하고도 신나게 설명하신다. 자연히 집안 자녀들 이야기도 많이 듣게 된다.

마을 어른들에게는 특이한 인심이 있는데 친한 사람의 교통비를 대신 내주는 일이다. 나에게만 그런 것이 아니라 서로 그렇게 하는 경우를 종종 본다. 사양하느라고 싸우기도 한다. 할머니들이 가끔 내 차비를 내주신 후로는 나도 만약을 위해 꼭 천 원짜리를 챙겨서 다닌다. 버스에서 함께 내려서 짐을 집까지 들어다 드리기라도 하면, 굳이 커피 한잔이라도 마시고 가라고 하신다. 잠시 음료수 한잔 얻어 마시고 있으면 또 대화가 오간다. 마을 주민들과 사귀고 잘 지내기 위해서 필요하다면 일부러 찾아가 한턱 낼 수도 있는 일인데, 이렇게 간단하고 쉬운 방법으로 교분을 나눌 수 있으니 얼마나 좋은가. 대중교통이 준 선물이다.

현대의 생활 구조는 승용차 이용을 전제로 설계돼 있다. 지방과 도시의 인도는 장애물로 가득하고 공원과 행사장 접근은 승용차 중심이다.

지방간의 교통망은 차라리 서울을 경유하는 편이 더 빠르다. 철도의 신설 노선이 없고 기차역은 점점 폐쇄되고 있다.

승용차 없는 생활은 불가능한가? '불편하다. 바쁜 시간 많은 업무를 봐야 하는데 경쟁력이 없다'고 말할 것이다. 그건 인생관의 문제다. 긴 호흡 느린 걸음으로 청정한 삶을 품격으로 알고 생활하는 이들이 더욱 늘어가고 있지 않은가.

'그러니까 이제부터 우마차를 이용하자!' 그렇게 주장하는 건 아니다. 승용차 중심의 패러다임에서 자유로울 수도 있지 않느냐는 생각이다. 그렇지 않고는 녹색성장 구호도 헛것이다. 대중교통 천국은 선진국 도시에서는 아주 흔하다. 개인은 좋은 습관에 도전할 일이고, 국가는 무엇보다 더 이상 고속도로를 뚫지 말 일이다.

이렇게 글을 써버렸으니 이제 꼼짝없이 걸린 것 같다.

　오늘은 옥상 콘크리트를 타설했다. 마을에 들어와서 신축으로는 세 번째 집이고 건축물로는 네 번째다. 작년에 건축허가를 받아놓고는 재정 사정으로 미루다가 가족도 늘어나고 허가기간도 있고 해서 더 이상 미룰 수 없게 되었다.

　우리 마을의 생활이란 가정에서의 휴식시간 외에는 모두 공동생활이다. 공동기도, 공동식사, 공동노동 이외에도 늘 함께 있는 시간이 많다. 각 가정에는 세대별로 거실과 침실, 간소한 샤워 시설 정도가 전부다. 화장실은 공동으로 이용하는 재래식 시설이 있다. 독신자들은 공동 거실에 방 하나씩으로 산다. '공동 공간은 넓게, 개인 공간은 좁게'가 우리 마을의 건축 원칙이다.

　이번에 짓는 집은 60평 공간에 다섯 세대와 손님방까지 곁들였으니,

세대당 열 평 남짓하다. 보는 이들은 한결같이 공간이 조금 작은 것 같다고 말하는데, 우리는 의도적으로 작게 짓는다. 난방 문제 때문이다. 해발 490미터의 산촌 고랭지인데다가 930미터의 뒷산을 가진 경사진 곳이어서 일교차가 크다.

낮에는 바람이 아래서 산 쪽으로 불고, 밤에는 산 쪽에서 내려 불기 때문에 아무리 더워도 잠시만 그늘이나 실내에 있으면 시원하다. 한여름 도시의 끈적끈적한 폭염이나 열대야란 것이 없다. 한여름에도 냉수로 샤워하기가 곤혹스럽다. 밤이면 춥고 모기가 살기 어려운 곳이다. 여름밤이라고 창문을 열어놓고 잘 수 있는 날이 거의 없다. 경당에 놓인 두 대의 선풍기 외에는 여기도 부채, 저기도 부채다.

그래서 연중 10개월 가까이 난방을 한다. 산간지대의 집들이 전통적으로 실내 공간이 아주 작고 천정이 낮은 것은 난방 때문일 것이다. 물론 옛날에는 일하고 땀 흘렸다고 해서 그때마다 몸을 씻을 수도 없었다. 물을 길어다 썼으니까 엎드려 목물하는 정도였을 것이다.

도시의 단독이나 아파트들은 주거 공간이 갈수록 넓어지고 있다. 농촌도 신축 주택들은 마찬가지다. 도시의 단독주택이나 새로 짓는 농촌 주택의 설계나 다를 바 없다. 군청에는 농가 주택 신축을 위해 무료로 제공하는 설계도면이 있는데 이 설계도에는 난방을 절약하는 전통적인 주거 원리나 환경이 반영되어 있지 않다. 농민들도 기왕에 새 집을 지으

면서 좀 더 넓고 시원한 공간을 원하기 때문이다. 공간이 커지면 문짝과 창문, 가구들도 자연히 덩치가 커진다. 그만큼 에너지가 소요되고 난방비 부담도 커지는 것이다.

누구나 넓은 집, 넉넉한 공간에서 쾌적하게 살기를 원하겠지만 우리나라의 주거 공간은 너무 넓다. 물론 일고여덟 가족이 한 이불 아래 부챗살처럼 발을 꽂고 살던 시대로 돌아가야 한다는 말은 아니다. 그렇지만 우리나라 가구당 2인 이내의 가족 세대 비율이 2010년 말 기준으로 48.2퍼센트라는 통계에 비추어봐도 집들이 너무 크다는 점은 분명해 보인다.

일본인들은 전통적으로 작은 생활 공간에서 사는 것으로 유명하다. 일본의 전통 가옥 구조에는 난방시설이 없다. 거실과 안방, 화장실과 욕조 등이 모두 오밀조밀하다. 일본도 고층 아파트가 많이 건립되는데 공간들은 기껏해야 20~40평 수준이다. 일본의 공동체 마을 '잇토엔—燈園'의 겐토 선생은 "사람에게 필요한 자리는 앉으면 반 장, 누우면 한 장"이라고 했다. 일본 가옥의 실내 바닥재인 짚 매트(다다미) 기준으로 말한 것인데, 한 장은 반 평이다.

이제 집이란 상품의 개념이 되어버렸다. 주소지는 있지만 가족사가 담긴 '생가生家'라는 개념이 사라졌다. 집은 사람의 생애에서 육신이 처음으로 강생한 마구간이고 영혼이 마지막으로 떠나는 성전이다. 그 소중한 환경을 상품 딱지로 여기게 되다니……

하느님께서는 가난한 자와 부자, 힘 있는 자와 약자 모두의 생존에 필수적인 것들에 대해서는 서로 사고팔거나 차지하려고 싸우지 말도록 아예 흔하게 창조하셨다. 공기와 물과 햇빛이 그렇다. 흔한 것은 하느님의 공유公有이며 그분이 사랑하는 사람들의 공유共有다.

장애인 시설 '평화의 집'이 있는 광덕산은 수원이 풍부하고 물맛이 아주 좋은 곳이다. 방문자 중 한 사람이 장 수산나 원장에게 생수사업을 수익 사업으로 권유했다. 장 원장은 단호하게 말했다.

"하느님이 무상으로 주신 것을 그러면 되나요? 햇빛, 공기, 물 이런 거는 사고파는 게 아니에요!"

그런데 현대인들은 하느님의 것을 제 것인 양 상품으로 거래한다. 생수를 사서 마시는 일상이 불과 15년 정도다. 왼손에 생수, 오른손에 산소캔을 들고 다닐 때가 오면 재앙의 날이 다가왔음을 깨달아야 할 것이다.

의식주를 보면 하느님이 세상을 공평하게 창조했음을 믿게 된다. 명품 핸드백이라고 두 개 들고 다닐 수 없고, 유명 디자이너의 옷이라고 두 벌 껴입을 수 없다. 귀한 진수성찬도 하루 세 끼 이상 먹을 수는 없다. 고광대실 100평 아파트에서도 자는 데는 침대 하나가 필요할 뿐이다. 장자는 "산새는 온 숲을 자기 세상처럼 노니지만, 제 둥지는 나뭇가지 하나면 족하다" 했다.

먹는 것도, 입는 것도, 생활하는 것도 필요 이상으로 축적하는 것은 하느님의 축복이 아니다. 번뇌와 고통의 화구가 되기 십상이다. 삶이 빛날 수 없고 천박해질 위험성이 크다. 다만 그것이 필요함에도 얻지 못한

이의 몫으로 삼을 때만이 하느님의 축복이 될 수 있다.

　가난하던 시절에는 자장면도 많이 주는 곳으로 갔지만 이제는 맛있는 집을 찾는다. 양에서 질로 변해가는 것이 이치다. 집도 얼마나 넓고 잘 꾸미고 사느냐가 아니라 어떤 삶으로 발전시킬 것인가를 궁리해야 하지 않을까.

ꔷ

　생각해볼 것이 있다. 배고픈 시대의 노동자는 임금으로 착취당하고, 배부른 시대의 노동자는 문화로 착취당한다. 수입의 대부분을 문화·교육비로 빼앗기고 있다는 말이다. 아니, 자발적으로 바친다. 땀 흘려 일하고 목숨 걸고 일자리를 지키고 임금을 확보한들 자신도 자녀도 임금 노예의 삶을 피할 길이 없다. 의식주가 해결되고도 행복하지 못한 사람을 무엇으로 행복하게 할 수 있을까?

　우리는 한 가족이 열 평 집에 살아도 충분하다. 도시인의 눈에는 좁아 보이겠지만 사는 데 전혀 부족함이 없다. 공동체로 살아가는 사람들은 감사와 작은 삶에 행복의 비결이 있음을 알기 때문이다. 앞으로도 '공동 공간은 넓게, 개인 공간은 좁게!'라는 원칙을 고수할 생각이다.

　일기예보에 내일은 비가 온다는데…….

소
화
와
마
리
아

    소백산 골짜기에 아기 울음소리가 울렸다. 마을 반장님네 딸이 태어
난 것이다. 반장 김동규 씨는 이곳에서 태어난 본토박이다. 보발학교 졸
업생이기도 하다. 팔순 넘은 모친을 모시고 고추와 콩 농사, 약초재배
등으로 힘겹게 살아가는 전형적인 산촌마을 농사꾼이다.

    일찍이 선친이 일군 화전을 물려받아 농사도 짓고 탄광일도 했다. 도
시에 나가 잡부도 했고, 그때 결혼하여 딸도 하나 두었다. 도시생활에
적응하지 못하고 돌아왔는데 그 무렵 아내가 떠나버렸다.

    그는 우리 공동체가 이곳에 자리를 잡았을 때 처음으로 만난 주민이
다. 거짓이나 텃세라고는 조금도 찾아볼 수 없는 순수하고 착한 사람이
다. 우리는 그를 '반장님'이라고 부른다. 우리가 속한 보발리 3통 반장을
맡고 있어서다. 친절한 김씨를 농사 고문으로 의지하며, 파종에서 수확

둘 : 가난한 자는 복으로 산다

까지 매번 물어가며 농사를 짓는다. 그는 우리가 못하는 쟁기질을 해주고, 우리는 그의 밭일을 도와 품앗이를 한다.

그에게는 서른 중반이 훨씬 넘은 노총각 동생이 있다. 함께 사는데 동생은 벌목하는 산판에 다니면서 일을 한다. 팔순의 노모가 장년의 두 아들을 돌봐야 하는 처지로 어렵게 살아가던 반장은 2년 전 중국 연변에서 아내를 맞았다. 이곳에서는 연변댁으로 통하는데 그녀도 농촌에서 자라서 농사일을 잘한다. 우리가 품앗이를 하거나 집에 찾아가면 늘 밝은 얼굴로 친절하게 커피를 내온다.

낯선 땅, 그것도 깊은 골짜기에서 살게 되어 적적하기도 할 텐데 성품이 온순하고 낙천적이라 참 다행스럽고 감사한 일이다. 부부의 궁합이 틀니처럼 맞으니 하늘이 착한 이에게 내리신 축복이라 생각한다.

연벽댁이 출산할 때가 다가와 병원에 갔는데, 그 다음날 전화가 왔다. 딸을 낳았다면서 이름을 지어달라는 것이었다. '소백산에 핀 꽃'이라는 의미로 '소화小花'라 이름 지어 봉투에 써넣고, 마을 가족이랑 할머니와 함께 제천에 있는 병원을 찾아갔다.

갓난아기는 언제 봐도 경이롭고 평화로운 천사다. 이름을 지었노라고 봉투를 내놓으며, 아기가 나중에라도 가톨릭 세례를 받게 된다면 '소화 데레사'로 지어줄 생각이라고 말했다. 소화 데레사. 반장님과 연변댁은 이름이 예쁘다고 좋아했다.

출생이란 선택이 불가능하고, 이름도 조국도 가문도 부모도 결정지어진 환경에 던져질 따름이다. 그러나 예수님도 공자님도 빈자의 텃밭에 태어나신 것을 보면 하느님의 축복이란 모두에게 공평함이 분명하다.

생명의 탄생이란 예삿일이 아니다. 경이로운 신비다. 착하게 살았으되 가진 것 없는 농부와 보다 풍요로운 꿈을 안고 국경을 넘어 시집온 어머니 사이에 태어난 아기. 평화롭게 잠든 소화의 얼굴을 들여다보며 새근거리는 숨결을 들었다.

"나는 우리 부모님에게 태어난 것을 감사해요. 나를 보아요. 엄마 아빠처럼 깨끗한 마음으로 살아가는 사람들은 하느님의 사랑을 받을 거예요. 우리 엄마 아빠는 가난 속에서 희망을 피워내고 있어요."

하늘은 모든 생명을 숨결로 낸다. 창세기에 '하느님이 인간을 창조하실 때 진흙으로 사람 모양을 만들고 코에 입김을 불어넣으시니 숨을 쉬어 사람이 되었다'고 기록되어 있다. 베들레헴 마구간에서 태어난 예수의 숨결은 생명의 속삭임이 되어 벌판의 목동들에게 전해졌다. 소화의 신비로운 숨결이 힘들고 어렵게 살아가는 이 땅의 모든 이들과 다문화 가정에 희망의 메시지가 되기를 기도한다.

시대는 사람을 만들고, 사람은 시대를 만든다. 우리 시대는 이렇게 새로운 삶의 이야기를 기록해가고 있다. 서로가 필요했기에 외국인 이주자들이 왔다. 교황 요한 23세의 말처럼 "사람은 함께 사는 데 의미가 있다." 이 땅에 사는 귀화 결혼자들은 대부분 '소화'의 부모처럼 힘없는 빈자들이다. 하지만 예수님은 산상설교에서 "가난한 사람들아, 너희는 행복하다. 하느님 나라가 너희의 것이다" 하셨다. 착한 마음으로 맞이하여 서로 의지하면서 작은 행복을 만들어가는 삶이 소중하고 빛나는 이유는 그것이 하느님의 축복이기 때문이다.

집에 돌아온 소화네를 찾아가보려고 읍내의 농협 마트에 들렀다. 화장지와 분유를 집었는데 분유 값이 꽤 비싸다고 느껴졌다. 처음 사본 물건이라서 그럴 것이다. 혹시 몸에 좋지 않은 첨가물이 섞이지는 않았을까 방정맞은 생각도 들었다. 마음 놓고 먹일 것도 없는 세상에 태어난 아기에게 미안한 마음이다.

소화에게 푸른 하늘과 숲, 청정한 공기와 물을 선물하고 싶다. 깨끗한 먹거리로 자라게 하고 싶다. 무엇보다 몇 년 후 소화가 가방을 메고 학교에 갈 무렵, 그 아버지가 졸업한 마을의 학교를 다닐 수 있도록 보발분교도 더 발전하기를 기대한다.

소화가 태어난 다음 해에 반장네에는 많은 변화가 있었다. 무엇보다 갑자기 소화의 할머니께서 작고하셨다. 소화의 삼촌 역시 캄보디아 이주 여성과 결혼해 단양 읍내에 나가 살다가 생활비 등의 문제도 있고 해서 집으로 들어와 살게 되었다.

작은 농가 주택에 두 가족이 각각 아기를 기르는 처지가 되어 생활이 복잡해지자 반장네는 동생에게 집을 비워주고 기거할 집을 찾았는데 농촌 마을이라 살 만한 빈집이 없었다. 우리 가족들이 마을로 들어와 살도록 배려해서 지금 함께 지내고 있다.

연변댁은 국적을 취득해서 연변에 살던 딸을 데려올 수 있게 되었다. 중학교 2학년생인 순자는 성품이 온순하고 착한 아이다. 부모님과 셋이서 매주 한 시간씩 나에게 가톨릭 입문공부를 했는데, 부모는 중간에 포기했고 순자는 재미있게 여기며 잘해서 부활절에 마을 가족들의 축하를 받으면서 '마리아'로 세례를 받게 되었다. 지금은 공동체 전례와 기도에 열심히 참석하고 순서에 따라 독서를 봉독하기도 한다.

마리아는 어려서부터 왼쪽 다리가 짧은 장애를 가지고 있다. 서울성모병원에 데리고 가서 진단을 받게 했는데, 선천적으로 한쪽 고관절의 둥그런 뼈가 생성되지 못했다고 한다. 지금까지 한쪽 다리에만 의지해 생활한 까닭에 뼈가 아주 연약한 상태였다. 수술을 하면 교정이 될 수 있는데 좀 더 골격이 성장한 다음에 해야 한다고 했다. 마리아는 수술로 교정될 수 있다는 의사의 말을 듣고는 기대에 부풀어 있다.

마리아는 마을에서 생활하면서 최근에야 국적을 취득했다. 이름을 바꾸고 싶다고 해서 '인희仁喜'라 지어주었다. 이웃들에게 어진 사람이 되고, 하느님의 사랑 안에서 늘 기뻐하는 생활이 되라는 의미다. 마리아는 아주 좋아했다. 순자라는 본명이 좀 촌스럽게 느껴졌던 모양이다.

인희는 국적을 얻고 나서 부모의 권유로 가곡중학교 3학년에 편입했다. 농촌 학교들도 방과 후 자율학습을 강요해 9시가 넘어서야 끝나기 때문에 아주 피곤해하며 다닌다. 국어와 사회 과목을 힘들어하는데 앞으로 잘할 것이라 생각한다. 학교 친구들도 물정이 어두운 인희를 따돌리지 말고 친구로 돌봐준다면 좋겠다.

아이들이 성장하는 것을 보면 세월이 너무 빠르다. 이제 소화는 아침이면 가방을 메고 어린이집에 가기 위해 나선다. 소화는 곧 학교에 다닐 것이고, 인희도 고등학생이 될 것이다. 고교 졸업 후엔 대학에 진학하거나 직장인이 될 것인데 어떤 전공, 어떤 직업을 가지게 될까 기대된다.

어떻게 살더라도 소화와 마리아 자매가 건강하고 행복하게 살아갈 것을 믿는다. 심성이 착한 반장 내외 역시 계속 농사꾼으로 살아갈지, 아니면 도회지로 나가게 될지 미래의 일에 대해서야 알 수 없는 일이다. 아무튼 하느님께서 주신 인연인데 항상 건강하고 화평한 가정이 되고, 우리와도 좋은 이웃으로 남아 있기를 기대한다.

벌써 개망초대 올라온 거 봐라!

어머니가 거친 손으로 출가하는 아들의 손을 잡고
당신의 얼굴에 대면서 말씀하신다.
"아들아, 내가 보고 싶거든 네 손바닥을 보렴."

스님은 자기 손바닥을 들여다보는 것이 화두가 되었다.
그 안에서 어머니의 역사와 삶을 보곤 했다.
그러던 어느 날부터인가
그 손으로부터 큰 사랑이 쉬지 않고 흘렀다.

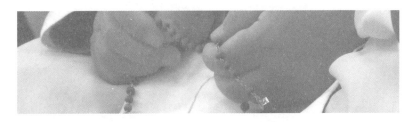

셋

농업은 생명의 마술이다. 농부는 마술사고 연
출은 하느님이 맡으신다. 밭과 밭은 퍼즐 조
각이다. 둘이 하나가 되고 하나가 셋이 된다.
농업은 생산 분야가 아니라 예술로 분류해야
맞는 거 아닐까?

태초에 하늘과
땅과 농사가 있었다

우 리 는 농 부 다

'우리의 직업은 농부다!'

마을에 들어올 때 지닌 우리의 자의식이다. 직업 전환이란 게 어디 그렇게 쉬운 일일까. 그래서 직업에 충실하기 위해서 몇 가지 원칙을 세웠다.

첫째, 창조와 생명에 대한 믿음으로 생태농업을 하자.(제초제, 병충해 방제제, 화학비료를 일절 사용하지 말자.)

둘째, 지역 농민들의 관행 작물과 농법을 충실히 배우자.(제초제, 농약, 화학비료 사용을 제외한 모든 것을 학습하자.)

셋째, 농산물 가공이나 수익성 특화 작목은 추후에 궁리하자.(머리 쓰는 경영자에 앞서 몸을 쓰는 농부가 되자.)

샛: 태초에 하늘과 땅과 농사가 있었다

이곳 단양 가곡면 지역의 주 작물은 고추와 콩, 더덕, 감자 등이다. 주민들이 전통적으로 해온 작물은 지질의 물리적, 화학적 특성에 맞게 검증된 작목일 것이다. 그래서 같은 단양 지역이라도 남한강을 사이에 두고 동쪽 가곡면은 고추와 콩, 더덕을 많이 하는 반면에 황토가 많은 서쪽 어상천면은 수박과 수수, 율무 등 잡곡을 많이 한다.

귀농한 이들은 다른 귀농 친구의 말을 듣거나 책에서 보고 어떤 작목이 수익성과 전망이 좋으니 어쩌니 하는데, 어쭙잖은 생각을 버리고 한동안 묵묵히 주민들의 작목과 농법을 전적으로 따를 필요가 있다. 우리도 그대로 따라서 했다. 동네 사람들에게 파종 준비와 시기, 방법 등을 물어가면서 따라하는 것도 쉬운 일이 아니다. 사람마다 대답이 다르기 때문이다.

우리는 해마다 더덕을 심고 있지만 파종에 실패하는 경우가 많아 아직도 자신이 없다. 처음 매입했던 밭 중 1500평에 더덕을 파종해놓은 밭이 있었는데, 우리가 인수받아 3년 동안 밭을 매고 퇴비를 투입하여 관리한 후 출하했다. 좋은 경험이 되었다. 우리가 생산한 더덕은 퇴비로 재배했기 때문인지, 굵기는 다른 농가에 비해 못하지만 향이 아주 좋아서 호평을 받았고 수익도 괜찮았다.

콩은 비교적 쉬운 작물이다. 그러나 콩이라는 작물 자체가 공기 중의 질소분을 끌어들이는 기능을 하기 때문에 콩밭은 늘 잡초가 무성하게 마련이다. 한여름 콩밭을 매야 하는 일은 간단치 않지만 병충해도 크게 신경 쓸 것 없고, 타작 후 콩깍지는 소에게 사료로 주기 때문에 유용하고 정직한 작물이다. 콩으로 청국장을 띄워서 팔고, 메주로 간장과 된장을 생산한다. 콩은 효자 작물이다.

고추는 2월 초부터 10월의 수확, 건조까지 기간이 가장 오래 걸리는 작물이다. 2월에 시작하는 모종은 수십 년 경험을 가진 주민들도 종종 실패할 때가 있다. 김 노인은 딱 한 번 약주를 들고 저녁에 고추 모종 덮어주는 것을 깜박하는 바람에 한 해 모종을 실패했다. 그런 농가는 이웃집의 남은 모종을 거두어 심거나 시장에서 구입하기도 한다. 75세 이상 노인들이 모종에 실패할 경우에는 군청에서 모종을 공급해주는 지원사업도 한다.

어상천 사람들은 자기들처럼 수박 농사를 하면 짧은 기간에 화끈하게 수익을 올릴 수 있는데, 가곡 사람들은 왜 봄부터 가을까지 고추 농사에 매달리는지 알 수 없다고 한다. 가곡 사람들은 수박은 작파할 때가 종종 있지만 고추 가격은 절대 폭락하지 않기 때문에 그래도 제 값을 받을 수 있는 작물은 고추밖에 없다고 주장한다. 우리는 무슨 말인지 아직 모르니까 듣고 따르기만 한다.

고추는 탄저병 같은 수인성 병해가 심각해서 해마다 피해가 크다. 농민들이 한여름 농약통을 짊어지고 살다시피 할 정도로 고추는 농약에 가장 많이 노출되는 작물이기도 하다. 가을이면 비료와 농약 대금을 농협에 갚아야 하는데, 한 해 400만 원 이상을 상환하는 농가도 많다.

감자, 콩 같은 작목에 비해서 고추는 유기농으로 재배하기가 너무 어렵다. 우리도 고생만 죽도록 하고 제대로 수확한 해가 한 번도 없어 5년 만에 고추를 포기했다. 자급용만 남기고 야콘으로 작목을 바꾸었다.

2009년 이후 우리 마을의 주 작물은 콩, 더덕, 야콘이다.

첫 농사를 시작했을 때다. 화학비료를 사용하지 않고, 거기다가 퇴비도 제대로 넣지 못하고 파종을 했다. 그런데도 농사가 되었다. 땅이 살아나니까 그런가 보다 하고 화학비료 없이도 충분히 농사지을 수 있다는 생각을 하고 자신감도 가졌다. 그런데 이듬해는 훨씬 못하더니 세 번째 해에는 아주 형편없었다. 알고 보니 그나마 농사가 되었던 것은 이전까지 관행농업에 의한 화학비료의 잔유성분 때문이었다. 완전 코미디다.

사용하던 화학비료를 중단했을 뿐, 필요한 퇴비를 투입하지 않았으니 제대로 자랄 리 없었던 것이다. 그래서 퇴비생산의 방법으로 생각한 것이 소를 기르는 것이다. 유기농업의 선진국 쿠바에서는 소똥 거름을 가장 효과 있는 것으로 교육한다. 닭똥(계분)은 과실의 당도를 높이는 반면, 소똥은 작물을 굵고 튼튼하게 하기 때문에 모든 작목의 기본 퇴비가 된다. 소똥 같은 축산 분뇨를 퇴비로 쓰고 밭에서 나온 것은 다시 소의 여물로 먹이는 순환구조를 '경종축산순환농법'이라고 한다.

논농사를 짓지 않는 우리는 소의 사료로 쓸 볏짚을 구입해야 하기 때문에 한계가 있다. 그래도 계속 경축순환법을 고집하고 있는데 현재 퇴비 자급률은 50퍼센트 정도다. 나머지는 농협 퇴비를 이용한다. 우리가 유기농업 원칙을 고수하는 것은 물론 생태적 믿음 때문이다. 생산하는 우리도, 소비하는 도시인도, 배출하는 땅도 서로 건강해야 한다.

현재까지 소출은 제대로 얻지 못하지만 유기농업의 고집스런 원칙은 성공하고 있어서 원주 상지대학교의 친환경농업인증을 받고 있다. 인증은 유기농업을 3년 이상 지속하고 토양 검사에서 토양염과 농약성분이

검출되지 않아야 받을 수 있는데, 지정된 농지와 작물에 한정한다. 우리는 남서쪽 일대의 6000평 밭이 일체의 화학비료를 사용하지 않는 것이 인정되어 전체 면적을 친환경농업으로 인정받게 되었다. 일종의 친환경농업지대 인증인 셈이다. 유기농업은 농부가 생태문제에 대한 철학이 확고해야만 가능하다. 수익의 비교우위로 계산해서는 자기기만의 덫에 걸리게 된다.

지역 주민들의 관행농업을 열심히 배우자고 한 것은 농업의 기본과 영농 원리를 배우자는 뜻이었다. 그러나 성공하지 못했다. 가족들이 자주 퇴촌을 하기 때문에 기술이나 경험이 축적되지 않았다.

공동체에 들어온 첫해에는 마치 단순 노동자처럼 일만 따라서 하는 것이 생활이다. 허덕이는 몸으로 인해 무엇을 언제 어떻게 파종하는지 알 수 없다. 두 번째 해가 되어야 사계절의 리듬이 느껴지고 농사월령을 학습할 수 있다. 3년차가 되어야 비로소 농업에서 자신의 경험을 바탕으로 삼을 수 있는데, 문제는 늘 3년 이하의 새로운 가족들이 주축이기 때문에 경험이 쌓이지 않는다는 것이다. 우리 마을의 가장 안타까운 측면이다.

가공이나 특용작물은 농사 경험을 쌓은 후 천천히 하자고 한 것은, 도시생활에서 벗어나 우선 머리를 쉬게 하고 흙과 친해지는 몸, 농업노동을 두려워하지 않는 몸을 만들자는 취지였다. 기계를 사들여 농산물을

가공한다든가 농산물을 사들여 유통하는 일은 누구나 재미있어하고 잘 할 수 있기 때문에 농업인이 된 후에 해도 늦지 않다고 생각했다.

그런데 지금 생각하면 몸이 만들어지기도 전에 가족들이 떠나버릴 바에는 차라리 수익성을 위해서나 노동의 다양성을 위해서 뭔가 궁리했더라면 하는 아쉬움도 든다.

이런저런 문제들을 떠올릴 때마다 농업을 천직으로 여기고 살아온 이 땅의 농민들이야말로 위대한 장인이라는 생각이 든다. 농민을 존경하게 되니 모든 직업과 삶을 더 존중하고 경외심으로 대하게 되었다. 이 또한 사람됨의 과정일 테니, 길건 짧건 산촌생활을 한 만큼 성공하는 삶이라는 생각이다.

나비 한 마리 창가에서 춤춘다.

비닐멀칭을 하다

오늘은 감자를 심기 위해 비닐멀칭을 했다. 농촌 길을 지나다 보면 기다란 밭두렁마다 까만색 혹은 하얀색 비닐을 질서 있게 덮어둔 것을 볼 수 있는데, 그것을 비닐멀칭이라고 한다.

쟁기나 트랙터로 밭을 갈면 흙이 모아지는 부분과 고랑으로 패는 부분이 있다. 흙이 모아진 부분에 농작물을 심는데 그 부분을 '두둑' 혹은 '두렁'이라고 한다. 두둑과 두둑 사이에 사람이나 쟁기질하는 일소가 지나가거나 빗물이 빠지는 부분을 '고랑'이라고 하고, 두둑과 고랑을 합쳐서 '이랑'이라고 한다. 두둑과 고랑은 기능적 개념이고 이랑은 단위의 개념이다.

또 아는 척을 했네.

동네 반장님을 품앗이로 불렀다. 반장님이 쟁기질로 두둑을 만들어주면, 가족들은 비닐멀칭을 위해서 부지런히 흙을 고르는 작업을 한다. 멀칭을 하기 전에 두둑의 흙을 고르고 잘 만들어 씨앗이 심어지기 좋게 해야 잘 발아되기 때문이다. 그런 다음 본격적인 비닐멀칭을 하게 된다.

평지밭이라면 흙을 고르는 것도 비닐멀칭도 전용 트랙터나 관리기 같은 농기계를 이용해 자동으로 할 수 있다. 우리 밭은 비탈진 곳에 있어서 식구 모두가 달라붙어 완전 수동으로 비닐 덮기 작업을 해야 한다. 그러고 보면 농기계 활용이 가능한 밭과 불가능한 밭의 땅값 차이가 큰 것은 당연하다. 그런데 도시 부인들과 중개인들이 농토를 투기의 대상으로 삼으면서부터 가격 차이가 없어지고 있다. 부동산 투기라는 것이 얼마나 죄짓는 일인가를 알아둘 필요가 있겠다.

쟁기로 멀칭을 하는 지혜는 놀랍다. 비닐 두루마리 통을 막대에 끼워 쟁기의 보습 앞에 달아 고랑에 대고 쟁기질을 하면, 비닐이 펴지고 파낸 흙이 비닐 한쪽을 덮는다. 이 과정은 거의 반자동이다. 보조자가 다른 한쪽 비닐로 두둑을 덮고 고랑의 흙으로 덮어주면 멀칭이 완성된다.

멀칭하는 날은 많은 인원이 덤벼들어야 한다. 즉시 하지 않으면 흙이 마르고 바람에 비닐이 날려 허사가 될 수도 있다. 빠른 시간에 동시에 해야 하기 때문에 길산이와 덕균이, 애린이, 지윤이, 민준이까지 꼬맹스쿨 다섯 명도 합세했다.

밭에서 일할 때는 울퉁불퉁 엉터리였지만 새참을 먹느라고 밭가에 앉아서 멀칭해놓은 밭을 바라보고 있노라니, 옛날 시집온 새댁이나 부잣

집 마님의 가르마처럼 예쁘기만 하다.

　논농사 지대의 색깔은 일정하지만 밭농사 지대는 작물마다 파종과 성장, 결실이 다르기 때문에 밭뙈기마다 제멋대로의 옷을 입게 된다. 갈아놓으면 갈아놓은 대로, 농작물을 심고 작물이 자라나면 또 자라나는 대로 밭의 색상은 순간순간 변신한다. 마치 화가가 화판 위에 유화의 색깔을 계속 덧칠해가며 그림을 수정하는 듯이 말이다. 그래서 더욱 아름답다. 밭은 계절에 따라서, 또 계절에 관계없이 다른 색깔을 낸다. 사람마다 다른 생로병사를 농작물의 성장, 변화, 소멸의 색감으로 표현하고 있는지도 모르겠다. 농부의 삶 자체가 예술이고 미학이다.

　농업 노동은 흙이라는 화선지 위에 그려가는 그림이자 새겨가는 조각이다. 농부는 밑그림을 그리고 하느님은 채색으로 완성하신다. 완성되어 벽에 걸릴 그림이 아니라 화판 위에서 끊임없이 살아나는 느린 동영상이다.

　농업은 생명의 마술이다. 농부는 마술사고 연출은 하느님이 맡으신다. 밭과 밭은 퍼즐 조각이다. 둘이 하나가 되고 하나가 셋이 된다. 농업은 생산 분야가 아니라 예술로 분류해야 맞는 거 아닐까?

　처음 마을에 들어왔을 때는 멀칭으로 사용했던 얇고 까만 비닐조각이 온 밭과 야산에 묻혀 있는 것을 보고 반생태적이라는 생각을 했다. 지금도 밭 언덕 여기저기에서 돌을 들추거나 건드리면 폐기된 비닐이 쏟아져 나온다. 10년, 20년 이상 된 비닐들이다. 요즘에는 농업인들이 모두 자발적으로 수거하는데, 수거한 비닐은 공동 처리장에 버리도록 되어 있다. 폐비닐은 재생공장에서 가져간다.

비닐 농법은 제거와 수거가 완벽하게 이루어져야만 한다. 비닐을 제거할 때 우리는 다 같이 덤벼들어 막무가내로 비닐을 거두어 모은다. 모아놓고 보면 비닐이 조각조각 끊어져 있다. 그런데 아랫마을 황씨의 부인이 마을 입구 고추밭에서 비닐 수거하는 모습을 자세히 살펴보니 순서가 있었다.

먼저 흙에 파묻힌 부분을 가볍게 빼낸 다음 고추대에 걸릴 만한 곳을 낫으로 미리 갈라놓고 밭고랑 끝에서 비닐을 당기니 30미터 길이의 비닐이 끊어지지도 않고 줄줄이 달려 나왔다. 가히 예술이다! 흙에 덮인 부분을 쉽게 당겨내기 위해서는 비닐멀칭을 할 때부터 고려해야 한다. 농사에도 요령이 있고 노하우가 있게 마련이다. 귀농 한두 해로 농부가 될 수는 없는 일이다.

비닐멀칭 농법은 가뭄을 이겨내고 잡초를 제압하며, 병충해를 예방하고 고추를 고루고루 익게 하는 등 많은 기능을 한다. 비닐멀칭으로 햇빛을 못 본 잡초가 자라지 못하므로 밭을 매는 일손을 크게 덜어준다. 또, 비닐에 반사된 햇빛이 고추에 골고루 쪼이면 빗방울에 흙이 튀어 생기는 탄저병 등 수인성 병해를 예방하는 기능도 한다.

낮에 뜨거워진 땅은 밤이 되면 일교차 때문에 '결로현상'을 일으켜 비닐 안쪽에 물방울이 맺힌다. 그래서 농작물에 수분을 제공하는데, 고랭지 채소가 부드럽고 단맛이 좋은 이유가 그 때문이다. 물이 귀해서 모종을 심을 때도 물을 주어야 하는데, 고지대라 물을 공급하기가 쉽지 않다. 비닐멀칭법이 나오고부터 그런 가뭄의 문제가 일정 부분 해결되었다고 볼 수 있다. 웬만한 가뭄은 일교차에 의한 수분 공급으로 극복되는 것이다. 비닐멀칭이란 것이 우스운 듯 보이지만 사실은 혁명적인 농법의 발견이라는 생각이다.

비닐멀칭이 나오기 전까지는 돌을 이용했다고 한다. 산촌 비탈밭에는 돌이 많다. 매년 돌을 골라내는 것도 만만찮은 일이다. 그러나 쟁기질이 가능한 크기의 돌은 반드시 남겨두어야 한다. 돌은 흙의 유실을 막고 밭에 수분을 제공하는 기능을 한다. 낮에 뜨겁게 달궈진 돌이 일교차에 의해 결로현상을 일으키면, 이슬이 돌 아래로 흘러내려 밭에 수분을 제공한다. 이것을 보고 '돌이 오줌 싼다'고 말한다.

농부의 경험적 지혜야말로 진정한 과학이다. 과학은 가설을 세워놓고 그 가설을 증명해가지만, 농부의 과학은 삶으로 경험하고 전승받은 상식이다. 올림픽을 앞두고 베이징 시는 도시의 대기오염을 씻기 위해 인공강우를 실시했다. 놀라운 기술 시대다. 그러나 농부들은 수백수천 년 전부터 하늘이 허락하는 수준에서 이미 그렇게 하고 살았다.

비닐멀칭은 가을이나 이듬해 봄 파종 전에 걷어내는데, 걷지 않고 이모작으로 활용하기도 한다. 가령 고추밭의 비닐을 상하지 않게 그대로 둔 상태에서 콩이나 더덕 등 채소를 심기도 한다.

요즘은 비닐, 지지대, 방초망 등 편리한 농업 소모품들이 신제품으로 계속 출시된다. 약간의 편리함을 누리는 대신 영농비가 상승하고 있다. 그리고 보면 농업인보다는 영농 자재를 공급하는 기업과 유통업자들이 더 많다는 생각도 든다. 모두 장사만 하겠다는데 농사는 누가 지어야 하는가? 영농비는 올라가지만 노인들만 남은 농촌의 농사일은 선택의 여지가 없어 보인다.

　　비닐멀칭이 끝났으니 내일이나 모래쯤엔 감자를 심을 텐데 아무도 신경 쓰지 않는다. 감자 심는 것쯤은 이제 누워서 떡먹기란 걸 알고 있기 때문이다.

　　오늘은 4월 18일, 내일은 4·19 혁명기념일이다.

콩밭 매는 아낙네야

"야, 예술이다!"

가족들이 서씨네 밭을 내려다보면서 감탄하고 있다. 서씨네 콩밭은 우리 마을 가정사와 맞닿아 있어서 하루에도 몇 번씩 눈길이 갈 수밖에 없고 경작하는 과정을 모두 보게 된다. 심어놓은 콩의 햇순이 어쩌면 저렇게 깨끗하고 한 치의 어긋남 없는 간격으로 질서 정연하게 나왔을까? 정말 예술이라고 표현하기에 부족함이 없다.

예술처럼 느껴지는 이유는 우리가 짓는 밭들과 너무 비교되기 때문일 것이다. 우리는 초봄부터 더덕을 비롯해서 콩과 옥수수, 야콘 등을 파종한다. 더덕은 심고 보름 이상 지나야 새싹이 올라오는데 문제는 더덕 싹보다 잡초가 먼저 올라온다는 사실이다. 많은 경우 더덕은 아예 보이지 않고 잡초만 우거져 있는 상태가 된다.

셋 : 태초에 하늘과 땅과 농사가 있었다

139

풀을 매려고 밭가에 서면 뭔가 농사를 짓는다는 기분이 들어야 하는데, 무성한 잡초를 바라보노라니 기운이 나지 않는다. 어쩌다 올라온 새싹도 잡초에 묻혀 있고, 풀을 뽑으면 더덕 싹도 같이 뽑힌다. 싹을 추려내어 다시 심으면서 살려보고자 애를 쓰지만 어떻게 해볼 방법이 없다. 그래서 콩이건 옥수수건 가급적 모종을 만들어 심어야 한다.

서씨의 밭은 2500평으로 인근에서 가장 크다. 원래의 농지 주인은 토박이지만 서울에 나가 살고, 서씨가 관리하고 있다. 우리 마을 위쪽으로도 두 필지가 더 있는데, 우리더러 지으라고 넘겨주어서 2000여 평을 받아 주로 콩, 들깨 밭으로 이용하고 있다.

서씨는 본토박이로 마을의 간이수도를 관리하고, 겨울에는 동네 도로에 쌓인 눈을 트랙터로 제설하는 등 마을 일도 본다. 그래서 우리와도 친하게 지낸다. 서씨네는 트랙터를 가지고 있기 때문에 필요한 시기에 필요한 작업을 할 수가 있다. 품앗이는 고추 모종을 심는 날이나 익은 고추를 따는 경우, 콩을 타작하는 경우에만 서너 명이 함께 일할 뿐 나머지는 부부 둘이서 전체 1만여 평을 짓는다.

우리는 서씨의 농사 과정을 흥미롭게 지켜보지만, 그들은 우리가 농사짓는 모습을 쳐다보지도 않는다. 그래도 볼 건 다 보고 있다.

"아니, 그 정도 사람덜 가지고 몇 천 평을 못하누? 일하는 거 보믄 요령이 없어 그래!" 하고 말한다.

서씨네는 관행농업을 한다. 제초제와 화학비료, 농약을 사용하는 대부분의 일반 농가 방식이다. 금년에는 일부 콩밭을 친환경으로 한다고 했다. 보발리에도 친환경으로 농사를 짓는 가정이 일부 있지만 본토 마을 사람들은 친환경농업을 별로 신뢰하지 않는다. 힘들기도 하고, 판로도 없고, 계약 재배를 한다고 해도 납품 절차가 까다롭기 때문이다.

가령 콩은 적당히 고른 후에 팔게 되는데 친환경 농산물 납품은 그만큼 철저한 선별을 요구한다. 그러나 농촌에는 콩을 고르고 앉아 있을 만한 일손이 없다. 금년에는 작목반을 결성해서 잡곡을 친환경으로 추진한다고 하는데 지켜볼 일이다.

유기농업이 어려운 큰 이유는 밭을 맨다는 개념이 사라졌기 때문이다. 만약 우리처럼 밭을 매야만 농사를 할 수 있다면 농사는 전멸할 것이다. 칠십대 이상의 노인들 혼자, 혹은 노인 부부가 어떻게 1만 평 가까운 밭을 맬 수 있겠는가. 불가능하다.

밭을 매지 않고 짓는 것이 현대 농법의 비결이다. 기본적으로는 제초제의 역할이다. 제초제가 아낙네의 밭 매는 손이다. 제초제 없이 농사를 짓는다는 것은 거의 불가능하다고 보면 된다.

제초제를 이용하는 일반 관행농업의 순서는 대략 이렇다. 봄이 되어 콩이나 옥수수, 더덕을 파종한다고 하자. 먼저 잡초가 올라와 있는 빈 밭에 제초제를 살포한 후 보름 정도 기다리면 잡초는 노랗게 타들어 죽고 제초제의 반감기半減期가 된다. '반감기'란 제초제 성분이 땅에서 절반 정도 감소되는 기간으로 살포량에 따라 다르지만 약 보름 정도다. 제초제를 사용한 곳은 대략 한 달 이내에 다시 잡초 싹이 나타난다.

반감기가 지나면 트랙터로 로터리를 치고 곧바로 비닐멀칭을 하고 콩이나 옥수수, 더덕을 파종한다. 일주일 정도 지나면 파종한 종자 싹이 올라오게 된다. 잡초는 제초제에 의해서 싹도 죽었기 때문에 일정 기간 올라오지 않는다. 한 달 정도 지나면 비닐멀칭이 안 된 고랑에서 약간의 잡초가 나타나기 시작한다. 이때 나타나는 잡초는 깔때기를 씌운 분무기로 2차 제초제를 살포해 확인 사살하게 된다. 그렇게 제초제를 두세 번 뿌려주면, 잡초 한 번 매지 않고도 혼자서 1만 평의 농사를 지을 수 있다. 밭두둑에 심어진 작물이 일렬종대 질서정연한 모습으로 솟아나는 예술도 그렇게 해서 가능하다.

우리가 농사를 힘들어하는 이유가 바로 이 부분이다. 우리는 제초제를 사용하지 않기 때문에 로터리와 비닐멀칭을 한 곳에 콩이나 옥수수, 더덕을 파종하면 땅속에서 종자가 발아되기도 전에 잡초가 먼저 올라와버린다. 새싹은 여리고 가늘고 힘이 없는데 잡초는 굵고 무성하다. 모두 손으로 밭을 매야 하는데 초보 농부가 어디 쉽겠는가.

그래서 콩, 옥수수는 물론 웬만한 작물을 모두 모종을 만들어 심어야 하니 당연히 일이 많다. 더덕은 모종이 되지 않는 농사라서 더욱 어렵다. 시도하고 있지만 모종 자체를 제대로 성공해보지 못했다.

일반 농작물이나 나뭇잎은 탄소동화 작용을 통해 공기 중의 이산화탄소를 끌어들여 산소로 만든다. 그런데 콩이라는 작물은 공기 중의 질소분을 끌어들여 뿌리혹박테리아를 키우고 그 영양분으로 콩이 열리게 한다. 농사를 짓지 않았던 박토에는 먼저 콩을 심는 것도 그런 이유에서다. 뿌리혹박테리아 주변에는 질소분의 영향으로 잡초가 무성하다. 그래서 콩밭은 한여름 뙤약볕에도 김을 매주지 않으면 콩을 얻을 수가 없다.

"콩밭 매는 아낙네야, 베적삼이 흠뻑 젖는다아~."

그래서 나는 '농약이나 화학비료 없이는 가능해도 제초제 없이는 도저히 안 되는 것이 농사구나!' 하는 결론을 내리게 되었다.

우리 같은 유기농법은 소규모 농사만 가능하고, 관행농업으론 1만여 평의 밭에 콩과 옥수수를 생산할 수 있다. 그러나 수백만 평의 광활한 농장에 콩이나 옥수수를 심으려고 한다면 관행농법으로도 불가능함은 말할 필요가 없다. 제초제는 침엽수가 아닌 잎사귀를 모두 말려 죽이기 때문에 콩도 살아남지 못한다.

그럼 비행기로 제초제를 뿌리는 수백만 평 크기의 거대한 농장의 콩밭이나 옥수수밭은 어떻게 관리할까? 과학자들은 콩밭에 제초제를 뿌리더라도 콩은 죽지 않고 살아남게 하는 유전자를 콩 종자에 넣는 방법을 생각했다. 이것을 '유전자변형체GMO: genetically modified organism'라고 한다. GMO 식품이란 그런 '유전자변형체' 곡물을 원료로 사용한 식품이란 뜻이다.

유전자변형 콩은 인체에 어떤 문제를 일으킬까? 세계의 주요 종묘회사들은 많은 과학자와 박사들을 머슴으로 거느리고 있지만, 그런 것을 연구시킬 이유도 필요도 없다. 때문에 아직은 GMO 식품이 인체 내에서 어떤 교란을 일으키는지 아무도 알지 못한다. 그러나 분명 작용할 것이다!

GMO 식품의 대명사 곡물이 콩과 옥수수다. 유전자변형 콩은 대부분 식용유에 사용되고, 옥수수는 대체연료와 액상과당, 마가린 등 각종 식료품 원료로 전 세계에 수출한다. 과당은 각종 과자에서 콜라, 음료수, 가공육, 조미료에 이르기까지 들어가지 않은 식품이 없을 정도다.

　식용유 제조는 정제방식인데 재료를 녹이는 용해제를 이용해 만든다. 식용유를 만들고 나오는 찌꺼기가 없다면 그 이유가 무엇인지 매우 의심스러운 일이다. 정제에 사용되는 용해제 때문에 식용유가 문제가 되는 게 아닌가 생각된다.

　자연식 치유의 권위자인 화천 '시골교회'의 임락경 목사는 아동들의 환경성 질환 치료를 지도할 때 식용유를 먹이지 않는다고 한다. 이유가 있을 것이다. 아이들은 튀김을 특별히 좋아하기 때문에 학교 급식에서도 단골 메뉴라고 하니, 만약 식용유가 환경성 질환에 나쁜 것이 사실이라면 정말 심각한 문제가 아닐 수 없다. 확인될 때까지는 먹지 않는 것이 좋다고 생각한다. 우리 마을에서는 식용유를 사용하지 않는다.

　'유기농업은 1인 1000평 기준이다'라는 말이 있다. 이는 곧 제초제를 사용하지 않는 규모를 의미한다. 제초제는 땅속의 미생물을 죽인다. 풀이 죽는데 미생물이나 지렁이가 살 수 없음은 당연하다.

　흙의 구조는 물리성, 화학성, 생물학성의 세 가지 측면에서 분석한다. 생물학성이란 얼마나 좋은 미생물과 곰팡이와 지렁이, 두더지 등이 살고 있는 흙인가를 말하고, 물리성이란 흙이 얼마나 부드럽고 거름진가 또는 딱딱한가의 문제다. 화학성이란 흙이 가진 무기물 성분들이 어떠한가를 말한다. 흙을 파악하면 어느 땅에 어떤 작물이 적당한지, 어떤 작물을 심고 싶을 때 어떤 성분의 비료를 보충해주어야 하는지 파악해서 계획을 세울 수 있다.

제초제는 농약 가운데 가장 독성이 심하다. 인체에도 치명적이다. 그럼에도 제초제가 농가의 최고 효자 노릇을 하고 있는 것은 엄연한 현실이다. 콩밭 맬 사람이 없는 농촌에서 최고 농사꾼 대우를 받고 있다. 그 결과 가을에 농협에 갚아야 하는 농약대금이 농가마다 500만 원은 보통이다. 모두가 떠나버린 농촌의 풍경이다.

개망초는 꽃 피기 전에 열심히 날려야 해!

송아지 태어나다

송아지가 태어났다. 이번이 아홉 번째다. '농가지상사^{農家之常事}'이긴 하지만, 송아지가 태어나는 일은 늘 처음처럼 기쁘고 감사하고 경이롭다. 이번처럼 출산이 시작되는 순간부터 지켜볼 수 있었던 것은 처음이다.

여물을 먹지 않고 서 있기만 하는 것이 이상하다 싶었는데 출산이 시작되고 있었다. 사람으로 보면 진통이 왔던 건데 무심한 내가 소와의 교감이 부족해서 말을 알아듣지 못했다. 새끼를 낳는 산통은 사람이나 짐승이나 마찬가지일진데, 다만 조용히 지켜볼 뿐 도와줄 건 없다.

소는 출산할 때 다른 가축과 달리 대부분 선 채로 낳는다. 송아지는 앞다리부터 나온다. 노란 발굽이 박힌 앞다리 두 개가 나란히 삐져 나오다가 다리 사이로 머리가 나오고, 이어 몸통과 뒷다리 순으로 쑥 빠져나온다.

비닐 보자기에 싸인 듯이 양수가 담긴 태에 싸인 채 바닥에 툭 떨어졌다. 출산 낌새로부터 30분 정도 걸렸다. 어떤 송아지는 태가 나오지 않고 몸만 불쑥 나온 후에 양수 쌓인 태가 따로 나오기도 한다. 출산일이 며칠 늦은 경우에 그렇다.

몸통이 떨어지자마자 고개가 몸통 아래로 젖혀져 있는 것을 본 길산이가 재빨리 우사로 들어가 고개를 바로 눕혀주었다. 어미는 태에 고여 있는 양수를 다 마시더니 하얀 태를 젖힌 다음 눈도 뜨지 못한 새끼를 여기저기 혀로 핥아내었다.

송아지가 예정일보다 일주일쯤 늦게 태어날 때가 있는데 그런 송아지들은 훨씬 건강하다. 태어나자마자 어미가 핥아주기도 전에 눈을 뜨고 일어서려 하고 젖을 물고 배내똥도 싼다.

전통적으로 소, 돼지, 토끼 같은 가축들은 새끼를 낳을 때 가마니나 종이포대로 축사를 가려서 가급적 어둡게 해준다. 안정감을 주기 위해서다. 모든 동물은 출산 때가 가장 예민하다. 주변이 어수선해서 어미가 불안하면 방어 본능으로 새끼를 죽일 수도 있다.

어릴 적 돼지가 새끼를 낳았을 때였다. 할머니가 가마니로 가려놓은 돼지막 앞에서 소반상 위에 부엌칼과 정화수 사발을 올려놓고 열심히 빌고 계셨는데, 들여다보고 싶어 촐싹거리다가 야단맞은 기억이 난다. 농기구나 연장, 엔진 소리, 개 또는 아이들이 주변에 얼쩡거리면서 신경 쓰이게 하면 새끼를 낳는 어미는 불안하다.

소가 새끼를 낳는다는 말에 어느새 10여 명의 가족들이 몰려와 숨죽이고 들여다보고 있다. 아무 때나 볼 수 있는 것도 아니겠다 싶어 나는 손가락으로 입을 가리면서 조용히 하라고 주의만 주었다. 역시 나 어릴 때처럼 촐싹거린 녀석도 있었다.

아기가 태어나면 따뜻한 물에 씻어주는 것이 기본이듯 소나 염소도 갓 낳은 새끼를 핥아서 씻어준다. 가장 먼저 새끼의 코를 핥아 숨을 쉬게 하고, 다음으로 눈을 핥아 눈을 뜨게 하며 차근차근 핥아낸다. 양수에 젖어 물에 빠진 꼴에다 바닥의 톱밥까지 어지럽게 붙어 있던 송아지는 불과 10분 정도 만에 뽀송뽀송한 털을 입은 누런 송아지로 거듭났다.

이번에는 앉아 있는 새끼를 입으로 이리저리 뒹굴리면서 무릎을 집중적으로 핥아주고 있다. 나는 이미 몇 번 보아서 알고 있는데, 새끼가 일어서도록 무릎에 힘을 넣어주는 것이다. 20분 정도 지나자 송아지가 비틀거리면서 일어서려고 시도한다. 어미는 계속 핥아준다.

마침내 일어섰다. 태어나서 불과 30분 만이다. 비틀거리다가 주저앉기를 반복하더니 기웃기웃 돌아다닌다. 이렇게 해서 한 마리의 송아지가 세상에 얼굴을 내밀게 되었다. 곧 젖을 먹일 거다. 염소는 어미가 젖을 먹이는 행위가 없어 새끼가 찾아야 하는 반면, 소는 어미가 송아지에게 젖을 가져다 대준다. 짐승이라도 어찌 그리 다를까?

태어난 송아지는 암컷으로 얼굴이 순하고 똘망똘망해 보인다. 과거에 번식을 목적으로 기르던 때에는 암컷이 80만 원 정도 더 비쌌는데 지금은 사료가 좋아져 비육을 선호하기 때문에 수송아지 값이 50만 원 정도 더 나간다. 우리는 번식우로 기르기 때문에 암컷이 더 좋다. 며칠 후면

군청에 출생과 혈통 보존 등록을 해서 족보를 만들고 출생번호도 받게 될 것이다. 주민등록번호 같은 것이다.

2005년 가을 임신한 암소 한 마리를 처음으로 구입했는데 출산 순간을 보지 못했다. 아침에 보니 송아지 한 마리가 한쪽에 서 있었다. 소가 밤에 새끼를 낳게 되면 혹시라도 응급조치가 필요할 경우 위험할까봐 여물 주는 시간을 조절해서 낮에 출산하도록 유도한다. 한겨울 밤은 너무 추워서 새끼가 동사할 우려도 있기 때문이다. 요즘은 '송아지 보온용 덮개 옷' 광고가 농민신문에 자주 등장한다.

하지만 제 알아서 하는 일은 사람보다 짐승이 훨씬 나을 것이니, 그렇게까지 걱정할 일은 아니라고 본다. 동사가 우려된다면 겨울 출산을 피하도록 수정시키는 편이 더 나을 것이다. 소의 임신 기간은 280일인데, 20일 주기로 발정을 하기 때문에 출산일 조정이 얼마든지 가능하다.

보통 송아지는 태어난 지 10개월이 되면 첫 발정을 해서 새끼를 가질 수 있지만 좀 더 발육이 된 13개월 정도에서 첫 수정을 시킨다. 소는 첫 새끼를 낳고 나서야 체구가 커지고 본격적인 체형을 갖추게 되며, 송아지를 세 마리 낳을 때까진 계속 성장한다. 그래서 대부분 세 번의 새끼를 낳은 다음 한우로 처분하게 된다.

옛날에는 암소가 발정하면 씨황소가 있는 집에 데리고 가서 교미를 시켰는데 지금은 인공수정으로 한다. 축협이나 면소재지마다 수정사들이 있어서 연락만 하면 곧 달려온다. 수정액은 국내 최고 우량 종우에서 채취한 것으로 국가가 관리한다. 수정료는 인건비 포함해서 3만 5000원 정도다.

소의 발정 여부를 판단하는 것은 축산 농가에서 아주 중요한 일이다. 발정을 하면 음질 외부에 액이 흐르거나 큰 소리로 울고, 곁에 있는 소를 올라타는 등의 증상을 보이는데 소마다 그 정도가 달라서 자세히 비교 관찰하지 않으면 수정 시기를 놓쳐 실패한다. 우리의 경우 실패율이 30퍼센트 정도 되는 것 같다. 심지어 한 마리를 세 차례나 수정시킨 적도 있었다.

한우 축산에는 '비육 한우'와 '번식 한우'가 있다. 비육 한우는 고기로 팔 목적에서 키우는 소를 말한다. 마블링이 좋고 몸무게가 많이 나가게 하는 비육 전용 사료를 먹여 기른다. 비육 축산은 짧은 기간에 체중을 늘려 출하하는 것이 생산원가 측면에서 중요하기 때문에 전문능력을 가진 사람들이 할 수 있다.

송아지 생산 자체에 목표를 두는 것을 번식우 축산이라 하는데, 발정 시기를 놓치지 않고 출산 초기관리를 잘하는 것이 중요하다. 우리는 유기농업에 필요한 퇴비생산을 목적으로 하기 때문에 자연스럽게 풀과 볏짚 사료가 중심이 되고, 영양보충 수준에서 배합사료를 먹이므로 번식우에 속한다.

그런데 우리 공동체는 가족들의 역할이 1년마다 자동 해임되는 게 원칙이어서 늘 새로운 사람이 축산을 담당하게 된다. 학생들도 축산을 담당한다고는 하지만 여물을 챙겨주고 우사를 관리하는 정도고 발정까지 파악하는 일은 아무래도 무리가 있다. 사실 어른도 그렇다. 그래서 내 숙소를 우사 안쪽에 만들어 옮겼다. 특별히 신경 쓰지 않아도 출입할 때마다 관찰하게 되고 밤에도 소가 울면 나와서 확인할 수 있어서 좋다. 유용미생물을 투입해서 우사를 관리하기 때문에 냄새도 심하지 않다. 다만 7월 중순부터 고추잠자리가 나올 무렵까지 파리떼가 극성이다. 장난이 아니다.

송아지를 낳은 어미 소에게는 특식으로 미역국과 쇠죽도 쒀주고 사료와 볏짚도 듬뿍 준다. 산후조리서비스다. 어미젖에 매달려 있는 송아지나 젖을 물리고 있는 어미 소의 모습은 '평화'이고 '자비심' 자체다. 자기 역할 가운데 가장 아름다운 모습이다.

식물은 열매와 씨앗으로 자기 존재를 드러낸다. 꽃은 과정일 뿐이다. 동물은 새끼를 가짐에서 자기 생명의 완성을 노래한다. 피어나는 꽃은 '아름답다'고 말하지만, 시들어 지는 꽃은 '거룩하다'고 말해야 한다.

　　"송아지 안녕? 반가워! 난 박 신부라고 해."

소
와
농
업
경
제

송아지 출산은 농가의 큰 경사다. 송아지가 태어나면 왠지 좋은 일이
더 생길 것 같은 예감이 든다. 거창할 것 없다. 당장에 아이들을 제 곁에
불러들이는 것만으로도 송아지는 제몫을 톡톡히 하는 셈이다.

송아지는 경제적으로도 농가에 큰 소득을 선물한다. 동네 김국환 노
인은 당신의 경험론으로 늘 소를 예찬하신다.

"소를 키와야 하요. 농촌에서 용돈 보태주는 거는 모니모니해두 소뿐
이라요!"

김 노인은 네 평 남짓한 마구간에 두 마리 암소를 기른다. 그중 한 마
리는 일소인데 우리도 쟁기질을 할 때 종종 빌려다 쓴다. 두 암소는 매
년 한 마리씩 송아지를 낳는다. 소 두 마리가 연간 400만 원 정도의 수
익을 안겨주는 셈이다.

셋: 태초에 하늘과 땅과 농사가 있었다

우리는 마을을 시작한 이듬해 일소를 한 마리 들여왔다. 김 노인이 거래하는 어상천 소장수를 통해서 임신한 소를 650만 원에 구입했다. 소에 대해서 아무것도 모를 때였는데 알고 보니 열 살 먹은 소였다. 말하자면 나이가 상당히 많았고, 쟁기질도 제대로 하지 못해 앞에서 끌어주어야 했다. 참 낭패였다.

송아지 한 마리 얻는 걸로 만족하자 생각했다. 김 노인은 우리가 무척 섭섭하게 여긴다는 말을 전해 들었는지 "미안하게 되었다"는 말을 종종 하셨다. 몇 개월 후 송아지를 한 마리 낳고 그 다음 발정일을 제대로 맞출 수 없어 애를 먹다가 이듬해 팔아버렸는데 270만 원을 받았다. 물정 모르고 소를 사는 바람에 큰 손해를 본 셈이다. 귀농 수업료로 생각했다.

아이들이 막 태어난 송아지에게 '미래'라는 이름을 붙여주었다. 체구가 아주 늘씬하고 발정도 시원해서 지금까지 송아지 네 마리를 낳았다. 우리 소들 중에 최고 왕언니인 미래는 지금도 새끼를 가져 만삭의 몸이다. 그리고 미래가 낳은 두 번째 송아지가 다시 새끼를 낳았으니 바로 어제 태어난 그 송아지다. 갓 난 송아지는 족보상 맨 처음 멋모르고 샀던 일소의 4대 증손녀가 되는 셈이다.

2007년 농협 퇴비만으로는 부족하다는 것을 알게 되어 질 좋은 퇴비를 자가 생산하자는 취지에서 소를 기르기로 하고 50평 규모의 축사를 지었다. 동창 신부들과 공동체 길벗 신부들에게 200만 원의 송아지 펀

드에 투자하라고 꼬드겨서 도움을 받았다.

일부는 시설비용으로 사용하고 송아지는 440만 원에 두 마리를 구입했다. 이제까지 세 마리의 소를 사들인 셈인데 전부 아홉 마리의 송아지를 낳았고, 현재 만삭으로 씰룩거리고 있으니 내년 봄까지 네 마리의 송아지가 더 태어날 것이다.

한우는 영주 우시장이 유명하다. 영주 쪽에서 200여 마리의 목장을 하고 있는 김영대라는 청년과 연결되어 번식우로 쓸 송아지 구입을 부탁했다. 번식우의 종자가 따로 있는 것이 아니라, 새끼를 잘 낳을 수 있는 소를 번식우라 한다. 송아지가 들어오는 날 보니 두 마리가 거의 똑같이 생겼는데, 한 마리는 220만 원이고 또 한 마리는 180만 원이라고 했다.

"아무리 봐도 차이를 알 수 없는데, 왜 가격차가 나는 거죠?"

"전문가가 보면 다 압니다. 이쪽 소는 성장률이 좋을 거예요. 그래서 값이 더 나가요. 그래도 새끼 낳는 데는 두 마리 다 지장 없어요."

떡잎을 보고 안다더니, 전문가는 송아지만 보고도 성장 상태를 아나 보다. 그러니 아무것도 모르는 우리 같은 얼치기 농사꾼을 속여먹는 것쯤이야 장마에 죽순치기일 것이다.

역시 성장해갈수록 두 마리의 모습이 달랐다. 송아지 값이 더 나갔던 소는 한눈에도 건실해 보였다. 그러나 두 마리 다 비슷한 시기에 발정하고 새끼를 낳고 지금도 세 번째 임신 중이다.

이제까지 우리가 기르던 소를 판매한 것은 모두 다섯 마리다. 단양소백농협에서는 농협 조합원들의 영세 축산을 도와주기 위해서 소를 구입해 직접 한우로 상품화한다. 단양소백농협의 김우영 조합장은 20여 년 전 어상천 공소회장으로 일하면서 동네 마늘 판매를 위해 서울의 본당에 왔을 때 만난 적이 있는데 인품이 훌륭하고 헌신적인 분이다. 그래서인지 일곱 번째 조합장에 선출되어 전국 최다선 조합장이라는 명예도 가졌다. 소농들의 한우를 유통시키는 사업도 그가 소농들의 어려움을 잘 알고 있기 때문에 하는 사업이라고 생각된다.

소장수에겐 흥정을 해서 팔지만 농협에는 일종의 납품이 된다. 소의 체중만 확인하고 가져간 다음 도살을 해서 한우 등급을 받는 대로 계산해주는 방식이다. 암튼 소장수에게 팔 때보다는 수십만 원 정도의 이익이 농가로 더 돌아가게 해준다. 그것도 소농에게는 큰 도움이다.

우리는 한우 품질에서 B등급을 받았다. 풀과 볏짚 등 조사료 중심으로 기르는 소는 육질이 질기고 색깔이 진해서 도시 소비자들이 선호하지 않는다고 한다. 마블링이 많고 선홍색이 도는 것을 신선하게 생각하니 우리 소가 좋은 등급을 받을 수 없다는 것이다. 기분은 좋지 않지만 어쩔 수 없다. 소비자가 전문 축산가들이 기르는 한우를 더 좋아한다는데 할 말이 없다.

공장형 축산은 비육 전용 사료를 많이 먹여서 짧은 기간에 체중을 많이 늘리고 마블링도 좋게 만드는 노하우를 가졌을 것이다. 실제로 한우를 전문으로 축산하는 곳에 가보면 우선 소들의 육중한 덩치에 압도당한다. 아프리카 야생 물소처럼 엄청나다. A⁺ 등급을 받고 체중에 따라 계산받기 때문에 그렇게 비육시키는 것이 수익성 면에서 유리할 것이다. 암튼 조금 질기더라도 풀과 볏짚을 먹고 자란 소가 더 질 좋은 한우라는 것을 알아주는 날이 오면 좋겠다. 그런 날이 올까?

태백예수원 공동체의 목사님께서 방문하셨다. 예수원에서도 60여 마리의 한우를 기르는데 공동체 경제에 큰 몫을 하고 있다고 한다. 그곳역시 우리와 같은 문제를 겪었었고, 그래서 생각한 것이 좋은 한우를 알아주는 사람들에게 직접 판매하는 방법이라 한다. 직접 도육장에서 처치하여 소포장한 후 주문받은 후원인들에게 보낸다는 것이다. 소비자와직거래를 하기 때문에 서로에게 이익이라고 했다. 좋은 방법 같다. 우리도 늘어나는 소를 앞으로는 그렇게 해볼 수 있을 거라는 생각이 들었다.

우리 축사는 증설하지 않고도 열 마리까지는 쾌적하게 기를 수 있는 시설이다. 2년 후부터는 해마다 열 마리의 한우를 출하할 수 있을 것이고, 천인결사 후원인들에게 좋은 선물이 될 수 있으리라 생각하니 즐겁다.

그렇지만 축산의 본래 목적은 퇴비생산인데, 이러다 축산 수익 쪽으로 기울게 되는 것은 아닐까 하는 생각도 미친다. 소규모 축산이 우리마을의 산업구조에 맞는 것은 확실한데 어느 정도를 소규모로 볼 것인지 모르겠다. 농촌 경제의 어려운 문제들이 피부로 느껴지는 것 같다.

저 녀석은 또 고삐를 깨물고 있네!

　농촌에서 쟁기나 써레질을 하고 수레를 끄는 소를 '일소'라고 한다. 우리나라 전통 농가의 소들은 모두 일소였다는 말이 된다. 육식용 한우의 개념이 등장한 것은 방목형 또는 공장형 전업축산이 나타난 이후다.

　소는 쟁기질만 할 줄 알면 써레질이나 수레 끄는 일도 할 수 있다. 쟁기질을 위해서는 멍에를 지워야 한다. 멍에는 기역(ㄱ)자로 된 통나무를 소의 어깨 위에 얹어서 양쪽에 끈을 묶어 힘을 이용하는 것인데 이때 멍에를 받쳐주는 어깨의 근육살을 등심이라고 한다.

　소가 멍에를 지는 것은 주인을 위해 희생하는 시간이다. 그래서 '멍에를 진다'는 의미가 된다. 예수님도 "수고하며 무거운 멍에를 지고 허덕이는 자여, 모두 내게로 오라. 내가 편히 쉬게 하리라"고 하셨다.

　아무 소나 처음부터 멍에를 끌 수 있는 것이 아니다. 일소가 되려면

훈련을 받아야 한다. 가라, 서라, 돌아라, 천천히, 힘을 내서…… 말귀
를 알아듣고 순종해야 하기 때문이다. 농작물을 밟지 않고 고랑만 밟고
지나가면서 두덩을 헤치지 않고, 고랑 끝에 가면 스스로 서고, 주인과
호흡을 맞춰야 한다.

　쟁기질 훈련을 시키려면 기본적으로 코뚜레를 해야 한다. 쟁기질 때
문이 아니라도 전통적으로 소는 코뚜레를 해서 길렀다. 힘이 센 소를 다
루기 위한 장치인 것이다. 6~7개월쯤 되었을 때 코를 뚫어 동그란 코뚜
레를 끼운다. 코뚜레에 묶은 줄을 고삐라고 한다.
　유치원 아이들도 소를 잘 다룰 수 있는 것은 코뚜레 때문이다. 쟁기질
을 마친 아버지가 아이에게 먼저 소를 몰고 집으로 가라고 하면, 아이는
고삐를 잡고만 있어도 소가 1킬로미터 이상 되는 자기 집 골목을 알아
서 찾아간다. 소는 잘 가다가도 밭 주변을 지날 때면 갑자기 콩이나 작
물을 순식간에 한 입 훑어 먹어버리기도 한다. 이때 아이는 즉각 고삐를
잡아끌어 야단을 치고 때리는 시늉을 한다. 흉내만 내도 소는 눈치를 보
면서 발걸음을 옮긴다.
　소나 돼지, 염소 등의 가축은 덩치가 작은 아이들을 무시하고 말을 잘
안 들을 때가 있다. 그런 버릇을 바로잡을 때에도 코뚜레가 힘을 발한
다. 고삐를 잡고 몇 번 때리고 혼을 내면 아이의 말에도 순종하게 된다.
예방접종을 하거나 수정을 시킬 때도 코뚜레가 있는 소는 붙잡고 있으

면 간단하게 처리할 수 있다. 그러나 코뚜레 없는 소는 저항하고 여간해선 말을 안 듣는다.

코뚜레는 단단하면서도 잘 휘어지는 나무를 재료로 쓰는데 대나무가 많은 지역은 대뿌리를 쓰기도 한다. 단양 읍내 철물점에서 코뚜레를 구입했는데 굵은 철사에 비닐을 피복한 제품이다. 코뚜레도 현대화된 셈인데 모양과 기능은 전통적인 코뚜레 그대로다.

요즘은 코를 뚫는 일도 기계를 이용해 간단하게 한다. 전문 축산 목장에서는 동그랗게 한옥 문고리 같은 것을 코걸이로 달아놓은 것을 종종본다. 소는 코걸이를 덜렁거리며 살게 되는데 수정을 시키거나 이동시켜야 할 일이 있을 때 코걸이를 잡아 다룬다. 코뚜레나 코걸이나 소에게는 마찬가지겠지만 코걸이는 어쩐지 노예시장에 끌려나온 모습을 보는듯해서 몹시 흉하게 느껴진다. 소도 자존심이 있을진대 대접이 아닌 것같다.

농가에서도 더 이상 소가 일을 하지 않으면서 코뚜레의 필요성이 없어졌다. 요즘 소들은 풀을 뜯으러 갈 일도 없고 쟁기질을 하거나 수레를 끌 일도 없다. 그저 주는 사료 잘 먹고, 새끼 잘 낳고, 살만 잘 찌면 제할 일이 끝난다.

코뚜레가 없는 소를 이동시키거나 수정시킬 때는 그 힘센 소들을 어떻게 관리하고 다룰까 궁금했는데 비결이 있었다. 줄로 홀침을 만들어 소의 뿔에 거는 것이었다. 뿔은 양쪽 방향으로 뻗어 있기 때문에 소뿔 두 개를 동시에 걸어 묶으면 코뚜레만큼은 아니지만 어느 정도 제압이 가능하다.

뿔이 뇌에 연결되어 있어서 말을 들을 수밖에 없다고 한다. 아직 뿔이 나지 않은 어린 송아지나 중송아지들은 줄로 홀침을 해서 주둥이에 끼우고 목 뒤쪽으로 줄을 돌려 다시 홀침 줄에 묶는다. 그렇게 하면 줄을 당겨 머리 방향을 조종할 수 있다.

우리 소는 세 마리가 코뚜레를 하고 있는데 모두 김 노인이 뚫어준 것이다. 준비물로 무엇이 필요한가 여쭈었다.

"그야, 소를 붙잡아줄 장정 몇 명 있으야 되지. 철물점 가거덩 코뚜레두 개 정도 사와야 되지. 고삐는 그냥 있는 줄 쓰면 되고. 그래고 거……소주 한 병 있으믄 되지! 김치하고…….."

약속시간에 내가 모시러 가려고 했는데 직접 경운기를 타고 올라오셨다. 가지고 온 나뭇가지를 낫으로 깎아 송곳을 만드는데, 날카로운 부분과 손잡이 부분을 정교하게 깎았다.

"요만하믄 되았지?" 하시더니 소주를 머그컵에 따라서 한 잔 쭈욱 드셨다. 축산을 담당하는 길산이와 장정 네 명이 붙어서 소를 우사 코너에 꼼짝 못하게 묶어 밀어붙였다. 6개월 중송아지다.

김 노인은 손에 침을 탁탁 뱉더니 왼손으로 송아지 코를 잡고, 오른손에 나무 송곳을 쥐어들고는 "읍!" 소리와 함께 송곳을 쑤셔 박았다. 피가 터지고 송아지가 몸부림치더니 졸도하여 넘어졌다. 송아지가 쓰러지니 김 노인도 약간 당황해했다. "조금만 기둘려라잉!" 하더니 두어 번 더

"으읍!" 소리와 함께 송곳을 완전히 찔러 넣었다. 그러고는 이내 코뚜레를 끼우고 고삐를 묶은 다음 풀어주었다. 송아지는 정신 나간 표정으로 움직이지도 않고 서서 코에서 흐르는 피를 연신 혀로 핥아 먹었다. 소 코뚜레 뚫기 작업 완료다.

허리도 굽은 노인이 어디서 그런 힘이 나오는지, 힘쓸 줄 모르는 젊은 초보 농부들은 혀를 내둘렀다. 송아지는 코뚜레를 끼워준 즉시 앳된 얼굴이 사라지고 유난히 작은 어른 소가 되어버렸다. 코뚜레는 소의 성인식인가 보다. 그래도 마치 고등학생이 아버지 신사복을 입고 넥타이를 맨 것처럼 어색하기 그지없다. 사람이나 소나…… 그렇지 뭐!

소 코뚜레는 언제부터 했고, 어찌 그런 생각을 했을까? 소의 아킬레스건이 코에 있다는 사실을 어떻게 알았는지 참 신묘한 일이다. 고대인들은 삶의 지혜를 과학에 의지하지 않았기 때문에 다른 차원의 관통 능력이 있었을 것이다. 아마 그 능력은 영적 차원에서 크신 존재로부터 온 것이고, 그렇게 필요한 것만 얻어서 살아가는 것이 고대인의 생존양식이었다고 생각한다. 신비의 차원이 일상처럼 삶으로 현현되던 시대다.

두세 달 지나면 쟁기질을 가르칠 것이다. 이번에는 성공해야 할 텐데……. 쟁기질 연습을 두 마리나 시도했지만 두 번 다 실패했다. 쟁기질 훈련은 무게가 나가는 통나무나 자동차 타이어를 줄로 묶어 멍에에 달고 소를 끌면서 매일 적당 시간 오가는 훈련을 말한다. 그런데 설명들은 대로 했는데도 매번 실패다. 소가 우리 가족들을 '척! 보아하니' 농사꾼으로선 너무 어설픈 모습에 자존심이 상했는지도 모른다. 인정한다. 그래도 소가 다시 생각해야 할 것은 농사꾼 후계자를 자청하여 귀농한 사람들을 좋은 마음으로 따라야 복이 있고, 또 잃어버린 쟁기질을 다시 한다는 것은 소가 진짜 소답게 사는 길이라는 점이다. 사람이나 소나 유유상종이다. 우리가 도시의 안락한 삶을 버리고 사람다운 삶을 찾아왔듯이, 우리를 만난 소도 냄새나는 우사에서 주는 사료나 먹고 살만 찌는 소가 아니라 소다운 삶을 찾아야 할 것 아니겠는가. 알아듣나?

"소야! 노동을 두려워하는 인간들 모습 봤지? 일소가 된다는 것이 얼마나 자랑스러운 일이냐. 한우의 체면과 자존심을 생각해서 쟁기질 정도는 할 줄 알아야 하는 거 아니겠어? 넌, 소라고 생각하지 마. 농사꾼이야. 자랑스럽게 여겨야 해. 산 위의 마을 농사꾼, 파이팅!"

사람 달래며 사는 것도 힘든데, 소까지 달래고 산다.

　우리 마을은 해발 500미터의 소백산 기슭에 있다. 겨울엔 눈이 많이
온다. 눈이 쌓이면 마을로 올라오는 길은 '꼼짝 마라!'이기 때문에 즉시
치워야 한다.

　지난겨울에는 웬 눈이 그렇게 많이 자주 오던지, 어른 아이 모두 고생
이 많았다. 그래도 아이들은 경사진 농로에서 눈썰매를 타느라 좋기만
하다. 마을에서 마주 보이는 신선봉에는 지금도 흰 눈으로 희끗희끗한
데 석양을 받으면 동양화처럼 아름답다. 우리는 '거룩한 변모의 산'이라
부른다.

　3월 중순의 마을은 소나무와 주목 이외에 푸른 색깔이라곤 하나도 볼
수 없는 회색의 겨울이다. 그러나 자세히 보면 여기저기 양지바른 땅에
납작 엎드려 움트고 있는 새싹을 볼 수 있다. 응달의 얼어붙은 얼음눈을

발로 걷어차면 까만 듯 짙푸른 색깔로 살아 있는 풀들이 나타난다. 야생
초의 생명력은 정말 놀랍다. 좁은 마당에서 공차는 아이들 소리가 아니
더라도 겨우내 얼어붙은 산촌에 봄이 오고 있음을 알린다. 항상 자신이
물러날 때를 아는 자연의 이법이다.

요즘 마을의 식탁은 참으로 향기롭고 풍성하다. 냉이, 민들레, 망초,
씀바귀 등을 뿌리째 무쳐놓은 생나물과 국이 식탁에 올라오면 그 향기
가 너무너무 좋다. 봄은 식탁으로부터 오고, 혀끝으로부터 느껴진다.

식탁은 계절의 전령이다. 고로쇠물이 나오면 3월이고 냉이, 민들레,
달래와 다래순이 올라오면 4월, 취와 오가피, 뽕잎, 씀바귀가 쌈으로 나
오면 5월이 왔음을 안다. 아이들 치아가 빨갛게 물들면 산딸기 철이고,
입술이 새파랗게 되면 오디가 열리는 6월이다.

보통 사람들은 겨울에 농사를 쉬는 걸로 알지만 사실 농사는 겨울에
시작한다. 고추, 야콘 모종은 이미 2월 중순부터 시작한다. 봄이 되어 농
사를 시작하는 것이 아니라, 농부가 움직이니 농부를 위하여 봄이 오는
것이다. 얼음이 녹고 날씨가 풀렸기 때문에 새싹이 나오는 것이 아니라,
눈과 얼음 아래 이미 푸른 생명의 기운이 약동하고 있기 때문에 봄이 나
타난다. 새싹이 먼저 나와 봄을 맞이하는 것이다. 봄은 게으름뱅이다.

예수님의 부활 소식 또한 그러할 것이다. 부활은 이미 십자가의 고난
안에 담겨 있다. 고난의 무게 때문에 느끼지 못할 수 있겠지만 말이다.

"울지 마라, 마리아!"

막달라 마리아는 스승을 잃은 고난과 좌절, 슬픔으로 울고 있었으나
부활하신 주님은 이미 그의 흐르는 눈물 속에 서 계셨다. 눈물을 닦아야

부활이 보인다. 고난의 겨울 없이는 부활의 봄도 없다. 죽을 일이 없는데 어찌 부활한다는 것인가.

죽음과 부활은 서편과 동편 하늘이다. 같은 해가 같은 하늘에서 지고 뜨는 것이다. 그러므로 십자가 없는 신앙은 사이비 영성이다. 십자가의 고난에서 부활을 발견할 수 있을 때, 사랑도 노동도 삶의 상처와 아픔까지도 모두 부활의 찬양이 된다.

옛 사람들은 먼저 할 일과 천천히 할 일, 때를 놓쳐서는 안 될 일을 아는 것이 물정物情의 기본이라 가르쳤다. 젊어서 공부하는 것, 부모님 돌아가시기 전에 효도하는 것, 나이가 들면 결혼하는 것, 그리고 봄에 씨를 뿌리는 것이다. 우리 마을도 본격적인 파종 철을 맞고 있다.

하루 일과를 마치고 저녁기도를 함께 바친다. 하루의 행복한 마음, 감정 상한 마음들을 하느님과 형제들 앞에 내어놓는다.

그런데 비가 와서 하루이틀 푹 쉬거나 외출을 하거나 그럭저럭 보낸 날보다는 땀을 뻘뻘 흘린 날의 저녁 분위기가 훨씬 좋다. 찬양 소리가 한결 우렁차다. 노동하며 얻는 기쁨을 통해 도시를 떠나온 의지와 시간을 체험하는 순간이다. 안락과 편리함이 주는 행복은 '쾌락'이라고 하지만, 노동의 보람이 주는 행복은 '만족'이라 한다. 건강이란 육신의 정상적 기능과 조화로운 정신 상태, 관계의 좋음을 말한다. 건강 상태가 행복한 사회의 척도다.

농업 노동이 신체의 건강과 생의 기쁨을 주는 이유는 먹을 것을 내 손으로 생산했다는 사실을 넘어, 하느님의 창조에 동참했다는 행위의 발견 때문이다. 노동의 기쁨에서 진정한 하느님의 사랑을 체험한다.

현대인들은 노동을 잃어버렸다. 노동은 배운 것 없고 자격증도 능력도 없는 사람들의 어쩔 수 없는 밥벌이라고 생각하기 때문이다. 실제로 현대 산업사회는 육체노동하는 이들의 몫은 너무 적고, 머리 쓰는 이들의 몫은 너무 많다. 이 사회의 리더라는 사람들은 2퍼센트의 엘리트들이 98퍼센트의 회사원과 국민들을 먹여 살리기 때문에 그것이 당연하다고 말한다. 물론 동의할 수 없다.

부모들은 자식을 2퍼센트의 상층부에 편입시키고자 안달하며 경쟁시키고, 학생들은 고소득의 자격증을 얻고자 몸부림친다. 희소가치의 전공과 자격증을 가진 이들은 성공한 듯 보인다. 그들은 자기 전공에 대한 일만 하고, 나머지 시간엔 전공에서 얻은 돈으로 먹고 자고 다른 사람들을 부리며 생활한다. 그런데 만약 전공을 빼앗겨버린다면 어떻게 될까? 전공 외에는 아무것도 할 수 없는 장애인이 되고 말 것이다.

전문가라는 의식의 배경에는 노동을 천시하는 시각이 있다. 노동자가 건축한 집에서 자고 일어나 농민이 생산한 곡식으로 밥을 먹고, 노동자가 만든 가전제품을 사용하고, 노동자가 만들고 운용하는 교통편으로 출근해서 노동자가 깨끗이 청소해놓은 사무실에서 일하면서, 정작 자신은 그 노동을 천시한다면 그것은 자기 삶의 기반을 부정하는 모순이다. 자기 어머니의 존재를 부정하는 것이다. 땅을 딛고 살면서 흙을 부정하는 것이다.

2006년 무렵 벽돌을 쌓는 조적 기능공의 하루 임금은 12만 원이었고, 벽돌을 나르고 돕는 보조공(막일꾼)의 일당은 5만 원이었다. 지금 조적공의 일당은 그대로인 반면 보조공은 8만 원인데, 문제는 10만 원을 주겠다한들 사람을 구할 수 없다는 것이다. 이제 힘쓰고 노동할 사람이 없어 이주 노동자들이 대신한다.

농촌에는 농민이 사라지고 있다. 자식들은 공부시켜 모두 도시로 보내버렸으니, 영농 후계자가 없는 마지막 농민 세대다. 농토는 도시인들의 전원주택 단지이자 투기의 대상이 되고 있다.

하느님 나라에는 노동이 있다! 진정으로 부활을 믿는 신앙인이라면 노동하는 삶이 곧 우리 시대의 십자가이며 부활할 몸의 실체임을 고백할 필요가 있다. 노동에 대한 타락한 인식이 치유되어 진정한 노동의 영성, 노동의 부활이 온 누리에 피어나기를 고대한다. 노동을 거룩하게 여기고 농민 노동자의 땀이 존중받는 부활의 날을 고대한다. 모두 몸으로 힘쓰는 일을 즐겨찾기를! 자녀들에게 행복하게 사는 기술을 유산으로 남겨주기를 소망한다.

부활절 아침이다.

이 땅의 모든 농민 노동자와 비정규직과 일용직 노동자들과 그 가족들에게 부활의 은총을 축원한다. 알렐루야!

귀농 인큐베이터

마을을 떠난 가족들이 많다. 2004년 봄부터 만 7년 동안 전체 14세대 54명과 11명의 독신자들이 입촌했다가 그중 10세대와 6명의 독신자가 퇴촌했다. 퇴촌한 가족들은 공동생활의 뜻을 이루지 못했지만 공동체를 통해서만 얻을 수 있는 특별한 경험과 수행의 시간을 가졌음에는 의심의 여지가 없다. 퇴촌 가족들은 가끔 전화로 근황도 묻고 성탄절이나 부활절에 찾아와 일을 도와주기도 한다. 공동체 여름캠프나 기념미사에서 만나는 경우도 있고, 전혀 연락이 안 되는 가족도 있다.

공동체에 입촌하는 가족들은 대부분 30~40대로 노동이나 농사와는 전혀 무관하게 도시에서 살던 이들이다. 그럼에도 공동체 생활을 지원했다는 것은 대단한 결심이고 결단이다.

우리는 신앙인으로서 공동체 삶의 기초를 '스승의 부르심에 대한 응답'이라는 고백의 관점에서 보기 때문에 귀농이나 자녀교육 등은 사실상 부차적으로 여긴다. 물론 가족 개인의 동기를 부정할 수는 없다. 귀농의 뜻도 존중하고, 공동체 마을 생활 속에서 채워지기를 희망한다. 공동생활을 통해 자기를 발견하고 인생의 지평에서 들려오는 하느님의 부르심을 들을 수 있기를 기다린다.

마을을 떠나기로 결정한 이유는 '관계 문제', '농업 노동의 어려움', 혹은 '자녀 문제' 등으로 딱 잘라서 말할 수 없지만 모두 맞기도 하고 틀리기도 하다. 공동체 삶이란 그렇게 단조로운 색깔이 아니다. 공동체란 이상이라는 믿음과 현실이라는 관계 속에서 뿌리를 내려가는 삶이다. 그래서 가뭄의 메마름도 있고 장마의 홍수도 있다. 마을을 떠나가는 이유도 그렇다. 그냥 '공동생활의 어려움' 때문이다.

전통적 관습과 윤리가 해체된 시대에 자유주의 양식으로 지금껏 살아왔는데, 자청하여 공동체 이상을 추구하고 그 가치를 살아낸다는 것은 쉽지 않은 일이다. '어려운 것은 세상을 바꾸는 혁명이 아니라 자기 욕구의 제어와 습관 하나!'라는 것을 인정하면서부터 공동체 수행이 시작될 수 있다. 공동체 생활은 자신과의 투쟁이요, 수행의 풀무질이다!

따라서 공동체는 수도원이고 가족들은 수행자가 되어야 한다는 관점을 부정할 수 없다. 그것을 넘어서기 위해서 '수도원은 감옥이고 기도는 노역인가?'를 질문한다. 어떤 이에게는 그럴 수도 있겠고 또 어떤 이에게는 '노동이 기도이고 수도원이 천국'으로 여겨질 수도 있다. 그런 순간이 경험된다면 공동체의 일상이 은총으로 다가오며 더 높은 삶으로 향하는 희망이 된다.

호랑이 한 마리를 마음에 품을 때 공동체는 가능하다! 고양이로 그려놓을 수는 있으나 호랑이도 고양이과다. 그런 의미에서 가족들이 고양이라도 그려놓고 간다면, 공동체에서 산 시간이 성덕의 삶이었다고 생각한다. 떠나가는 가족의 눈에는 남아 있는 가족이 자신의 과거가 되고, 남아 있는 가족의 눈에는 떠나는 가족이 자신의 미래로 비춰질 수 있다.

공동체 안에서 살아본 사람들은 서로 마음을 상통하고 공유한다. '공동체로 산다는 것은 어렵지만, 아름답고 좋은 삶'이라는 것에 동의하는 것이다. 그래서 떠나가면서도 아주 가버리지 못한다. 진실로 공동체를 살았던 사람은 결코 완전하게 공동체를 떠날 수 없다!

떠나는 가족들의 발길은 거의 대부분 귀농으로 정향되어 있다. 마을을 떠난 가정 열 세대 중에서 아홉 세대가 다시 농촌지역으로 들어갔다. 귀촌 혹은 본격적인 귀농을 한 셈이다. 퇴촌해 살고 있는 가족들을 방문했을 때 흙의 삶을 찾아 진짜 농사꾼으로 변신한 모습은 보기만 해도 멋지다. 산 위의 마을 공동체 생활은 짧았지만 체험의 골짜기는 생의 역사로 새겨질 만큼 깊었을 것이다. 사람은 왜 자연과의 조화 속에서 참된 행복을 찾아야 하는지, 왜 농업이 성스러운 직업이며 건강한 삶인지를 깨닫게 한 각성의 수련기였을 것이다.

결과적으로 산 위의 마을 생활은 훌륭한 귀농 인큐베이터이자 인턴 생활이 된 셈이다. 만약 도시에서 바로 귀농했다면 다른 이들처럼 시행착오를 겪으며 상당한 재정적 손실과 혼란을 겪었을 것이다. 귀농, 귀촌에 관심 있거나 결행을 앞둔 이들은 인큐베이터와 인턴생활의 중요성을 꼭 염두에 두었으면 좋겠다. 절대적 절차라고 생각한다.

행위는 신념의 문제만은 아니다. 몸이라는 물건은 마음먹은 대로 작동해주지 않는다. 책상 앞의 지성과 흙 위의 몸은 대단히 다른 차원이다. 이런 문제는 귀농의 길잡이가 되고 있는 전국귀농운동본부, 천주교 농부학교, 불교귀농학교 등의 교육에서 거듭 강조하는 점이다. 우리 마을에서도 매월 7박 8일의 '단기입촌생활'을 두어 신앙공동체를 탐색하고 귀농 현실을 간접 경험토록 도와주고 있는데, 짧은 기간이지만 노동을 대하는 태도들이 아주 진지하다.

혹시라도 귀농으로 새로운 삶을 컨설팅하려고 한다면, 농지를 구입하고 농가를 사들여 개축하거나 황토집, 한옥집을 짓는 일이 중요한 것이 아니라, 먼저 자신의 몸을 검증하고 보신하는 생활이 절대적으로 필요한 과정임을 알아야 한다. 그래야 내가 살 터전에 대한 이해와 애정이 생기고, '농촌에는 왜 젊은이들이 보이지 않는지, 농민들은 왜 살아오던 터전을 버리고 도시로 떠나갔는지' 그런 환경적, 시대적 배경에 대한 이해가 생긴다. 무엇보다 농업과 농부에 대해 경외심을 갖게 된다.

단기입촌 참가자들은 공동체와 농사, 생활에 대한 질문들을 쏟아낸다. 그들에게 나는 '왜 귀농하려는가?'의 목적성을 묻는다. 아토피 자녀를 둔 어머니의 심정도, 도시생활의 스트레스도, 평생의 일로부터 물러나고 자식들은 떠난 텅빈 삶에 대한 재구성 욕구도 충분히 이해된다. 그러나 자신에게도 농촌에도 서로 도움이 되는 귀농이 아니라면 상처만 안고 돌아서게 될지 모른다. 귀농, 귀촌의 의지가 확실하다는 전제 아래 나는 세 가지를 염두에 두라고 말하는데, 모두 워밍업 차원이다.

첫째, 집을 구하는 문제다. 1차로 면소재지 정도에 셋방을 얻기를 권장하고 싶다. 군청소재지는 농업생활과 관계없지만, 면소재지는 농촌생활의 중간지대 정도가 된다. 방을 얻는 것도 어렵지 않고, 주변에서 약간의 텃밭도 비교적 쉽게 얻을 수 있다. 집주인이나 주변 사람들은 농사를 직접 짓지 않을 확률이 높지만, 그렇더라도 대부분 농업을 했던 사람들이다. 현지 농업 정보와 기초 기술에 밝을 것이다. 그곳에서 2~3년 친교를 맺고 공부를 하면서 영구히 살 곳을 정탐하는 것이 좋겠다. 면소재지에 살면 농업 일을 하지 않아도 흉이 되지 않는다.

둘째, 농부로 살아갈 몸을 만드는 일이다. 노동이 두렵지 않아야 하기 때문이다. 전업 농부가 될 것인지 아니면 텃밭 수준의 반농인半農人으로 살아갈 것인지 설계가 필요하다.

우선 농사가 아니라도 몸으로 때우는 일을 하는 것이 중요하다. 몸의 센서를 살려내야 한다. 축산 농가에 목부로 취직하거나 과수 농가 주변에서 날품을 팔면서 일을 배우고, 생활비도 직접 조달하는 생활을 '귀농 인턴과정'으로 삼으면 어떨까 싶다.

셋째, 문화생활의 개조다. 지출을 과감히 정비해야 한다. 차량을 더블캡 정도의 화물차로 바꾸고, 버스 이용을 생활화하고, 통신비도 줄여야 한다. 소비문화와 정신의 오염을 정화하기 위해서는 은둔隱遁의 시기를

셋: 태초에 하늘과 땅과 농사가 있었다

꼭 가져야 한다. 2~3년 정도는 도시 친구들을 불러들이거나 찾아갈 생각을 버리는 것이 좋겠다. 관혼상제의 참석 문제도 다른 방법을 생각해볼 일이다. 미리 말해두면 되는 일이다. 친구들에게서 잊혀지는 것을 두려워하면 뿌리를 내릴 수 없다.

이 세 가지 원칙만 지켜도 귀농은 성공할 것이다. 그렇지 못하면 귀농건달이 될 확률이 매우 높다! 일은 하지 않고 차를 몰고 여기저기 기웃거리고 다니는 귀농자는 귀농건달이다.

삶에서 '동기動機'는 대단히 중요한 그물코다. 뜻밖에 불쑥 찾아온 퇴직은 새 삶을 개척하는 데 유리한 계기가 될 수 있다. 남들이 불행처럼 여기는 문제를 은혜의 기회로 해석하는 것은 자신에게 손짓하는 운명의 부르심에 대한 응답이 될 수 있다.

인생의 대지에 서서 해가 넘어가버린 서산을 바라보는 것은 잠시 낭만으로 여기는 정도로 족하다. 곧이어 몸을 일으켜 동쪽을 바라봐야 여명을 맞을 수 있다. 설사 일자리가 다시 생겼다한들 그것이 생의 해답은 아니다.

구조조정을 위해서 직장이 나를 버린 것이 아니라, 가정과 자녀들의 건강한 삶을 위해서 내가 직장을 버렸다고 여기며 삶을 바꾸는 것이 귀농이다. 불확실성의 안개가 세상을 덮고 있는 시대의 징표로 보며 감사할 일이다.

하늘은 때때로 폭우를 쏟아 가던 길을 멈추게 하고, 다리를 끊어 되돌아가게도 한다. 여태 삽질 한번 해보지 못하고 살아온 몸임에도 농촌에 마음이 끌린다면, 일순간의 잡념망상으로만 볼 일이 아니다. 영감靈感의 빛이고 창틈 사이로 보이는 생의 미래일 수 있다. 문을 열면 새로운 세상이 나타난다.

산수화를 그리며 지나가던 구름이 앞산 연화봉에 걸려 쉬고 있다.

밭의 농작물에 물을 주는 수고는
비가 오면 보잘것없음을 알게 된다.
그러나 그 하찮은 수고가 없다면 농작물은 이미 말라 죽었을 것이고
비가 와도 소용없게 된다.

가난한 이와 밥을 나눔이 그러하다.

넷

마을에서는 1년을 마치고 퇴촌하는 아이들에
게 졸업장 대신에 기능사 자격증을 수여한다.
장작패기 3급, 쇠죽 쑤기 3급, 연탄재 버리기
2급, 기도찬양 1급…… 아무나 가질 수 없는
귀하고 대단한 자격증들이다. 인생의 어려운
고비에서 스승이 되고 용기를 주는 은사가 될
것이다.

산 위의 마을,
우리들의 오래된 미래

해우소
解憂所

산 위의 마을은 방문자들이 꾸불꾸불 찾아오는 시간부터 재미있고 기대가 된다고 한다. 그런데 정작 마을이라고 들어와 보면 반듯한 간판이나 안내 팻말 하나 없고 여느 농가들이 모여 사는 촌락과 다를 바 없다. 엄격한 공동생활 공간의 분위기를 기대했던 이들은 조금 '허접스럽다'는 인상을 갖기도 한다. 반면에 또 어떤 이들은 오히려 마음이 편해진다고 말한다. 서울에서 세 시간 정도 소요되는 어중간한 거리 때문에 방문자들은 특별한 경우가 아니라면 숙박을 하게 마련이다.

숙박자들이 좀 당황스러워하는 점이 있는데 실내에 화장실이 없다는 것이다. 방문자 숙소뿐만 아니라 각 가정에도 화장실이 없다. 간단한 세면과 샤워 정도 할 수 있는 좁은 공간이 있을 뿐이다. 처음 설계할 때부터 의도적으로 화장실을 배치하지 않았다. 대신 큼직하게 잘 지어진 공중화장실이 두 곳 있다. 모든 가족과 손님들은 공중화장실을 이용한다.

가정의 세면실에는 요강 개념의 소변통을 두는데, 가족들의 소변을 모아 하루에 한 번씩 화장실 소변구나 나무 밑에 버린다. 그래서 소변통은 상비품이며, 들고 다니는 일이 어색하지 않다. 하루에도 몇 번씩 소변 때문에 신발을 신고 화장실을 찾는 것은 번거로운 일이다. 화장실을 자주 가야 하는 연령대가 되면 더욱 괴로운 일일 것이다. 전통의 요강은 대단히 현명한 도구다.

그러나 소변통을 두는 더 큰 이유는 겨울철 난방문제 때문이다. 가족들이 계속 들락거리면 실내 난방 손실이 막대하다. 1년에 아홉 달 난방을 해야 하는 생활에서는 신경 쓰지 않을 수 없다.

보통 한 사람이 하루 수세식 화장실에서 소비하는 물도 상당량일 것이다. 그렇게 물을 펑펑 쓸 수 있는 것은 물이 어떤 과정으로 자기 집에 오는지 알지 못해도 수도료만 내면 그만이기 때문이다.

마을이 들어서고 4년 동안은 빨래를 들고 동네로 내려갔었고 차량으로 물을 길어다 먹어야 했다. 1톤 트럭으로 한나절을 길어야 대형 물통을 채울 수 있는데, 물을 길러 갈 때 항상 학생들을 데리고 다녔다. 물통에 꽂힌 호스를 잡고 있거나 펌프를 지켜보는 임무를 맡기면서, 물 긷는 노동에 참여시키려는 의도에서였다. 물을 얻는 일이 얼마나 힘든 과정인지 알면 절약할 수밖에 없다.

소비문화 생활의 기본은 전기와 물의 소비다. 생태적으로 살아야겠다고 생각하는 이들이라면 물과 전력 사용에 민감할 의무가 있다.

농경사회에서 사람의 분뇨는 훌륭한 거름이었다. 아이들은 밖에서 놀다가도 집에 가서 소변을 보았다. 어머니들은 매일같이 소변통을 머리에 이고 밭으로 가셨고, 분뇨를 많이 만들어 쓰기 위해 재래식 화장실에 물을 길어다 절반을 채워두는 것이 기본이었다.

아직도 사찰에서는 재래식 대형 화장실을 두는 곳이 많은데 악취가 너무 심해서 혐오감을 갖기 쉽다. 같은 재래식 화장실이지만 우리는 대변과 소변을 분리하는 방법으로 악취 문제를 간단하게 해결했다. '똥과 오줌' 성분의 화학적 반응 원리를 이해하면 어렵지 않다. 냄새가 나는 것은 분뇨가 발효되지 않고 부패하기 때문이다. 그래서 대변과 소변이 썩지 않고 발효되게 하는 것이 열쇠다. 분뇨가 숙성되지 않으면 독성이 있어서 좋은 퇴비가 되지 못한다. 숙성熟成이란 발효가 완성되었다는 말이다.

그런데 분뇨糞尿, 즉 '똥糞과 오줌尿'의 발효 조건은 서로 상극이다. 똥이 발효되려면 산소와 접촉되어야 하는데 이런 성질을 '통기성通氣性'이라고 한다. 반면에 오줌은 산소 없이 밀폐된 곳에서 자체 미생물에 의해서만 발효된다. 이런 성질을 '혐기성嫌氣性'이라고 한다. '통기성과 혐기성'이라는 서로 다른 성질의 재료(똥과 오줌)를 한곳에 넣어두면 서로의 발효를 방해해서 부패하고 악취가 나는 것이다. 대변과 소변을 분리시키면 냄새가 나지 않고 제각각 발효, 숙성될 수 있다.

다만 대변이 발효될 새 없이 겹겹이 쌓이면 일부 부패가 되어 악취가 난다. 우리 마을은 수십 명 가족과 방문자들까지 이용하는 화장실이라

모아지는 양이 만만치 않다. 이 문제를 해결하기 위해 처음에 3톤 정도의 우드칩(나무껍질)을 바닥에 깔았고, 매주 적당량의 톱밥을 투입한다. 대변이 분해되기 좋도록 공기가 통하게 하는 것이다. 발효된 똥은 완두콩 크기만큼 작아져서 거의 보이지 않고 톱밥만 변색되어 쌓이게 된다.

소변은 금방 쌓이기 때문에 다른 통으로 옮겨 유용미생물을 첨가해두었다가 밭에 밑거름으로 뿌리거나 병충해 방제용 목초액을 뿌릴 때 섞어서 사용한다.

시중 서점에서 생태화장실에 관한 책은 본 것 같은데, 대량의 대소변을 농업에 활용하는 문제에 대해서는 아직 저서도 없고 농업기술센터나 어떤 농대 교수도 내놓은 자료가 없다. 대소변을 모아 농업에 이용하는 일 자체가 사라지고 없기 때문이다. 관심 있는 유기 농업인들이 전문가들의 도움을 받아 개발할 수밖에 없다. 귀농인들은 생태화장실을 하나씩 만들어 퇴비로 활용하는 농법을 적극 실천하면 좋겠다.

화장실은 목조 한옥으로 지어 육송피로 마감했다. 경사진 곳에 아래층을 4미터 깊이로 파서 저장소 부분을 만들고, 저장소는 다시 칸막이를 나누어 9톤 정도의 소변 저장소를 만들었다. 소변은 변기 앞쪽에 플라스틱 김치통을 설치해서 구멍을 호스로 연결한 뒤 소변 저장소로 흘러가도록 했다. 그러니까 용변을 보면 소변은 앞쪽 김치통에 떨어져 저장소로 가고, 대변은 그대로 저 멀리 아래에 쌓이는 구조다.

생태운동가나 귀농하신 분들이 오면 사진을 찍어가곤 한다. 다만 겨울에는 추운 지역이라 소변이 얼어서 문제가 되는 날들이 있다. 종종 뚫느라고 고생한다. 대변도 얼어붙어서 1미터 이상의 뾰쪽탑으로 쌓이다가 쓰러진다. 영상의 날씨가 되었다는 표시다.

화장실 내부는 옆으로 쪽창을 만들었다. 손으로 열면 바람이 통하고 마을 야산이 눈에 훤히 들어온다. 여름이면 무성한 녹음이 보이고 겨울이면 눈 덮인 산하를 감상하니, 어느 산비탈에 쪼그리고 앉아 일을 보는 듯한 느낌이다.

생태화장실은 아직 법적 건축물로 인정되지 않고 있다. 그렇지만 공무원들도 생태문제에 관심이 높기 때문에 재래식 화장실을 짓고 이용하는 생활 자체를 존중해준다.

방문자 가족으로 동행한 초·중학생들은 화장실을 무서워한다. 이틀 사흘을 참다가 가기도 한다. 놀랍고 미안한 일이지만 어쩔 수 없다. 요즘은 비데가 없으면 화장실 이용을 어려워한다고 하는데, 용변 후 스스로 처리하는 일도 못해서 자동화에 맡기고 사는 결과가 어떨지 궁금하다.

20여 년 전 주일학교 어린이들과 충북 감곡성당으로 겨울 캠프 갔을 때의 일이다. 화장실이 재래식이었는데 아이들이 이용하려 하지 않았다. 아침에 난처한 사태가 벌어졌다. 화장실 바닥에 신문지를 깔고 여기저기 일을 봐둔 것은 양반이고, 성당 뒤편 처마 밑에 줄줄이 실례를 해놓은 것이다. 아주 적당한 간격으로.

주일학교 담당 수녀님에게 알렸더니 "아마 개똥일 거예요" 했다. 강아지들까지도 화장지를 사용하는 시대가 되었나 보다! 그때 그 아이들

도 지금쯤 삼십대이니 모두 결혼해서 부모가 되었겠지. 아마 만나더라
도 나를 몰라볼 것이다.

화장실을 해우소解憂所라고도 하는데 '근심을 푸는 곳'이란 뜻이다. 어
떤 근심인가? 배설되지 않고 쌓이면 변비고 근심이 된다. 사람의 가장
큰 욕심은 식욕으로, 본성적 욕구다. 욕심이 근심, 걱정, 번뇌를 낳는
다. 근심을 없애기 위해서는 욕심을 버려야 한다는 것을 '해우소'란 말로
가르쳤던 것 같다. 소유에 대한 집착이 고통이 된다. 그래서 모든 종교
는 식사를 믿음과 수행의 도구로 여기고 있다.

"이 음식이 어디에서 왔는고. 내 덕행으로 받기가 부끄럽네. 마음의
온갖 욕심 버리고 몸을 지탱하는 약으로 삼아 도업을 이루고자 이 음식
을 받습니다."

불교의 공양기도이다.

우리의 기도는 이렇게 한다.

"이는 나의 몸, 받아먹으라! 이는 농부의 땀, 생명의 양식!"

벌써 자야 할 시간이다.

이
발
소
홍
사
장

　베네딕도 형제가 입촌을 하고서는 아이들 머리를 종종 깎아주는데 그럴듯하다. 이발소나 미장원만큼 완벽하진 않아도 그런대로 좋다. 설사 조금 어색하더라도 금방 자라나는 머리칼이니 시간문제다. 아이들은 평소 단양 읍내 미장원에 가서 머리를 다듬는다. 이발소보다 가격이 싸다고 한다.

　아이들도 그렇지만 어른들도 이발하는 것이 보통일이 아니다. 어물어물하다 보면 머리가 길어버리기 때문이다. 마을 고참인 김영기 베드로 형제는 이발 비용도 만만찮다면서 아예 장발로 묶어버렸다.

　2004년부터 2년 동안 마을을 시작하기에 앞서 공동체 준비모임을 했다. 소명에 관한 묵상과 공동체 마을의 역사와 현실에 대해 공부하면서 종종 국내 공동체 방문도 했다. 그때 공동생활에서 필요한 기술을 각자

넷: 산위의 마을, 우리들의 오래된 미래

187

한 가지씩 갖추기로 했고, 미용·굴삭기 운전·제빵제과·자동차 정비 등을 배우고 면허를 얻고자 학원에 다니는 이들도 있었다.

생각했던 만큼 이루어지지는 못했는데 지금도 여전히 그런 기술들은 필요하고 아쉽다. 가족의 축일에 케이크 만드는 일도 늘 아쉽고, 굴삭기 등의 기초 정비기술도 조금은 알면 좋을 성 싶다. 특히 시도 때도 없이 필요한 것이 이발·미용 기술이다.

1993년 방배동에 있을 때 '흙모임'이란 것을 했다. 작은형제회(프란치스코회)의 김재원 수사님이 함께했는데, 그는 수염을 일절 깎지 않는 털보다. '수염이 멋있다!'고 하면 김 수사는 "수염을 깎는 것이 멋을 부리는 것이지, 가만 두는 것은 멋을 부리는 것이 아니고 자연이다!"라고 대답한다. 맞는 말이다. 나도 머리와 수염을 길러볼까 하는 생각을 한 번 이상 해본 적은 있지만 생긴 것 자체도 촌스러운데, 아닌 것 같아서 여태 한 번도 길러보지 못했고 박박 깎는 것도 못 해봤다.

가곡면 소재지 농협 앞에 이발소가 하나 있어서 나는 종종 그곳으로 간다. 가곡에서 가장 경치가 좋은 강변에 있다. 이발소 앞 국도 건너편에는 잘 다듬어놓은 공원이 있고 아래로 남한강이 흐른다. 아주 명당에 자리 잡은 이발관으로 의자도 하나뿐이고 혼자서 운영한다. 이발료는 도시 사우나의 커트 가격과 같아서 2006년까지는 9000원이었는데 지금은 1만 원을 받는다. 이발소를 운영하는 홍삼화 사장은 해병대 출신인데, 청년시절의 흑백사진과 해병전우회의 활동을 담은 사진과 상패 등이 이발소 벽에 걸려 있다. 연세는 65세로 나보다 연상이다.

홍씨는 이발관을 경영하는 한편 단양군 해병전우회의 기동대장을 맡아서 봉사활동도 헌신적으로 한다. 지역사회를 위한 자신의 소명으로 여기는 듯하다. 행글라이더 사고나 남한강의 빙판 사고 등 인명 사고나 화재 사건이 발생하면 즉시 이발소 문을 닫고 출동한다. 단양 일대에 사건이 터질 때마다 안 가는 곳이 없다.

소백산 철쭉제나 온달축제, 어린이날 등 공공기관 행사가 있는 날에는 질서 안내 활동도 한다. 우리 마을 강산이가 유치원 때 KBS 전국노래자랑 단양 예선에 나가서 인기상을 받았는데, 그때는 강산이를 칭찬해주며 안고 사진도 찍어주었다. 또 어린이날에는 우리 아이들을 해병대 수상보트에 태워주기도 했다.

이발소 표시등은 늘 빙글빙글 돌아가지만, 그 앞에 오토바이가 서 있어야 문이 열린 것이고 오토바이가 안 보이면 잠시 출타중인 것이다. 혼자 운영하기 때문이다. 손님이 없을 땐 그물을 다듬거나 다슬기를 줍고 물고기를 잡으러 갈 때가 많다. 휴대폰으로 전화를 하면 잠시 기다리라 하고서는 금방 오토바이를 타고 나타난다.

홍씨는 우리 마을에 관심이 많다. 2005년 봄 우리 가족들이 마을 비알밭의 잡초를 태우다가 약간의 산불을 낸 적이 있다. 그때 산불 진화를 위한 기동대로 출동해서 우리 마을을 알게 되었다. 우리가 귀농해서 일하느라 고생만 많이 하지 수확도 제대로 못 하는 것도 잘 알고 있다.

"공동으로 귀농한다는 것이 얼마나 좋은 일이냐. 참 어려운 일을 한다.", "물은 잘 나오느냐?", "어려운 일이 있을 때 이야기해주면 힘닿는 만큼 돕겠다"고 말한다. 부탁할 일은 없었지만 그 마음이 고맙고 감사할 뿐이다.

작년에는 한동안 서울의 병원에 자주 다녀야 해서 주로 사우나에서 이발을 했는데, 그런 경우를 제외하고는 항상 가곡에서 이발을 한다. 남자들의 이발은 자기 마음에 드는 스타일이 있게 마련이다. 그래서 이발소도 단골이 된다. 여인들의 동네 미장원 머리도 그렇지 않을까 생각한다.

홍씨의 이발 솜씨는 나에게 딱 좋은 스타일이다. 옛날 식으로 시원하고 단정하게 깎아준다. 이발소에는 낡은 소파가 하나 있는데 탁자 위에는 박정희 대통령과 육영수 여사가 표지모델이 된 월간지가 두세 권 놓여 있다. 아직도 그런 잡지들이 발행되고 있다는 것을 처음 알았다. 물어볼 것도 없이 정치적 입장에서 자신이 보수 우익의 편이라는 뜻이다.

어느 지방이나 지역에 가도 역사의식과는 상관없이 이미 신봉하기로 한 자기 신념에 오로지 충성하는 이들이 있다. 지역 유지로서 하부 정치 여론을 형성하는 이들이다. 종교인이 일상에서 자기 종교의 색깔을 공공연하게 드러내는 경우는 식당 같은 곳에서도 종종 볼 수 있지만, 일반적으로 직접 운영하는 업소에서 자신의 정치적 색깔을 드러내는 이들을 보기란 쉽지 않다.

그에 비하면 홍씨의 의식과 생활태도는 확실하다. 자기 정체의 투철성과 실천성을 느끼게 한다. 홍씨를 볼 때마다 나는 사제로서 얼마나 믿음에 투철하게 일상 속에서 복음을 선포하며 살아가고 있는지 반성한다. 또한 내가 진정으로 진보 진영에 속하는지도 묻는다. 비평하는 사유만 날카롭고 행동하는 실천에서는 무기력한 '신념의 노화'가 진행 중인 것은 아닌지 질문한다.

나는 이발관 홍씨처럼 의식과 생활에서 일치성을 가졌는가? 사제로서 세상에 대한 예언직의 소명이 무력화, 왜소화하지는 않았는가? 복음 정신과 역사의식을 가까운 이웃들과 공유하고자 노력했는가? '좌파'라는 틀을 능동적으로 수락하며 역사 발전의 창조적 동력이 되고 있는가? 이것은 나뿐 아니라 자기 자신이 사목자이자 지식인이며 진보 진영에 속한다고 여기는 모든 지성들에 대한 질문이기도 하다.

홍씨와 대화를 나누노라면 '사람'을 만난다는 느낌이다. 좋은 사람도 나쁜 사람도 아닌, 무의식도 무개념도 아닌, 그저 태어난 환경에서 대면하는 세상에 충실한, 자식을 낳고 장성시키며 주어진 소명을 다한, 이 땅의 가장 다수를 이루는 '사람들'을 생각하게 된다. 그가 어떤 이념으로 살아가건, 인간이고 남편이고 아버지고 장인어른이고 할아버지고 생활인이고 이웃들의 친구인 '사람'으로서의 얼굴을 가지고 있음이 분명하다. 그 부분만이 진정한 사람의 모습이라는 생각을 한다. 그럼으로써 그와 내가 만난 기간에 관계없이 친밀한 정을 느끼고 나눌 수 있는 공감의 자리가 생기는 것이다. 사람으로서의 요소만이 인류가 손잡을 수 있는 공감의 색깔이다.

본래 보발리 출신인 홍씨는 어릴 때 보발천에서 메기 잡던 이야기며,

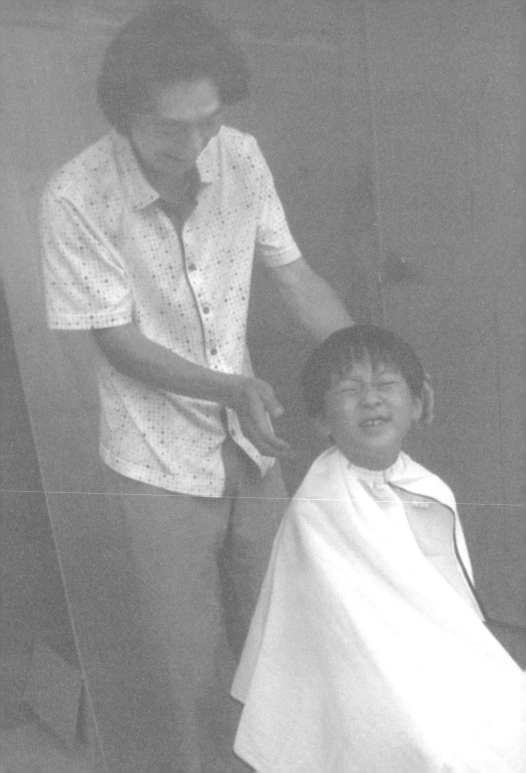

탄광마을의 흘러간 옛 이야기를 종종 들려주곤 한다. 결혼한 아들딸, 손자, 집안 이야기부터 잡고기를 좀 더 굵게 잡는 기술과 올갱이가 많은 곳 등을 아주 친절하고 즐겁게 이야기한다. 얼마 전에는 이발 중에 내 머리를 유심히 들여다보면서 말했다.

"처음 오셨을 때는 머리가 까맸는데, 우째 벌써 귀밑으로 하얗게 세었어요!"

그 말을 듣고서야 나도 비로소 머리가 세고 있음을 느꼈다. 진짜 흰머리가 많아졌다. 어쩔 수 없는 세월이다. 홍씨 역시 처음 만났을 때보다 몸은 더 불어나고 목소리도 약간 힘이 없는 느낌이다.

요즘은 안타깝게도 서로 몸 아픈 이야기를 가장 많이 나누고 있다. 나는 목디스크 수술 후 한 해 내내 병원에 다니며 신경외과 약으로 살았고, 그는 1960년대 후반 월남전 참전 때 고엽제 피해를 입었다. 오랜 세월 투약의 부작용으로 고혈압과 당뇨 등이 심해져 요즘 따라 더욱 몸이 힘들다고 한다. 밭에서 일하다가 쓰러져 응급처치를 받은 이야기도 했다.

그를 볼 때마다 서예가 신행식 형이 생각난다. 나와는 같은 고향에 같은 고등학교 선배로 호형호제하며 친하게 지냈다. 언젠가 그의 집에 놀러갔다가 통금이 되어 유숙한 일이 있었는데, 삼십대 초반의 남자라고는 도저히 믿을 수 없을 만큼 다리가 깡말라 있어서 깜짝 놀랐다. 얼굴과는 딴판으로 피골이 상접했다.

20여 년이 지난 어느 날 쓰러졌는데 검진을 받아보니 고엽제 후유증이었다. 형은 월남전 고엽제 피해자로 등록되고 보훈병원에서 치료를 받으며 약으로 살다시피 했다. 종종 발작을 일으킬 때마다 응급처치를 받아 살아나곤 했다는데 결국 몇 해 전 운명했다.

회고해보니 청년시절 그토록 깡말랐던 형의 다리도 고엽제 중독 증상이었던 모양이다. 홍씨와 그런 이야기를 나눈 적도 있는데, 그때마다 홍씨에 대한 애처로움이 더해진다. 미국을 위해 목숨을 걸었던 전쟁에서 그가 얻은 것은 무엇일까? 몸은 하나뿐인데……. 그리고 미국이란 나라의 실체는 얼마나 알고 있을까?

아무튼 부디 건강하게 봉사활동의 보람으로 살면서 좋은 벗으로 지냈으면 좋겠다. 특별히 내 머리를 마음에 쏙 들게 늙도록 다듬어주기를 기대한다. 그와 가족들에게 하느님의 축복이 함께하기를 빈다.

전기밥솥의 용도는? 물도 끓인다!

돌
축
대
를
쌓
다

　주말인 어제와 오늘, 정병철 유지니오 형제와 함께 축대를 쌓았다. 유지니오 형제는 내가 시흥4동 본당의 주임신부 시절에 함께 낚시를 다니면서 친해졌다. 그 후 공동체를 알게 되고 준비모임까지 줄곧 함께했다. 사제로서 하느님의 축복 속에 사는 이들을 종종 만나게 되는데, 그가 바로 그런 사람 같다. 우직할 정도로 신앙생활도 진실하게 하고 무엇에든 정도正道로 사는 사람이다. 그래서인지 그가 하는 일은 하늘의 도우심을 받는다는 생각이 들 만큼 삶에 충실하고 결실도 잘 얻는다.

　2004년 마을이 시작되면서 첫 번째 가족으로 입촌했는데, 당시에는 빨래도 동네로 내려가서 하고 물도 길어다 먹어야 해서 고생이 많았다. 그는 아내와 초등학교 1학년에 입학할 아들을 데리고 입촌했다가 얼마 후 떠났다.

2006년 내가 입촌한 후 유지니오 형제는 주말이나 연휴 때 자주 찾아와서 일을 도와주곤 한다. 본래 외선 전기시설 기술자인데 공동체에 들어오기 위해서 굴삭기를 배워 면허도 얻었다. 오늘도 굴삭기로 돌을 집어 올려 축대 쌓는 일을 했는데, 나는 곁에서 손으로 할 일을 도왔다. '포클레인 앞에서 삽질하기'라는 말처럼 굴삭기로 일할 때는 구경하는 것 외에 별로 할 일이 없는 것 같다. 하지만 돌을 쌓는 일에는 사람의 보조 일손이 꼭 필요하다.

우리 마을은 산비탈 지형으로 여기저기 언덕이 많다. 건축을 하려면 축대를 쌓아서 평지를 확보해야 한다. 다행히 돌이 많다. 땅을 약간만 뒤집어도 온통 돌과 바위뿐이다. 잘못 건드렸다가는 커다란 바위가 나타나 큰일을 만들기도 한다. 그 흔한 돌들을 실어다 쌓으면 콘크리트 옹벽을 치는 것보다 비용도 적게 들고 자연스러워 보기에도 좋다.

축대를 쌓으려면 바위같이 큰 돌에서 호박만 한 돌에 이르기까지 다양한 돌들이 필요하다. 돌은 비스듬히 눕혀 돌이 돌을 눌러 걸치는 식으로 놓아야 서로 밀리지 않는다. 돌에도 얼굴이 있다. 그래서 얼굴이 되는 면을 보이는 쪽으로 놓아야 한다. 이것도 삶의 미학이다.

무엇보다 튼튼한 축대가 되려면 돌들의 생김새가 다양해야 한다. 네모난 것, 길쭉한 것, 모난 것, 구부러진 것이 얽히게 쌓아야 서로를 눌러 주어 단단해진다. 축구공처럼 둥근 돌은 빠지기 쉽기 때문에 쓰임을 받지 못한다.

축대에서 아주 중요한 것이 '뒷돌'이다. 뒷돌은 놓인 돌과 뒤쪽의 흙 사이에 채워 넣는 잡석을 말하는데, 빗물이 빠질 때 흙을 보호하고 돌이 밀려나는 것을 방지하는 중요한 기능을 한다. 흙은 돌에 대해서 본드 같은 기능을 하는 반면, 뒷돌은 흙을 걸러내는 거름망 역할을 한다. 그래서 바위 수준의 돌이건 주먹만 한 자갈이건 제각각 쓸모가 있고, 서로 함께 얽혀서 좋은 축대를 이룬다. 꼭 공동체를 닮았다.

축대는 공동체고 돌은 가족들이다. 축대에 쓰이는 돌처럼 저마다 다양한 기질과 재능을 가진 사람들이 모여 공동체를 이룬다. 저마다의 고유성을 존중하고 받아들여 '공동체의 힘'으로 모아내는 것이다. 국가, 사회도 그렇다. 서로 다른 이념과 가치, 다양한 생각과 삶들이 공동선共同善을 향해 나아가 '다양성 속의 일치'를 이루는 것이 건강한 사회라고 할 수 있다.

얼마 전 신문에 일제고사를 거부하는 교사와 학부모들에 관한 기사가 실렸다. 참 답답한 일이다. 일제고사식 학력평가라는 게 서열화로 경쟁력을 작동시켜 학습의욕을 높이자는 의도일 것이다. 그렇지만 재단마다 학교마다 교육철학이 다르고 학습 방법이 다를 텐데, 어떤 기준 하나를 가지고 평가할 수 있다는 것일까? 사이보그를 양성하자는 것인가?

경쟁심이란 본성적으로 작동한다. 국가나 학교가 부추기지 않아도 부모 스스로 자녀에게 칼과 방패를 들려 원형경기장으로 내보내고 있지 않은가. 교육의 역할은 창검술이 아니라 함께 승리하는 법을 가르치고, 그런 가치 지향의 숭고함을 강조하는 것이다.

국어는 잘하는데 수학은 못하는 자녀에게 과외를 시킨다면 어떤 과목을 시킬까? 대부분 성적이 부족한 수학을 시키려 들 것이다. 그것은 명텅구리 교육이다. 국어에 소질을 가진 아이에게 국어를 더 잘할 수 있는 기회를 주는 것이 과외 교육이다. 수학을 시킨다면 평균 점수는 좀 더 오르겠지만 그의 재능은 하향평준화 된다. 일률적으로 학력을 평가하는 것은 하향평준화 교육이다.

예부터 '머리 쓰는 놈은 꾀로 먹고 살고, 마음 쓰는 놈은 복으로 먹고 산다'고 했다. 자녀에게 인간다운 마음으로, 경쟁이 아닌 공존의 인생을 살아가게 해주고 싶다는 부모들의 신념도 존중받아야 한다. 언덕을 떠받치는 축대도 거대한 바위 몇 개만으로 쌓을 수 없고, 세상과 국가 발전을 떠받치는 축대도 소수 엘리트 집단의 두뇌만으로는 이루어낼 수 없다.

국가 최고 엘리트 집단의 실체란 무엇인가? 줄곧 수석을 차지한 우수 인재인가? 적게 일하고 많은 연봉을 받을 준비된 계급인가? 혹시 고전 한 권도 읽어보지 못한 문맹은 아닌가? 그의 인생관에서 직업윤리를 기대할 수 있을까?

최우수 인재가 대학이건 유학이건 학업을 마쳤다고 하자. 그리고 어떤 분야에서든 국내 최고의 매출, 최고의 해결력, 최고의 권력 집단들 가운데 영순위로 상징되는 명함을 갖게 되었다고 하자. 삼성, 조중동,

검찰, 김앤장……. 가족들과 한편의 사람들은 그가 성공했다고 여길 것이다.

그런데 안타깝게도 그 같은 집단을 도덕적으로 가장 믿을 수 없다고 생각하는 사람들도 많다. 연봉도 많고 미래도 보장되고 능력이나 권력 면에서 모두가 최고임을 인정하지만, 영혼이 없는 이기적인 아바타 집단으로 여겨진다면, 그땐 혼란스러울 것이다. 내 존재의 주인이신 분으로부터 인정받지 못하는 그런 직장 하나를 얻기 위해서 경쟁으로 밤을 새우며 젊음을 바친 것인가?

도덕성과 윤리 부재는 국가 경쟁력의 결함으로 드러나고 있다. 한국 사회는 최저생계비, 노동시간 등 질적 삶의 통계에서는 OECD 국가 중에서 혹은 세계에서도 꼴찌면서 자살, 성범죄 등 비인간적 현상들에서는 세계 1위라고 한다. 민망한 일이다.

과거에 교육의 주체는 학교(교사)라고 했다. 민주주의 시대를 맞아 교육의 주체는 학생이 되었다. 이제는 부모가 교육의 주체인 시대이다. 사교육 시장, 8학군 부동산 불패 신화를 만들어낸 학부모들이다. 한국 사회에서는 하느님이 교육부 장관을 내려준다고 해도 교육 개혁이 성공할 수 없을 것이다. 부모들이 저마다의 이기심으로 사교육의 지원을 받으려 하기 때문이다. 그 어떤 교육정책도 학부모들의 이기주의에 포박당할 확률이 매우 높다.

구청 미화원이나 아파트 경비 일을 하는 데 학사학위가 필요한가? 하지만 우리 사회는 이미 그런 기형적 형태로 살아가고 있다. 대졸자가 고졸이라고 속여서 이력서를 내는 위장취업 시대다. '교육은 사회화의 과

정이다'라고 정의하려면 '어떤 사회'를 말하는 건지, 사회라는 물건부터
청문회에 내세워야 한다.

　복잡한 생각 중에 보는 돌 축대가 참 보기 좋다. 큰 돌, 작은 돌, 납작
돌, 뾰쪽 돌들이 모두 어깨동무하고 합창을 하고 있다.

　벌써 새참인감?

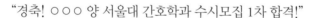

"경축! ○○○ 양 서울대 간호학과 수시모집 1차 합격!"

측량설계사무소에 상담할 일이 있어 읍내에 나갔는데, 색깔도 예쁜 복자기 단풍 가로수 사이로 현수막 하나가 눈에 들어왔다. 단양고등학교 학생이 서울대 수시모집에 합격했나 보다. 축하 현수막 글씨 일부가 가로수에 가려진 모양이 합격한 여고생의 수줍음처럼 느껴진다. 작년에도 한 명이 합격했는데, 금년엔 남학생까지 두 명이 합격한 모양이다.

작년엔 우리 보발리 여학생이 서울대에 합격해 그때도 국도변과 마을 입구에 현수막이 걸렸었다. 자식을 서울의 명문대에 보내려고 좋은 학군을 찾아 위장전입을 하고 한 달 과외비로 수백만 원을 지출하기도 한다는데, 학원 하나 없는 단양 읍내 학교에서 해마다 한두 명씩 명문대 합격자를 낸다는 것은 대단히 자랑스러운 일이며 단양군민의 명예다.

사실 지방의 소읍 출신 학생들이 학습 조건 좋고 사교육비 투자가 무한정 가능한 서울이나 대도시 학생들과 경쟁을 벌인다는 것 자체가 불공정 게임이고 모순이다. 농어촌 자녀들도 지역 내 경쟁을 통해 신입생 선발에 배정받을 수 있도록 해준다면 고맙겠다.

1990년대 초 중국 여행을 한 적이 있다. 당시만 해도 북경대학, 인민대학 등 중국 유수의 대학을 졸업해도 마땅한 직장을 구하기가 어려웠기 때문에 관광 가이드는 인기 있는 직업이었다. 우리 팀의 가이드는 길림성 출신이었는데 연길에서 우수학생 선발로 북경대학에 들어갔다고 했다. 중국의 유명 대학에는 지방 학생들을 배려하는 할당제가 있어서, 각 성마다 자체 선발된 3~5명의 학생들이 북경 유학의 행운을 얻을 수 있었고 기숙사도 무료에 용돈까지 나온다고 했다.

잠도 못 자는 우리나라 학생들의 경쟁적인 입학제도만 알고 있다가 그런 말을 들으니 지방을 배려하는 중국의 사회주의가 현명하다는 생각이 들었다.

지역사회에서는 유명 대학에 진학하거나 '고시'에 합격했을 때, 군 장성이나 경찰 경무관 등으로 진급했을 때 "경축! 아무개 아들 ○○○ 합격!" 등과 같은 축하 현수막을 읍내나 면소재지에 내걸고 자연스럽게 잔치를 벌인다. 자기 집안 경사처럼 여기면서 함께 기뻐하고 축하하니 얼마나 좋은가. 애향의 자부심과 공동체성이 살아 있다는 징표일 것이다. 지역 공동체성이야말로 문화의 향기이며 보호되어야 할 무형의 유산이다.

소화네 할머님이 지난주에 갑자기 작고하셨다. 보발리 사람들은 남자, 아낙 할 것 없이 모두 찾아와 자기 집안일처럼 초상을 도왔다. 가까운 읍내나 제천에 사는 마을 출신 장년들도 와서 밤을 새우고 상여꾼을 했다. 우리 가족들도 소화네 집에 가서 이틀간 함께 음식을 만들고 조문객을 접대하며 잡일을 거들었다.

보발리에는 마을 공동으로 마련한 상여가 있었는데 너무 낡아서 얼마 전 새로 구입했다. 소화 할머니는 아름답고 화려한 꽃상여를 타시고 상여소리를 따라 하늘로 떠나셨다. 뒷밭에 묻혔기 때문에 장지葬地라고 해도 집에서 한눈에 보이는 곳이지만 마을 사람들은 정성으로 모셨다.

서양식의 상업주의 장례 문화가 일반화되었다고 하지만 그 틈새에서 전통문화가 살아 숨 쉬며 향기를 풍겨내고 있다는 사실이 기쁘다. 이웃의 애경사를 함께 슬퍼하고 기뻐하는 사람들의 인정과 관습으로 인해 향토에는 문화가 살아 있고, 사람이 살아 있어 인정의 꽃을 피운다.

단양에는 인문고 외에 아직도 공업고등학교가 있다. 제천에는 2006년까지 농고가 있었는데 지금은 종합고 형태로 바뀌었다. 지방의 학생들이 그럴듯한 대기업에 취업한다든가 중앙에 진출할 수 있는 기회는 많지 않지만 앞으로 꾸준히 모색될 것이다. 그러나 향토의 문화와 삶을 지키고 보존하는 일에 종사는 것도 그 어떤 분야의 중앙 진출 못지않게 중요하다고 생각한다.

소수 인구가 변동 없는 모습으로 살아가는 지역일수록 공동체성이 살아 있다. 군수에서 민원창구 공무원과 중소 상인에 이르기까지 대부분

본토인들이다. '어떤 일을 하는 어느 젊은이'가 바로 '어느 동네 아무개의 자녀'인 것이다. 그런 관계로 인해 타인의 이목과 예의염치를 챙기는 일이 몸에 배어 있다.

군수, 면장 등 기관장은 농가의 특산물인 고추, 마늘, 절임 배추를 팔기 위해서, 혹은 농산물의 부가가치를 생산하기 위해서 가공을 독려하고 직접 생산품을 홍보하고 다닌다. 신세대 공무원들은 친절하되 원칙을 저버리지 않는다. 그런 태도가 자신이 나고 자란 땅에 대한 애향 의식에서 나오는 것인지, 아니면 공직에 대한 본분 의식에서 비롯된 것인지는 몰라도 어쨌든 좋게 보인다. 지역에 따라서는 아직도 토호들의 전횡성 완력이 남아 있는 곳도 있겠지만 소멸 중일 거라 믿는다.

지역사회에서 애향정신을 배우며 성장한 젊은 인재들은 종종 중앙 정부에서도 일할 수 있는 기회를 제공받아야 한다. 중앙과 지방이 소통하고 공동선의 목표의식을 공유하는 것은 중요하기 때문이다. 중앙과 지방의 진정한 상호존중과 소통이야말로 국가권력과 지역을 함께 살리고 협력하는 길이라고 생각한다.

경제개발기의 한국 사회는 산업화시대의 공장 노동력 확보를 위해 농촌의 젊은이들을 불러들였다. 이농 현상으로 지역사회는 해체되고 황폐화되었다. 공업과 전자산업의 비교우위론은 농촌, 농업, 지방 낙후 문제의 원죄다. 거기에다 임명직 군수와 공무원들은 출세와 승진의 징검다리로 행정관리 책임을 맡았을 뿐 그들에게 농민의 삶을 배려하는 목민의식을 기대할 수 없었다. 사회 전체가 중앙 정치 세력이 이끄는 경제개발주의의 북소리에 발맞추어 행진했고, 오늘날에 이르러서는 세계적 자유주의의 단일 시장화와 투기금융, 산업의 대형화, 자유교역을 우상처럼 받들며 자발적 노예로 살아남기 위한 경쟁에 참여하고 있는 것이다.

인도의 간디는 세계화의 원조인 대영제국의 식민지배에 맞서 진정한 인도의 독립도, 독립 이후의 삶과 발전도 모두 마을 자치에 기초해야 한다고 했다. 그리고 지역과 마을의 작은 삶에서 공존과 평화의 토대를 만들어내자는 '스와라지' 운동을 주장했다.

생각건대 우리 시대 가장 불행한 현상은 '모든 것은 서울로 통해야 한다'는 인식이다. 모든 중요한 결정은 서울에서 내리고 그에 대한 의무는 방방곡곡이 감당하는 것이다. 대한민국의 법과 제도, 예산 집행 결정에서 지방은 구경꾼에 불과하다. 정치와 외교, 금융, 교육, 문화, 예술, 스포츠, 여론과 언론, 유권자……. 그래서 모두 서울로 간다. 파워풀한 삶에 동참하기 위해서다.

그런데 한편으론 왜 많은 사람들이 서울을 떠나고 있는 걸까? 귀농이건 귀촌이건 서울을 떠나는 것은 '작은 삶'을 구하는 것이다. 작은 삶의 평화를 누리면서 희망을 찾아보겠다는 것이다. 작은 삶에는 사람이 살아 있고, 인정이 살아 있고, 공동체성이 있다. 자연도 생태도 함께 있다. 거대한 공룡은 넘어지면 일어나지 못하지만, 공동체 의식을 바탕으로 살아가는 작은 삶에는 날마다 죽어도 날마다 살아나는 민초의 생명력이 있다.

학생들은 어쩌다 1년에 한 명 정도 들어가는 명문대학에 목맬 이유도

넷: 산 위의 마을, 우리들의 오래된 미래

없고, 그 가능성을 보고 경쟁심의 안테나를 높이 세울 필요도 없다. 그 한 명이 세상의 아름다운 발전과 평화를 위해 헌신할 인재가 될지 어떨지는 검증되지 않았다. 해마다 그토록 많은 명문대 졸업생들이 배출되는데도 우리 사회가 더 나아지고 있다고 보는 사람은 없다. 사회 정의도 윤리도 정신세계도, 삶의 질과 기품도 날로 추락하고 파괴되어가고 있지 않은가.

명문대 출신은 간판으로 인정받고 지방대 출신은 성과로 인정받는 시대에 전문대와 고졸 출신이 인정받는 길은 무엇일까? 인정받을 필요가 없다! 누가 누구를 인정하고 말고 할 것인가. 고장을 지키고 향토를 사랑하며 행복하게 사는 것만으로도 인생은 짧다.

우리 고장 학생들이 고향에 남건 서울로 가건 좋은 사회인으로 성장하기를 고대한다. 바른 철학과 좋은 학문을 익혀서 고향으로 돌아와 결혼하고 자녀를 기르며 삶의 자리를 이어받기를 소망한다.

고수대교 아래 견지꾼들 그림이…… 평화다!

가곡초등학교
보발분교장

보발천이 끝나는 지점에 들어서면 오른쪽으로 보발리 본동인데 가곡
초등학교 보발분교장이 있다. 2004년 처음 마을에 들어와 살던 무렵에
는 본동으로 들어가는 느티나무 아래에 '가곡초등학교 보발분교장'이라
는 아치형 철제 간판이 있었다. 주민들은 모두 아치 간판 아래로 다녔
다. 학교와 마을이 어우러지는 느낌과 운치와 인상이 참 좋았는데 지금
은 철거되고 없다.

가곡면 일대에는 1930년대부터 1980년대 초까지 광산이 많았는데 보
발천 양쪽으로 아직도 그 흔적이 남아 있다. 산 위의 마을에 물이 귀한
이유는 여기저기 광산을 뚫어 물이 아래로 빠져버리고, 폐광을 하면서
광도를 복구하지 않고 방치했기 때문이라고 한다. 안타깝고 아쉬운 일
이다.

탄광 경기가 좋을 때는 광산촌이 형성되어서 보발분교 학생 수가 300여 명에 이르렀다고 한다. 소화 아버지인 김동규 반장님도 보발학교 출신이다. 2010년 현재 보발분교의 학생은 10명이다. 세 분의 교사와 급식을 돌보는 아주머니, 관리인 한 분이 일하고 있다. 산 위의 마을에서 다니는 아이들은 여섯 명인데 모두 공부를 잘한다. 전교에서 1등이다. 한 학년에 한두 명뿐이기 때문에 못해도 2등은 할 수 있다.

분교에는 오지학교 지원에 따른 혜택이 많다. 교사는 한 반에 두 학년을 놓고 가르치는 복식수업을 하는데, 마치 동네 삼촌에게 과외지도를 받는 분위기다. 작년까지는 3복식 수업도 했는데 교육방침이 바뀌어 2복식이 되었다. 열성적인 선생님은 학력이 떨어진 아이들에게 방과 후 특별지도를 하기도 한다. 도시에서는 상상도 할 수 없는 교육 환경이다.

우리나라는 열악한 환경에서 근무하는 오지분교의 교사들을 위해 근무 가산평점을 부여하고 있다. 그러나 도로 사정이 좋아지고 승용차가 일상화되어 이제는 과거처럼 오지라는 개념이 없어졌다. 전남 신안군, 무안군 같은 낙도의 분교들을 제외하고는 영화 〈선생 김봉두〉처럼 분교 발령을 사지死地로 여기던 시대는 옛말이고 오히려 자원하는 추세다.

분교의 소임을 맡은 성심 있는 교사라면 소규모 학습지도를 통해 인성과 특기교육, 대안학교식 교육을 공교육 차원에서 실험해볼 수 있는 아주 좋은 기회가 될 것이다. 실제로 경북 상주에서는 폐교 위기의 분교를 그렇게 활용해서 인기 높은 학교로 만들었다고, '분교 살리기'에 성공한 교장선생님이 우리 마을을 방문했을 때 자세히 들은 바 있다.

보발리의 노인들 대부분이 보발학교 출신이라서 보발분교는 주민들의 사랑을 듬뿍 받고 있다. 학교 정문 맞은편에는 마을회관과 보건소가 있는데 마당이 넓다. 회관에서는 겨울철 농한기에 주민들을 위한 프로그램도 한다. 주민들도 적고 마을회관 주차장이 넓어서 동문 체육대회 정도가 아니면 학교에서 모이거나 교정을 활용할 일이 별로 없다.

2006년까지 전교생 7~10명인 상태에서도 매년 가을운동회를 열었다. 분교 운동회는 동네 노인부터 부녀자까지 모두 모여서 국밥을 나누어 먹고 즐기는 주민잔치를 겸한다. 나도 운동장 한 바퀴를 도는 릴레이에 참가했는데 숨이 차서 죽는 줄 알았다.

우리 가족들은 숫자가 많아서 비누와 세제, 수건, 괭이, 삽 등을 상품과 기념품으로 많이 받아서 살림살이에 보탰다. 2007년부터는 분교 운동회가 없어지고 본교에서 통합으로 하게 되었다. 서운한 일이다. 우리 마을은 2008년부터 매년 10월 마지막 주일에 학교 운동장을 빌려 추수 감사제와 추억의 운동회를 열고 있다. 공동체 운동에 참여하는 멤버들과 후원인 등 300여 명이 참석한다.

2007년 봄, 보발분교장의 폐교 방침이 내려왔다. 가곡초등학교에는 두 곳의 분교가 있는데 가곡중학교를 포함해 모두 하나로 통합한다는 계획이다. 벌써 통폐합위원회가 구성되고 회의가 진행되었다고 한다.

보발리가 사람 사는 동네로 보이는 것은 학교와 보건소가 있기 때문인데, 학교가 문을 닫으면 아이들 소리도 사라지고 영혼이 떠나버린 마을처럼 변할 것이다. 학교 건물은 농촌 체험장이니 미술관이니 캠프장이니 하는 용도로 바뀌고, 운동장은 제초제에 노랗게 죽은 잡초로 뒤덮여 을씨년스럽고 음산한 분위기를 내게 될 것이 뻔하다.

폐교를 반대할 수밖에 없다. 교육을 경제 논리로만 본다는 것은 섭섭한 일이다. 학부모를 비롯하여 동네 유지와 주민들을 대상으로 여론 수집에 들어갔다. 학부모 대부분이 찬성했다고 하지만 대화를 나누고 보니, 폐교를 불가항력적인 상황으로 여겼을 뿐이었다. 한 가정만 제외하고 모두 폐교 반대였다. 교육감이 학교를 방문하여 학부모와 동문회, 육성회 등 유지들과 주민 간담회를 가졌는데 주민들은 한결같이 분교의 유지를 요구했다.

마을이 들어서고 이런 일에 부딪히지 않기를 바랐는데 어쩔 수 없는 문제 앞에 서게 되었다. 동네 어른들의 협조를 구해 반대운동을 하기로 했다. 교육청에 통폐합 추진 과정에 관한 정보 공개를 청구하고 학부모와 주민들의 서명도 받았다. 만약에 일이 커질 것을 생각해 서울 공동체와 청주의 시민사회 단체에 '보발학교 살리기 운동' 계획을 설명하고 간략한 설명문과 함께 서명을 의뢰했다. 어떤 액션이 필요한가에 대한 문의와 함께 3000여 명의 서명지를 보내왔다.

교육장께서 마을을 방문했는데 폐교 문제는 2012년까지 논의를 보류한다고 했다. 다행이기도 하지만, 안타까운 마음에 우리의 생각도 말했다.

"폐교는 너무 쉬운 일이면서 동시에 아까운 일이다. 이제 시대도 변했으니 대안학교 운동을 민간 부문에만 맡겨둘 것이 아니라 공교육이 직접 실험하는 차원에서 보발분교장에서 운영해볼 수도 있지 않겠는가. 역량 있는 교사들은 얼마든지 있으니, 교육청이 직영하는 모범적인 대안교육 시스템을 마련해 전국적인 모델로 만들어보면 어떻겠는가?"

나는 진지하게 말했지만……. 당장의 폐교 문제는 한숨 돌렸지만, 이듬해에는 두 명이 졸업하고 신입생은 없다. 전교생이 다섯 명으로 줄게 되는데 '분교 유지'만 뻑뻑 우기는 것도 상식이 아닌 듯했다. 어떻게 해야 할까? 고민하고 있는 나를 보니 '이세 나이가 들었구나!' 하는 느낌이 들었다. 젊었을 때 같았으면 단호했을 텐데…….

문제는 우리 공동체도 보발리 동네도 아이들이 별로 없다는 것이다. 분교 유지를 위해서 뭔가 구체적 방법을 모색해야 했다. 도시에서 아이들을 데려다 채워서라도 뭔가 해야 하지 않겠는가?

일본의 잇토엔 공동체를 방문했을 때 들었던 '산촌유학'이 생각났다. 일본에는 1970년대 후반 이른바 '산촌유학' 운동이 생겼는데, 우리같이 농촌인구 감소로 폐교 위기에 처한 시골 학교의 주민들이 도시 학생들을 대상으로 기숙사를 운영해 도시와 농촌이 상조하는 운동이다.

우리도 한번 해볼까! 기획에 들어가고 보니 한국에도 산촌유학 자료집이 이미 나와 있었다. 도시 본당의 아이들이 우리 마을로 전학 와서 1년 동안 보발분교를 다니게 하는 '산 위의 마을 생활유학'이 그렇게 시작되었고, 오늘까지 운영되고 있다. 그래서 보발분교장과 마을길에는 아직 아이들 소리가 살아 있다.

녀석들, 학교 끝났으면 곧바로 올 일이지……!

처음 '생활유학' 학생을 몇 명이나 받을까 고민하다 우리 마을 능력으로 봐서 10명 정도는 가능할 것 같고, 그러면 분교생을 최소 15명 선은 유지할 수 있겠다는 생각이 들었다.

생활유학 설명회를 열기 위해 가톨릭 신자 가정을 대상으로 여름캠프를 하기로 했다. 생활유학이라는 목적성이 분명하기 때문에 진짜 생각 있는 사람만 참가하라는 뜻에서 13박 14일의 '천국의 아이들'이란 캠프를 공지했다. 멀리 제주도를 비롯해 전국 각지에서 참가신청을 해서 30명이 순식간에 마감되었다. 캠프가 끝나자 바로 2학기부터 유학을 하겠다는 지망생도 세 명이나 나왔다. 한 학기 워밍업을 마치고 본격적으로 3~6학년생 10명을 선발했다.

생활유학이 잘 된다면 아이들은 공동체 수련생활을 통해 청정한 자연

환경에서 좋은 친구들을 사귀며 생활하는 경험을 얻게 될 것이었다. 동시에 이농으로 공동화된 시골마을에 생기와 활력을 불어넣는 일이기도 하다.

우리 마을에는 아이들을 돌보는 전문가가 없다. 또 과잉행동장애나 아토피와 같은 유사 증후군에 대한 어떤 대안도 없다. 전문 프로그램도 없고, 다만 우리 아이들과 똑같이 생활하게 해주는 것이 전부다. 그래서 기숙비도 저렴하고, 일과도 단순하다. 새벽미사로 하루가 시작되고 공동식사와 청소를 마치면 1.4킬로미터 떨어진 학교로 간다. 특별한 일이 없는 한 비가 오나 눈이 오나 모두 걸어서 다닌다. 해찰도 심하지만 아이들은 스스로 유치원 아이의 손을 잡고 돌보며 학교에 간다.

돌아와서 가축을 돌보고 쇠꼴을 뜯거나 하다 보면 금세 저녁식사 종이 울린다. 저녁기도가 끝나면 숙제도 못하고 곯아떨어진다. 아이들과 밭일을 함께 할 수 있는 시간은 휴일 외에는 사실 별로 많지 않다. '노동과 함께 가는 교육'이라는 처음의 의도와는 달랐다.

아이들은 대부분 편식이 지독하다. 그러다가 두세 달 지나면 달라진다. 산 위의 마을 식탁에는 아이들이 좋아하는 고기나 튀김, 즉석 식품류는 거의 없고, 대부분 푸성귀다. 활동량이 많아 배는 고픈데 굶지 않으려면 먹어야지 제가 어쩔 것인가. 운동화 끈을 묶을 줄 모르는 아이들 문제도 간단히 해결된다. 방법은 아무도 챙겨주지 않는 것이다.

처음엔 밤마다 부모님께 장문의 편지를 쓰며 훌쩍거리지만 그것도 한두 주면 끝이다. 오히려 부모가 섭섭해한다. 닭똥 냄새에 코를 막던 아이들이 닭장에 들어가 생계란을 꺼내먹고선 시치미 떼고 나온다. 담당

구역 청소도 깨끗이 한다.

미사 전례 준비와 반주도 모두 아이들이 한다. 도시에서는 공부를 못해 인정받지 못하던 아이도 우리 공동체로 오는 순간 경쟁할 필요도 없이 학교에서 반장 혹은 부반장을 하게 된다. 학생회장도 있었다.

선생님과 마주앉아 공부하니 졸고, 한눈팔고, 만화책을 보거나 할 수도 없다. 익명의 생활이 불가능하기 때문에 아이의 성격, 습관, 학습수준, 행동발달 등이 모두 파악될 수밖에 없다.

학교 선생님은 우리 아이들이 도시에서 학원을 많이 다녀서 그런지 예능도 잘하고 똑똑한데, 본토 아이들과 비교할 때 거짓말을 잘하고 선생님께 고집도 잘 부린다면서 좋게 평하진 않는다. 공동체에서도 거짓말이나 욕설, 다툼을 엄격히 금하는데 바로잡기까지 꽤 오래 걸린다.

공동체는 자기의 다른 모습을 발견하게 해주는 거울이다. 익명이 불가능하고 생각과 태도가 100퍼센트 노출되는 곳이다. 공동생활을 통해 비로소 '공동체 생활 이전의 내가 이런 사람이었구나!', '내 자녀가 이렇구나!', '내가 자식농사를 잘못 지었구나!' 하는 진면목을 보게 된다. 물론 숨겨진 좋은 점도 발견한다. 발견의 원리는 생활유학 어린이와 그 부모에게도 그대로 적용된다.

부모들은 자기 자녀에 대해서 누구보다 잘 안다고 생각하지만 사실은 그렇지 않다. 자기 자녀가 실제보다 성품·성격이 좋고 친구관계도 무난하다고 생각하는 경향이 강하다. 욕은 할 줄도 모를 거라고 믿는다. 도시 학교의 선생님들에게는 칭찬만 들어왔는데, 작은 시골에서 잘못된 점을 지적받으면 당황하며 받아들이기 어려워한다.

아이들은 그동안 도시에서 개인주의로 살아도 문제가 안 되는 생활을 했다. 오히려 개인만 생각하는 생활을 배워왔다. 우산이나 학용품을 챙겨오지 않아도 신경 쓸 이유가 없었던 것이다.

공동체는 나의 생각과 태도가 공동생활에 적합한지 끊임없이 살피며 살아가는 곳이다. 그래서 수행의 삶이 된다. 공동체로 유학 오는 순간부터 아이들이나 부모나 새 삶을 학습하기 시작한다.

저녁기도 때 찬양하는 아이들의 합창은 그대로 천사의 목소리다. 특별히 연습을 하는 것도 아니지만 기도를 노래로 하는 것이 일상이다 보니 모두가 찬양단이 된다. 그렇지만 함께 모여 사는 공동생활은 전쟁터이기도 하다. 즐겁게 낄낄대다가도 금방 싸우고 삐지고 울고 야단한다.

툭하면 울기부터 하는 아이, 꽥꽥 소리를 질러 기선을 제압하려는 아이, 한옥 문창살을 뜯어내면서 스릴을 느끼는 아이, 밤중에 화장실 가기 무서워 세면장에 신문지 깔고 실례해서 경악하게 만드는 아이, 남의 물건을 고장내놓고 시치미 뚝 떼는 아이, 자기보다 큰 친구에게 죽어도 지지 않으려는 아이, 힘 있는 상급생에게 붙어서 보호받는 아이…… 그야말로 세상살이의 축소판이다.

사람은 스스로 주어진 환경에 적응하고 살아남게 되어 있어서, 제 마음대로 되는 건 아니지만 나름대로 자기 것을 챙기며 자신을 보호하고 사는 길을 터득한다. 아이들도 마찬가지다. 동시에 신발을 정리하고 친구를 도와주고 배려하는 희생이 얼마나 값진 것인가도 배운다.

전쟁의 파편은 공동체에도 모진 부담이 된다. 유리창과 모기장, 장판, 장독대의 항아리와 농기구, 빗자루…… 제대로 남아나는 것이 없다. 보수비용은 모두 공동체의 몫이다. 기숙비도 다른 산촌유학에 비해 절반 수준밖에 안 되는데 말이다. 그래도 아이들이 연탄재 치우기나 화장실 청소, 식사 후 뒷정리하기, 소나 염소, 닭 돌보기 같은 자기역할에 충실하니 그만하면 되었다.

애초에 아이들 10명을 우습게 알았다가 엄청난 착오임을 인정해야 했다. 그리고 인원을 대폭 축소하여 지금은 5명 내외의 아이들만 데리고 있다.

고목나무, 기암절벽, 계절마다 변하는 산하와 농작물, 모든 것이 학습도구요 놀이터인 산골에서 아옹다옹 살다 보면 어느새 사계절을 다 보내고 집으로 돌아가게 된다. 마을에서는 1년을 마치고 퇴촌하는 아이들에게 졸업장을 대신하여 기능사 자격증을 수여한다. 장작 패기 3급, 쇠죽 쑤기 3급, 연탄재 버리기 2급, 기도찬양 1급…… 아무나 가질 수 없는 귀하고 대단한 자격증들이다. 인생의 어려운 고비에서 스승이 되고 용기를 주는 은사恩賜가 될 것이다.

1년이건 잠시 동안이건 생활유학을 거쳐간 아이들이 모두 40여 명인데, 종종 부모와 함께 찾아오기도 한다. 공동체 여름캠프나 행사에서도

자주 만나게 된다.

　작은 것은 아름답고 인격적이다. 가난한 삶은 창조적 가치와 지혜를 발굴하는 밭이다. 사람은 자신이 본래 살아야 할 동산에서 살아야 내가 누군지, 사람은 무엇으로 살아가는지, 참된 행복은 어디에 있는지를 배울 수 있다.

　이크, 기왓장이 또 떨어졌구나!

구
제
역

지도를 펴놓고 보면 단양은 말이 충북이지 강원도와 경상북도 사이를 쑥 밀고 들어간 모습이다. 소백산 서쪽 형세를 따라 생겨난 것이 단양이다. 일기예보도 어느 날은 제천 쪽이 맞고 어느 날은 충주 또는 강원 남부 예보가 맞기도 해서 아주 난해하다.

단양은 동쪽으로는 백두대간의 소백산 능선과 죽령을 사이에 두고 경상북도 풍기와 접경하고, 서쪽으로는 제천, 남서쪽으로는 충주와 문경, 북쪽으로는 영월과 접경하고 있다. 국회의원 선거구는 제천과 단양이 한 묶음이다. 우리가 사는 가곡면과 보발리는 소백산 북서쪽 계곡을 따라 자리 잡고 있다.

지난겨울 구제역으로 외부인의 축사 출입을 금지한다는 안내문을 붙이고 생활하다가 며칠 전에야 떼어냈다. 군청이나 축협에서 정식 통고는 없었지만 일반 보도 상태로 볼 때 구제역이 물러갔다고 생각했기 때문이다.

겨우내 구제역으로 축산 농가마다 비상이 걸렸다. 구제역이 발생한 안동은 죽령터널 하나를 두고 단양과 가까운 생활권이기 때문에 관공서와 축협, 농가들이 잔뜩 신경을 썼다. 구제역병은 하루가 다르게 전국으로 번져나갔다. 주변의 모든 행정구역에서 발생했으니 단양군은 시간문제로 느껴졌다.

2~3일 꼴로 축사 소독을 하러 왔다. 우리는 골짜기 막다른 곳인데다 평소에도 축사 바닥이 톱밥으로 고슬고슬하고 유용미생물을 투입하여 관리하기 때문에 질병에는 별로 신경을 쓰지 않았다. 그런데 혹한의 겨울인데다 살처분 매몰이 어떻고 하는 살벌한 보도로 인해 실제 구제역이 얼마나 고약한 전염성 병원인지 파악할 겨를도 없이 긴장부터 하게 되었다.

축사 입구에 출입금지 안내문을 붙이고 입구 바닥에는 생석회를 뿌려두었다. 생석회는 물과 접촉하면 열을 발생시켜서 살균하는 용도로 사용하는데, 그동안 애써 양성해서 뿌리는 유용미생물을 보호하기 위해 한 번도 사용한 적이 없었지만 모두가 난리를 떨고 있으니 만약을 위해 축사 입구에 한정하여 뿌렸다.

우리는 유용미생물 배양 시설을 가지고 있다. 원액을 구입해서 배양

한 후 희석하여 우사에 뿌리고 소의 음용수로도 먹인다. 그러면 소화를 돕고 장내 가스를 제거하기 때문에 소똥이 아주 까맣고 냄새가 없다. 소의 건강 상태가 좋은 것이다. 반면 대규모 공장형 축사들은 분뇨가 질펀한 실정이니 아마 환경상 불리할 것이다.

방송이나 신문에서 '자식처럼 키운 소를' 어쩌고 하는 말을 들을 때가 있다. 소를 기르는 사람만이 느낄 수 있는데, 소와 사람은 감성의 공감이 유달리 깊다. 소가 먼저 장난을 걸어올 정도로 사람을 잘 알아보고, 제 이름도 알아듣는다. 그래서 자식처럼 느껴질 수 있을 것이다.

하지만 그 진정성을 인정받으려면 평소 축사를 청결하게 해서 정말 자식 같은 소가 스트레스를 받지 않고 살게 해주는 성의가 있어야 한다고 생각한다. 축산 현장을 견학해본 사람이라면 의외로 악취가 지독함을 느낄 것이다.

보발리 마을의 소는 전체 농가에 총 100여 두다. 각 가정이 소규모 영세 축산농인 셈이다. 많은 곳이 40마리 정도이고, 우리처럼 열 마리 이내거나 김 노인 댁처럼 두세 마리가 대부분이다. 부녀회에서 "구제역으로 외부인과 차량의 출입을 금합니다"라는 현수막을 만들어 마을 입구에 걸었다.

평소 방문자가 종종 있는 우리 마을에는 특별히 방문을 자제시켜달라고 요구했다. 우리 마을의 방문은 안내부의 승낙을 통하기 때문에 자연스럽게 통제가 가능하다. 여물을 씹고 있는 소들의 눈망울을 바라보며 갑자기 구제역으로 끌려가는 상상을 하다 소스라치게 놀랐다. 그제야 남의 일 같지 않게 참 심각한 사태라는 생각이 밀려왔다. '살처분'이란 들어서만 알고 있지 아직은 본 적도 없다.

계속 신경이 곤두서 있었는데 신문과 방송에서 구제역 소식이 사라졌다. 인터넷에 들어가 보았더니 웬걸, 양성 판정을 받은 축산 농가만도 매일 10여 곳에 이르렀다. 언론 통제가 되고 있는 걸까, 아니면 무감각해진 걸까? 둘 중 하나일 것이다. 구제역은 진행형이고 전혀 물러가지 않았다. 다만 양상이 좀 다른 것은 양성 판정 10건 가운데 8건은 돼지이고, 1.5건은 염소와 젖소였다. 한우는 소멸 추세에 있다는 것을 통계로 확인할 수 있었다.

그 사이 언론에서는 구제역 병원균은 열에 죽기 때문에 익힌 요리는 안전하다는 홍보를 했다. 그런데 200만 마리의 가축이 살처분된 상황에서 왜 안전성만 말하고 육식문화 자체에 대해서는 한마디도 꺼내지 않는지 의아하다.

우리나라는 육식문화가 지나치다. 삼겹살, 갈비집이 골목마다 한 집 건너 한 집이고 가족들의 외식이나 소풍은 물론 회사나 친구, 친지의 회식과 만남에서 고기가 빠지지 않는다. 이런 근본적인 문제는 왜 제기되지 않는지 알 수 없다.

2010년 겨울 구제역 사태는 살처분에 따른 엄청난 혈세 투입, 미국산 쇠고기의 수입물량 증가, 원산지 속여 팔기 등 막대한 사회적 손실을 불러왔지만, 육식문화에 대한 성찰과 각성에는 죽비 노릇도 하지 못했다.

제천의 축협 직원이 실태조사를 나왔다. 마침 점심때라서 수제비죽을 함께 먹으면서 구제역 이후 중단된 송아지 경매가 언제쯤 재개되는지 물었다. 벌써 시작되었다면서, 구제역 발생 이전에는 240만 원에 거래되던 암송아지가 160만 원 수준의 폭락을 보이고 있다고 걱정했다. 퇴비를 만든다며 소를 기른 지 몇 년이나 되었다고 소 값을 계산하고 있으니…… 거참, 내가 생각해도 가소롭다.

여하튼 주변의 접경 지역들이 모두 구제역에 시달렸다. 단양군만 살아남은 채 구제역은 종결 단계에 들어간 것 같다. 참 다행이다. 단양군은 소나무재선충 신고 건수가 없는 청정지역인데다 구제역까지 모면했다. 새삼 산과 계곡, 남한강이 어우러진 생태의 건강성을 다시금 느낀다. 아마 단양丹陽, 뙤약볕은 한자 그대로 적외선이 많은 곳이란 뜻일 거다!

구제역 다음엔 또 무엇이 긴장하게 할까? 도시가 불길하고 불안하여 탈출했더니, 이제까지 없던 걱정까지 하며 살게 되었다. 생명의 센서가 예민해진 걸까?

하늘이 무너질 것을 걱정하고 사는 것이 괜한 기우는 아니다. 살아남겠다고 노아의 방주를 찾아온 공동체의 삶 자체가 하늘이 무너질 것을 우려하는 것 아니던가.

비알밭 로터리를 쳐야 할 텐데……

손님이 찾아왔다 한다. 나가 보니 보발리 본동의 이씨가 부인과 함께
와 있다. 예상대로 마을 뒷길의 포장 문제 때문이다. 연말 추가공사가
결정되기 전에 신청해야 한다는 것이다. 곤란하다고 정중히 거절했다.
그는 기다렸다는 듯이 순간 눈을 부라리면서 마구 소리를 질러댔다. 근
처에서 일하던 가족들이 깜짝 놀랄 정도였다. 여차하면 한판 붙겠다고
작심한 듯 "정말 해보겠다는 거야!" 하면서 겁박을 했다. 어쩌다가 우리
와 동네 주민 사이에 이런 험악한 일이 벌어지게 됐을까. 거 참, 낭패다.

우리가 남들이 농사짓기도 힘들고 불편하여 버리고 떠난 막장까지 찾
아와 둥지를 튼 이유는 공동체 삶에 필요한 문화적, 관계적 독립공간을
확보하기 위해서다. 귀농해서 본토 주민들과 똑같이 살겠다면야 곁에서
사는 것이 유익하겠지만 친환경농업 방식이나 공동체 관련 방문자들,

종종의 신앙인 모임 등의 성격 자체가 서로 구별될 수밖에 없기 때문에 혹시라도 일어날 수 있는 마찰이나 일들을 공간적 격리로 방지하면 좋겠다는 생각에서 일부러 불편한 곳을 찾아온 것이다. 그런데도 결국 이런 일이 생기고 말았다.

이씨가 마을까지 찾아와서 소란을 피우는 내용은 이런 것이다. 산 위의 마을 위쪽에 이씨 소유의 600평 밭이 있는데 모친의 묘소가 있고 나머지 땅에 얼마 전 고사리밭을 조성했다. 봄이면 고사리를 채취하기 위해 이씨의 부인이 마티즈 차량으로 올라 다니는데 길이 불편하니 포장을 하자는 것이다. 문제는 그 포장 대상의 농로가 전부 우리 농지이며 우리가 포장을 반대한다는 것이다.

반대하는 이유는 분명하다. 우리는 호흡은 느리지만 궁극적으로 좀 더 생태적이고 문화적인 마인드로 마을을 꾸려가려는 비전을 가지고 있다. 아직 역량이 부족해서 추진을 미루고 있는 것이다. 길에 시멘트 포장을 하는 것은 쉽지만 다시 뜯기는 어려운 일 아닌가.

연초에 이씨가 가곡면장을 대동하고 포장 문제를 상의하러 찾아왔을 때 우리는 그런 의지와 계획을 피력했고, 누가 들어도 상식적인 계획에 면장과 관계 직원들도 수긍하는 인상이었다. 지난여름에 비가 많아 와서 길이 많이 파손되었는데 이씨의 부인이 차를 타고 올라 다닐 때 불편했던 모양이다. 그래서 포장을 하고 싶다는 뜻을 가진 듯했다. 도시에서 살다 온 우리도 불편을 감수하고 농사짓고 있는 점을 생각해서 그 부분만은 우리 뜻에 따라주었으면 좋겠다고 누누이 말했지만 불통이었다. 이씨 내외를 달래서 돌려보낸 후 저녁에 가족회의를 열었다. 그리고 우리의 원래 계획을 지키기로 했다.

고사리나 더덕, 오미자 등은 도난당하는 일이 많아서 수확이 어려운 작물이다. 그만큼 나물 채취꾼들의 손을 많이 탄다. 우리 마을이 없었더라면 이씨네는 고사리를 심을 생각도 하지 못했을 것이다. 우리 밭을 농로 삼아 차를 몰고 올라가서 우리 밭에 퇴비를 쌓아두고, 주차하고 자기 밭에서 농사를 짓는 정도는 그러려니 하더라도, 차로 편하게 다니자고 타인의 밭에 포장길을 강요하는 것은 희망사항일 수는 있어도 상식은 아니라는 생각이다.

우리는 처음부터 동네 주민들과 잘 지내기 위해서 무척 신경을 썼다. 주민들이 특정 종교는 없지만, 초상이 나면 스님을 모시고 예불을 드릴 정도로 불교가 토속적인 지역이다. 우리와는 종교가 다른 분위기를 존중하는 뜻에서 내가 신부라는 사실을 내세우지 않고 수년 동안 지냈다. 그동안 주민들은 나를 '박 사장!'이라고 불렀다.

가곡에서 들으니 나에 대해 말하기를 '귀농도 주선하고, 아이들도 데려다 키우고, 소도 몇 마리 기르며 농사일을 하는 서울서 귀농한 박 사장!'이라 했다. 결국은 여러 경로로 천주교 신부라는 사실이 알려졌고 2008년 추수감사제를 학교 운동장에서 열게 되어 신분이 공개되었다. 추수감사제 때 나의 회갑 축하식을 겸했는데 약소한 떡 선물을 돌렸더니 동네 분들이 축하도 해주시고, 이장님을 비롯한 10여 분으로부터는 봉투도 받았다. 지역 주민으로 대접받는 듯해서 기뻤다. 그렇지만 내 마음이 흐뭇한 것이지, 동네 분들은 사실 박 사장이건 박 신부건 굳이 구분할 이유도 생각도 없는 것이다. 나도 편하다!

이런 관계가 만들어지기까지 우리는 종종 마을 사람들을 찾아가 만나기도 하고 학교 운동회, 보발 동창회 주관 단합대회, 마을회의, 노인 야유회, 회관 마당의 행사를 비롯해 동네 관혼상제도 반드시 챙기고 상여도 매곤 했다. 월드컵 경기 때는 마을회관 마당에 프로젝트를 설치해 동네 주민들과 함께 '대~한민국!' 함성을 지르면서, 수박도 잘라 먹고 한여름 밤의 축제를 연거푸 즐겼다. 겨울에 수도관이 고장 나면 보통 작업이 아닌데도 젊은 사람이 많은 우리 마을에서 항상 불려나갔다. 동네 주민의 일원으로서 역할에 충실하고자 했던 것이다.

우리 가족들이 들어온 이듬해(2005년) 봄, 검불을 태우다가 산불을 냈을 때는 동네 분들이 모두 몰려와서 불을 끄는 데 합심해주었다. 또 수확도 못 내면서 애쓰고 사는 우리 가족들을 주민들은 늘 격려해주었다. 감사하며 지내고 있다.

그동안 주민들과 잘 지내왔다고 생각했는데 이런 문제가 발생하니 참 답답하고 속상한 일이다. 이씨와의 관계가 어긋났다고 해서 우리가 잘못한 것은 아니라는 생각이다. 우리에게는 어떤 경우에든 일관되게 취할 입장과 원칙이 있다. 그만둘 수는 있지만 타협하거나 포기할 수 없는 가치 지향의 삶이 있는 것이다.

읍내 장날에 정류장에서 버스를 기다리다가 할머님 세 분을 만났는데, 인사를 하자 한 할머님이 "뉘구시어?" 하고 물었다. 곁에 계시던 최씨 할머님께서 "쩌어게 나마실에, 산 위의 마을 신부님!" 하셨다. 나도 동네에서 오는 전화를 받을 때면 "안녕하세요? 산 위의 마을, 박 신붑니다!" 하고 인사한다. 아직도 습관적으로 '박 사장'이라 불렀다가, '신부님'이라 불렀다가 헷갈려 하는 분도 있다. '박 사장'이건 '박 신부'건 나도 동네 주민들도 전혀 개의치 않고 자연스럽게 지낸다.

주민들과 친밀한 관계로 나가려면 무엇이 필요할까? 친구가 되려면 무엇보다 농업을 전문으로 하는 삶이 중요할 것이다. 나와 우리 마을은 흉내 내기에 불과한 것이 한계다. 그래도 우리의 진실을 알아줄 날이 있을 것이다. 주민들과 조금만 대화를 나누어보아도 모두 소박하고 그윽한 정을 가졌음을 금방 느낄 수 있다.

주민들은 귀농자들에게 인간적인 순수함을 느낀 경험이 별로 없어서 경계심을 갖는 것이 사실이다. 주민들의 마음을 푸는 것은 귀농자의 몫이다. 이씨도 결국엔 우리를 이해할 것이고, 잘 해결될 것이라고 생각한다.

눈이 내리려나? 하늘이 꾸물거린다.

예수 성탄을 준비하는 기간이다. 예수 시대의 팔레스타인 민초들은 지중해 연안을 군사적으로 지배하던 로마제국의 가혹한 착취와 학정에 시달렸다. 로마를 등에 업은 헤로데 왕실의 횡포에다 종교지도자들의 요구까지, 고달프고 지친 좌절의 나날이었다.

어느 시대를 막론하고 가렴주구에 시달리는 힘들고 어려운 상황이 깊어지면 두 가지 사회 현상이 나타난다. 표면적으로는 하층계급의 봉기가 일어나고, 인심에서는 출처가 불분명하면서도 힘을 지닌 예언이 등장한다. 하늘이 이미 왕을 버렸고 새 왕조를 세울 것이라는 대림待臨 사상 같은 것이다. '정감록鄭鑑錄' 현상도 그런 산물이다.

예수 탄생 전후의 시대에도 갈릴래아 지방을 중심으로 민심이 흉흉하고 민중봉기가 자주 일어났는데 그때마다 무자비하게 진압당했다. '백성을 구원할 메시아가 유대인의 왕으로 출현할 것이다'라는 소문이 힘을 얻었다. 가난하고 힘없는 민중들이 세상 개벽을 위해 할 수 있는 일은 아무것도 없었기 때문에 구원자에 대한 기대는 더 구체적이고 강렬했다. 당대의 메시아니즘이다.

메시아는 어디서 어떻게 나타날 것인가? 혈통상으로는 다윗의 족보에서 나올 것이고 유대 신앙으로는 지조 없이 잡신을 섬기는 창녀와 같은 믿음이 아니라 '오직 야훼께만 정조를 바치는 동정녀 같은 순수 믿음을 지닌 자들에게서 태어날 것이다!'라고 했다. 이것이 이사야 예언의 핵심이고 마리아를 동정녀로 부르는 사상적 배경이다. 그래서 결국 예수는 다윗의 본관인 베들레헴에서, 동정녀 마리아를 통해 태어나게 된다.

초심자들이 복음서를 읽으려고 첫 장을 펼치니 '아브라함은 이삭을 낳고, 이삭은 야곱을 낳고, 낳고 낳고 또 낳고……' 발음조차 힘들고 지루한 족보가 등장하는데, 그것도 다윗 왕조의 법통을 강조하려는 메시아니즘의 의도라고 이해하면 된다.

지배층과 부자는 어느 사회나 있다. "더도 말고 덜도 말고 이대로만!" 그들은 구세주를 원하지도 않고 성탄도 필요 없다. 그러나 "한 번은 뒤집고 새 판을 짜야 해!" 하는 이들에게는 개벽을 주도해줄 메시아(그리스도)가 오매불망 기다려진다. 가난하고 힘없고 패배와 좌절 앞에 무릎 꿇은 사람들이 맞이하려는 예수 탄생은 잘나가는 이들의 성탄 파티나 쇼핑센터 마케팅의 크리스마스와는 비교 대상이 아니다.

본당마다 성탄 준비에 바쁜 계절이다. 스물여섯 명이 사는 마을이지만 신앙공동체이기 때문에 우리도 성탄절을 준비한다. 아이들과 함께 구유를 장식하고, 특별히 올해는 마을 입구에서 구유에 이르는 길섶 나무에 성탄등을 걸기로 했다.

예수님을 맞이하는 마음으로 청사초롱을 만들었다. 헌옷을 잘라 천을 마련하고 마을과 가족들의 청원을 써서 걸었다. 안에다 꼬마전구를 켜 놓으니 산촌의 밤을 수놓은 울긋불긋한 색감이 아주 멋있고 아름답다. 태어나실 예수님도 무척 기뻐하실 것 같다. 부처님 오신 날의 어느 작은 암자 같은 기분이다. 그렇다! 예수께서 재림하여 오실 때는 성당과 사찰, 교회와 모스크라는 구분이 따로 없을 것이다.

제천 남천동성당 주임인 원주교구 이동훈 신부도 성당 마당에 청사초롱을 달아 대림절 분위기를 띠웠다고 한다. "절에 온 것 같아서 이상하다"는 교우들 반응도 있더라고 한다. 이 신부는 "불교 신자가 사찰인 줄 알고 들어왔다가 천주교인이 되면 얼마나 좋으냐!"고 응수했다 한다. 너스레 9단이다.

암튼 우리 가족들은 간절한 마음으로 성탄등을 달았다. 나는 신심 깊고 열성과 좋은 품성을 지닌 가족들을 많이 보내주시라는 기도를 적었다. 금년에는 보다 의미 있는 성탄이 될 것 같다.

최근 세간에 〈시대정신Zeitgeist〉이라는 수 편의 동영상이 유포되고 있다. 세계를 지배하는 권력은 미국인데 그 미국을 조종하는 손이 유대계 금융자본이며, 그들의 의도대로 불가사의한 사건들이 저질러지고 있다는 메시지다. 암살과 9·11 같은 경악할 테러와 전쟁 음모들을 고발하는 내용으로 '2007년 할리우드 활동가 영화 페스티벌'에서 '특집 다큐상'을 수상한 작품이라고 한다.

〈시대정신〉에 의하면 인류 역사에서 불멸의 진리처럼 받아들여지는 믿음의 현상들이 있는데, 가령 종교와 화폐, 국가권력 같은 것들이라고 한다. 의심할 수 없는 진리에 대해 의심하고, 과학적 자료에 입각해서 살펴보자는 것이 〈시대정신〉의 주제다.

그 첫 번째 의심의 대상이 인류 문화사를 지배해온 '그리스도교'이다. 가령 복음서에 등장하는 동정녀 잉태의 예수 탄생과 12제자, 치유의 기적, 죽음, 부활 이야기들은 이집트 신화의 편집일 뿐 사실과는 무관한 허구이며 12월 25일도 성탄절이 아니라 태양신 기념일이라고 말한다.

새로운 학설도 비평도 아니다. 신학생 수준이라면 누구나 알고 있는 흔한 자료다. 그렇다면 알면서도 거짓 설교를 해왔다는 것인가? 그렇지는 않다. 종교란 사실을 추구하는 과학이 아니라 진실을 추구하는 신념이자 신앙이다. 가령 창조론과 진화론은 무엇이 진실이냐의 문제가 아니라 각기 말하고 싶은 목적과 대상이 다른 것이다.

진화론은 인류의 생물학적 기원을 묻는 과학科學이고, 창조론은 '인간이란 어떤 존재이며 어떻게 살아야 하는가?'를 말하려는 신학神學이다. 그러므로 진화론은 인간 생체 변화의 증거가 되는 화석에 관심이 많고, 창조론은 인간의 존엄과 평등성, 자유와 인권, 자연과의 조화로운 삶, 개인의 평화로운 심리와 사회 시스템에 관심이 있다. 서로 추구하는 목적이 다른 것이다.

모든 신화와 경전 또한 그렇다. 예수님은 석가나 공자 같은 성현들처럼 역사적인 실존 인물이다. 성탄절이 태양신의 신화에서 왔다고 하자. 태양신이 있어서 예수가 생긴 것이 아니라 예수가 있어서 성탄절이 있는 것이다. 탄생일이 잘못되었다고 실존 인물이 무효화無效化되는가? 생일이 틀렸다고 해서 출생의 역사적 사실이나 그 부모가 부정될 수는 없는 일이다.

예수는 하늘이 낸 모든 인간 존재의 완전자로 계시된 분이다. 성령으로 잉태되었듯이 모든 인간의 생명은 하늘이 점지했다는 사실을 믿으라는 것이다. 그런데 우리는 자기 생명이 절대 존재로부터 왔다는 위대한 사실을 믿으려 하지 않는다. 그래서 자신과 타인의 생명을 가볍게 여기고 서로의 인격을 무시하고 인권을 유린한다.

인간이란 설사 마구간에서 태어났을지라도 인격의 존귀함은 변함이 없다는 것을 성탄이 보여준다. 사물은 천상의 영혼과 합일했을 때 진정한 것이 된다. 혼이 없는 물질은 죽은 것이다. 정신세계가 없는 문화, 가치 지향이 결핍된 발전, 영성 없는 과학과 경제, 철학 없는 정치와 교육, 생명 없는 자본과 상품주의는 악령의 굿판일 뿐이다.

교육과 종교가 할 일은 가치를 보고 지향을 잃지 않게 하는 것이요, 국가 정부의 역할은 그것을 시스템으로 보호하는 것이다. 그런데 우리 사회는 거꾸로 가고 있다. 그러므로 성탄이 필요하다. 하늘을 쪼개고 지

상에 육화 강생하는 울음소리로 정신을 새롭게 하는 성탄이 필요하다.

성탄등을 달면서 기도했다.

"귀를 열어주시어 아기 예수의 울음을 들을 수 있게 하소서!

눈을 열어주시어 마구간의 빛을 보게 하소서!

기쁜 소식을 고대하는 희망의 가슴에 불을 밝혀주십시오."

선한 마음, 가난한 마음을 가진 여러분에게 아기 예수의 평화가 함께하기를!

자연은 곡선의 세계이고 인공은 직선이다.
산, 나무, 계곡, 강, 바위, 초가집······ 그 선은 모두 굽어 있다.
아파트, 빌딩, 책상, 핸드폰······ 도시의 모든 것은 사각이다.
생명 있는 것은 곡선이고 죽은 것은 직선이다.

어쨌든 도시나 산촌이나 사람만은 곡선이다.
아직은 자연이다.

다섯

공동체 세계에 눈을 뜨면서 또 새로운 사람들
과 살아가고 있다. 소비중독의 시대에 세상과
다르게 살아가는 사람들이다. "가진 것을 내
어놓고 필요한 만큼 나누어 쓰며, 날마다 성
전에 모여 하느님을 찬양하는 무소유의 삶"에
몸을 던져버린 무모한 자들이기도 하다.

불편한 삶이
순교보다 어렵다

서울 잠원동 성당에서 혼인미사를 주례하기로 약속되어 있어서 마을
을 나섰다. 송근종 다미아노 형제의 아들이 결혼을 한다. 다미아노 형제
는 벌교중학교 동기인데 그가 서울 생활 중에 세례를 받을 때 당시 신학
교에 다니던 내가 대부를 섰고 세례명도 나와 같은 다미아노로 했다. 그
래서 친구지만 늘 '대부님'이라고 부른다.

　다미아노 형제는 보일러 설비와 소규모 리모델링 사업을 하는데 성
당 일에도 열심이다. 예수살이 공동체가 서울 합정동의 낡은 수도원 건
물을 빌려 사용하게 됐을 때 수리를 도맡아했고, 산 위의 마을이 자리를
잡았을 때도 단양까지 오가면서 일을 해주었다. 설비가게를 새로 낼 때
는 상호를 '예수살이 공동체'의 약자라며 '예공설비'라고 붙일 만큼 우리
공동체의 팬이다. 오랜 세월 늘 신세만 지고 살았는데, 그가 며느리를

보게 되었으니 마땅히 주례를 서야 할 일이다.

　서울에서 회의나 모임이 있을 때면 오후 약속이 아닌 경우 마을에서 당일 날 출발하기가 부담스럽다. 그래서 약속에 늦지 않으려고 꼭 하루 전날 상경하는데, 주례를 서는 경우라서 출발 전에 이것저것 챙길 게 많다. 특별히 의복과 신발 등을 신경 쓰게 된다. 이발은 사우나에 가서 하면 될 거라 생각하고 로만칼라 셔츠와 양복을 챙겨 입었다.

　산촌에 들어와 산다고 해도 신분이 그러하니 신부 복장을 해야만 결례가 안 되는 자리가 있다. 그래서 춘추복 한 벌과 구두 한 켤레를 남겨 두었는데, 1년에 두세 번 정도 입는 것 같다. 금년 들어 두 번째 챙겨 입는 중이다. 늘 흙과 함께하는 생활이기 때문에 비가 오면 비가 오는 대로 진흙탕이고, 건조하면 건조한 대로 먼지가 풀풀 난다. 어떻거나 구두는 몇 걸음도 못 가서 흙으로 뒤덮이니 도저히 신발 구실을 못한다.

　구두를 얼마 만에 꺼내는지 까만 구두에 희끗희끗 꽃이 피어 있다. 구두에도 곰팡이가 필 수 있다는 걸 알았다. 물파스처럼 구부러진 구두약을 꺼내 바르고 있는데, "험, 곰팡이가 슬었네여! 구두님 대접을 안 하니까 말이지……" 하며 가족 중 누군가가 킥킥댄다.

　암튼 양복이건 구두건 평소에는 문제가 없는데, 오늘처럼 격식을 차려야 할 때는 정말 구차스럽다. 어쩌다 한 번이니까 그러려니 하고 챙기지, 일주일에 한 번씩 하라고 하면 못할 것이다. 편하게 사는 것이 최고다.

　격식을 무시하고 살면 마음이 편하다. 나만 그런 것이 아니고 마을에 와서 사는 어른, 아이 할 것 없이 누구나 그렇게 된다. 서울과 대도시에서 살던 아이들이 부모를 따라 입촌하거나 생활유학을 오게 되면, 마을에 들어온 순간부터 형식이란 것이 해체되어버린다. 고무신을 신고 학교 가는 것을 예사로 여기는가 하면, 쌀쌀한 날 아침에 간이 담요를 배트맨처럼 어깨에 두르고 가는 애들도 있다.

어떻게 보면 자유이고 자연이고 야성이고 내가 평소에 그렇게 강조하는 생활인데, 곰팡이 핀 구두를 보니 그래도 이건 좀 지나치지 않나 싶다. 책임자 신부인 나의 폼생이 이런 식이라면 가족들이나 아이들이라도 깔끔하고 스마트하면 좋을 텐데, 이건 뭐 그 신부에 그 식구들이다. 하기야 각자 마음을 내려놓고 제 폼대로 살려고 온 사람들인데, 아이든 어른이든 내 입맛대로 요구할 수는 없다.

사실 나도 읍내나 서울로 나가면서 털고무신을 신고 나설 때가 종종 있다. 얼마 전에는 어떤 특강 초대와 목요신학 강좌가 있어서 전날 상경하려고 마을을 나섰는데, 가곡면 가까이 갔을 때에야 내가 털고무신을 신고 있다는 사실을 의식했다. 다시 마을로 돌아갈까 말까 고민하다가 그냥 가버렸다. 생활한복을 입고 있었으니까 패션에 맞는 선택으로 알아주기를 바라면서. 다행히 두 강의 모두 수강생들은 훤칠한 내 용모의 수려함에 반했는지, 얼굴만 쳐다볼 뿐 신발을 보는 사람은 없는 것 같았다.

고등학교 1학년 때가 생각난다. 1967년 서울의 인문계 고등학교에 진학했는데, 비가 오는 어느 날 고무신을 신고 학교에 갔다. 그 시절 고등학생들은 발목까지 올라오는 학생화를 신는 것이 일반적이었고 나도 그

랬다. 그런데 아침부터 계속 비가 내리니 자연스럽게 고무신을 신고 바지를 두 칸 정도 걷은 채 집을 나선 것이다.

교문에 들어서자 생활지도부 선배들이 나를 불러 세우기는 했으나 기가 막힌다는 표정만 지을 뿐 아무 말도 못했다. 친구들은 "한번 신어보자"며 웃고 난리를 쳤다. 그렇게 비가 오는데도 나 외에는 모두 구두를 신고 있었다. 덕분에 완전히 '컨추리 보이'로 찍히고 말았지만, 나는 이해할 수 없었다. 내가 너무 실용주의자였을까? 시골의 중학교에서는 비가 오면 당연히 운동화를 아끼느라 고무신을 신고 등교했다. 모두가 그랬다. 나처럼 작은 애들은 검정 고무신을, 덩치 큰 애들이나 고등학교 선배들은 흰 고무신을 신었다.

고무신을 신고 학교에 가는 아이들의 순수한 판단은 마을에서 자기 삶을 찾는 과정일 수도 있고, 스스로 생존 노하우를 터득해가는 학습 과정일 수도 있다.

군청 기술센타나 면사무소 근무자들이 마을을 방문할 때는 대부분 작업화를 신고 오는데, 더러 단화를 신고 오는 경우에도 흙 묻는 것을 신경 쓰지 않는다. 단화를 신고 밭두렁에 들어가 작물을 만져보기도 한다. 생활이 격식보다 크다. 언젠가 군청에 갔는데 직원들 책상 밑에 작업화가 한 켤레씩 있었다. 지역 방문 때나 비상구호 작업에 동원될 때 신는 용도일 것이다.

우리 가족들도 주일미사에는 생활한복 등으로 단정한 복장을 한다. 규칙은 없지만 예를 갖추려는 마음일 것이다. 동네 할머니와 노인들도 장날 읍내에 가거나 결혼식에 갈 때는 반듯한 점퍼를 걸치거나 정장을 하고 나온다. 공공 예의를 갖추는 것을 도리로 여기는 세대들이다. 텔레비전의 영향인지 몰라도 요즘은 시골 아낙네들도 매우 컬러풀하게 입고 산다.

의식주는 실용이 먼저고 격식은 나중이다. 농부는 여름에 양말이나 구두를 신을 필요가 없고, 회사원은 여름에도 넥타이를 매고 나설 이유가 있다. 사는 곳마다 저마다 삶의 처지와 꼴이 있으니 그것을 문화라 할 것이다. 문화의 독창성을 인정하고 상대성을 존중하는 것이 공존과 평화의 길일 것이다.

"군자는, 말은 바르게 하고, 옷은 단정하게 입고 걸음은 똑바로 걷는다"고 맹자께서 말씀하셨다. 그렇지만 양복에 구두를 신고 다니는 서울의 시간은 아무래도 포박당한 듯한 느낌이 드는 것은 어쩔 수 없다. 볼일을 마치고 마을로 돌아와 신발을 벗을 때까지…….

산 위의 마을은 자유로운 영혼의 땅이다.

"목사님, 신부 좀 살려주세요! 한 달 동안 기침이 안 떨어져 죽을 지경
입니다요!"

한결공동체의 김태룡 목사에게 문자메시지를 날렸다. 나는 한번 감기
에 걸리면 두어 달 가는데 극심한 기침으로 고생할 때가 많다. 약도 소
용없어서 웬만하면 그냥 버틴다. 기침으로 머리가 지근지근한 것도 괴
롭지만, 밤중의 기침은 정말 곤혹스럽고 견디기 힘들다. 잠도 못 자고
밤새 뒤척이게 되니 아침이 상쾌할 수가 없다.

몇 년 동안 감기 없이 지냈는데, 작년 가을에 예년과 같은 증세가 나
타났다. 때마침 한결공동체의 김 목사와 가족들이 우리 마을을 방문했
는데, 함께 온 가족 중에 한의사 형제가 있었다. 진맥을 하고 간 후 약을
보내줘서 먹었는데 감기가 금방 나았다. 남은 약을 두었다가 다른 가족

에게 주었더니 역시 잘 들었다.

한 달 넘게 기침을 하고 있자니 한약 생각이 나서 김태룡 목사께 메시지를 보낸 것이다. 신부가 죽겠다는데 목사가 모른 체 할 리는 없다. 금방 답장이 왔다.

"아이구, 신부님, 약 대령하겠습니다. 옥체만강하옵소서!"

마을에서 2년 7개월째 살았을 때였다. 만 3년이면 안식년이 모두 끝나는데 앞으로 공동체 생활을 어떻게 할 것인지 나름대로 결산을 해야 할 처지였다. 성과는 차치하고 문제점만 가득한 상태라는 생각이었다. 그동안의 생활에 대해 정리도 필요해서 피정의 시간을 갖고 싶었다. 피정센터보다는 신앙공동체 마을 몇 곳을 방문하기로 했다. 그때 처음으로 찾아간 대구의 한결공동체에서 김 목사를 만난 것이다. 2008년 9월이었다.

우리 마을처럼 동쪽을 향한 산기슭 경사진 지역에 자리 잡은 마을은 메인하우스와 학교, 목공실, 생활사 등이 다소곳이 지어져 있었다. 한결 가족들은 신심과 영성이 깊은 20~40대 젊은이들을 주축으로, 영아에서 초등생 아이들까지 있었다. 대부분의 가족들은 대학생 때 김 목사를 만나 공동체를 학습하며 준비하다 서로 뜻을 모아 결혼도 하고 아이도 낳고 공동생활을 하고 있었는데 구성원의 기초가 아주 건실하고 튼튼해 보였다.

김 목사는 나를 단순 방문자나 가톨릭 신부가 아니라 공동체에 투신한 동료로서 대우해주었다. 당시 나는 방문 직전까지 엄청난 몸살로 입원까지 했던 터라 영육 간에 대단히 피곤한 상태였다.

김 목사에게 우리 마을의 문제점들을 꺼내놓자 전혀 경계심 없이 들어주었고, 공동체 선배로서 일찍 경험했던 운영 문제를 바탕으로 진지하게 조언을 해주었다. 산 위의 마을은 준비모임을 겨우 2년 남짓 했다. 그나마 제대로 한 것도 없었다. '한결'과 비교해보니 첫단추를 끼우는 일이 얼마나 중요한지 절감했다.

입촌과 퇴촌의 반복으로 안정감이 없는 우리 마을에 비해서, 한결은 지금까지도 초창기 멤버들이 대부분이어서 공동생활의 중심이 믿음으로 확실하게 잡혀 있다는 생각이 들었다. 그런 건강한 공동체와의 만남은 은총이며 기쁜 일이다.

김 목사 내외는 교육학에 관심이 많고 특별히 유아교육에 힘을 쏟는다. 교육은 몇 살부터 가능할까? 부모마다 자녀마다 다양하겠지만, 갓 돌이 지난 아기 혼자서 밥을 먹게 하거나 3~4세 아이들이 부모를 곁에 두고도 자기 또래들과 함께 질서 있게 식사하는 모습, 여러 사람들이 모인 공간에서 정숙할 줄 아는 아이들의 모습은 놀랍고 감동적이었다. 교육에서 엄격함과 친애함의 균형이 얼마나 중요한 지침인지 반성하게 했다.

김 목사는 공동체의 자녀교육에서 부모의 순명을 강조했다.

"공동체가 아무리 좋은 교육 방침을 가지고 있어도, 부모가 전적으로 순명하여 자녀를 공동체에 맡기고 따르지 않으면 자녀교육은 불가능합니다."

　자녀를 길러본 경험만으로 유아교육의 전문가처럼 굴거나 자녀 사랑의 이기주의적 태도에 빠진다면 공동체 교육은 기대할 수 없을 것이다. 처음 방문했을 때 한결에는 세 명의 초등학생이 한 교실에서 복식수업을 하고 있었는데, 얼마 전 방문했을 때 보니 예닐곱 명으로 늘었다. 식당에 앉아 있는 아이들 품새가 장난이 아니다. 계속 이어지는 젊은 커플들의 결혼과 출산으로 자녀들이 벌써 30명 가까이 부쩍 늘었고 생동감으로 가득했다. 은혜로운 성장이다. 부러웠다.

　한결 가족들 중 일부는 마을을 돌보고 다른 가족들은 아직도 학교 교사직이나 일반 직장을 가지고 있어서 공동체 경제의 기초가 된다. 그중에 한의사인 박기열 형제도 있다. 처음 공동체를 방문했을 때 허리와 어깨가 좋지 않은 것을 보고 침과 파스 치료를 해주었다. 한결을 알게 된 인연으로 아프면 연락할 수 있는 곳이 있다는 것도, 기침 감기약을 무상으로 얻어먹고 치료받을 수 있다는 것도 은혜롭고 감사한 일이다.

　공동체라는 몸에는 다양한 달란트를 가진 지체들이 필요하다. 교사도 있고 음악가도 있고 이발사도 있고 의사도 있다면 얼마나 좋겠는가. 모두 필요한 사람들이다. 특별히 자연 속에서 생태적으로 살아가는 공동체에 한의사나 약초와 효소에 대해서 잘 아는 이가 있다면 큰 선물이 될 것이다. 나는 마을에 가장 필요한 사람으로 모델이 되는 부부 가정과 함께 '왕언니'를 꼽고 싶다. 가족들을 대범한 마음으로 품어줄 수 있고 거부감 없으면서도 엄격함을 지니고, 신심과 식별력을 가진 '언니'와 '형님'은 성직자가 아닌 가족 중심의 공동체로 성장하는 데 필수적 존재라는 생각이다.

우리 마을 가족들은 좋은 일꾼을 보내달라고 세 번째 천일기도를 하고 있다. 전문성과 경험과 자격증까지 가졌다면 더욱 좋은 일이고, 스스로 공부하면서 자신의 관심 분야를 더욱 성장시켜나가며 양성을 격려받을 수 있다고 생각한다.

강산이가 커서 뭔가 하나는 할 것이라고 생각하는데 무엇을 하게 될까? 유치원 때는 기타리스트가 꿈이었는데 1학년이 되면서부터는 축구에 빠져 프로 축구선수가 꿈이다. 빨간 유니폼에 박지성의 7번을 달고 다니더니, 요즘은 줄무늬 옷에 '메시 10번'을 달고 다닌다. 우리 아이들이 어느 세월에 커서 공동체의 일꾼으로 사는 모습을 보게 될까? 우선 나부터 무엇인가를 배워야 하지 않을까 하는 생각도 든다.

김 목사와는 특별한 일이 없어도 종종 전화나 문자메시지를 주고받으면서 소식을 나눈다. 어제는 "벌통의 꿀을 따서 빵을 찍어먹는 중인데 신부님 생각이 납니다"라는 문자를 보내왔다. 벌통 근처에서 채밀기를 돌리면서 꿀을 찍어 먹고 있었던 모양이다. 아마도 김 목사가 "아! 빵 좀 있었으면 좋겠다!" 하고 입맛을 다시자 누군가가 주방으로 달려가서 식빵을 가져다 꿀을 발라 먹었을 것이다.

우리도 재작년에 두 통의 양봉으로 시작해서 네 통까지 늘렸고 몇 차례 꿀을 따기도 했다. 손가락으로 찍어 먹는 꿀맛이란 정말 '꿀맛'이고 식빵 생각이 나기도 하는데, 우리 양봉은 지난겨울 동사해버렸다. 김 목사는 내 생각이 나서 문자를 보냈다기보다는 '우리 벌은 멀쩡하다!'는 점을 과시하려고 했을 것이다. 꿀맛 자랑만 하고 시치미 뗄 리가 없고, 내심 택배가 오지 않을까 기대했는데 역시 꿀이 도착했다. 우리도 덕분에 유기농 순벌꿀을 바른 식빵으로 주일 아침식사를 맛있게 했다.

"한결 가족 여러분! 복 많이 받으세요!"

마을 문제에 부딪칠 때면 나는 이곳저곳에 자문을 구하곤 한다. 주로 수도생활을 하는 분들을 찾거나 전화를 하는데, 그래도 가정과 함께 공동생활을 하는 김 목사의 조언이 더 큰 도움이 된다. 생각과 경험을 기탄없이 나누어줌에 감사한다.

한결에서는 매년 가족음악회를 여는데 우리 가족들도 초청받아 간 적이 있다. 김영기 베드로와 김연옥 글로리아 내외는 이번 둘째 출산을 앞두고 한결공동체를 다녀왔다. 마을에서의 출산은 처음이라 필요한 자문을 듣고자 갔던 것이다. 또 우리는 목사님을 초청하여 자녀교육에 대해 강의를 들은 적도 있고, 양봉 관리에 대해 설명해주러 오기도 했다.

김 목사와 나는 공동체 관련 모임이나 논찬, 강설에 대해서 별로 관심이나 신뢰를 두지 않는다는 점에서 의견을 같이 한다. 공동체는 삶의 차원이어서 이론이나 담론으로 다룰 일이 아니라고 생각한다. 공동체로 사는 기술은 공동생활을 하는 자만이 나누어줄 수 있고 받을 수 있다는 생각에 공감하고 있다.

한결공동체와 산 위의 마을의 공통점이 있다면 농업을 당연하게 여기면서도 아직 자급은커녕 농업 노동에 필요한 역량도 제대로 키우지 못하고 있다는 점이다. 그러나 생명의 농업이 공동생활 안에서 본격적으로 이루어질 날이 올 것을 믿는다. 특별히 한결공동체는 농지가 충분히 확보된 땅을 새로 얻어 새로운 도약을 꿈꾸고 있다. 도우심이 있어 잘될 것으로 믿는다.

한결은 튼튼한 반석 위에 선 집이지만 그래도 김 목사는 공동체를 보호하는 데 우선적이다. 나도 같은 생각이다. '환대'라는 것이 베네딕도의 수도 규칙 이후 공동생활의 기본적 소명임은 분명하나 가족들의 영신수행에 유해할 수 있음 또한 분명하다. 특히 공동체의 아이들에게 손님들이란 늘 새 얼굴들이 나타났다 사라지는 대상으로서 문제가 될 수 있을거라 생각한다. 김 목사는 자신들의 공동체가 회자되듯 알려지는 것을 원치 않는다. 어쨌든 나는 한국의 공동체 가운데 한결공동체가 목적적 내실에서 가장 모범적인 마을이라고 생각한다.

아 참, 나는 지금 한결공동체를 알리려는 것이 아니라, 김 목사가 박 신부 살린 것에 감사하다는 말만 썼다!

"한결 가족 여러분, 모두 사랑하고 존경합니다!"

고기와 술

사순절을 맞았다. 신앙공동체로서 좀 더 열성적인 수행을 위해 극기와 절제, 희생을 실천하는 차원에서 40일 동안 금육을 하기로 했다. 평소에도 육식이란 어쩌다가 돼지고기 볶음이 나오는 정도여서 금육이라고 해도 아무도 신경 쓰지 않는다. 그래도 카니발 흉내라도 내보려고 사순절 전에 고기 한번 먹으면 어떻겠느냐고 주방에 부탁했더니 "냉장고에 있는 거 다 털어먹지요, 뭐!" 한다. 냉장고를 다 턴다고 하기에 '뭔가 있겠구나!' 했는데 역시 삶은 돼지고기 몇 점뿐이다.

환경에 적응해 살다 보니 자연스럽게 채식 중심이 되었다. 4월부터 10월까지는 반찬이나 국으로 먹을 남새거리가 주변에 많다. 우리 마을에서 식탁이 가장 풍성할 때는 냉이, 달래, 쑥, 민들레, 질경이, 돌나물, 취, 참나물, 고사리, 다래순 등 주변 야생의 나물들과 쑥갓, 상치, 열무 등 봄나물이 올라올 때다.

마을에 입촌하면 하루 일과가 빼곡하게 기다리고 있다. 농업일이건 건축일이건 해보지 않은 일이라서 힘들게 마련이다. 그래서 나물이건 푸성귀건 고기건 생선이건 가릴 것 없이 자연스럽게 밥을 많이 먹게 된다. 시장이 반찬이기도 하지만 실제로 주변에서 얻은 반찬들이 신선하고 맛이 좋다. 손님들 중엔 우리 마을의 채식 중심 식탁을 웰빙 식탁이라고 부러워하는 이도 있다. 서울에서 건축일을 도와주러 오는 김영식 베네딕도 형제는 푸성귀를 먹을 때마다 '보약 먹는 거다'라고 말한다.

방문자들 중에는 산골에서 민박 기분을 내고 싶어 하는 이도 있다. 소주에 삼겹살 같은 것 말이다. 그렇지만 우리 마을에서는 일체의 술자리 파티나 인스턴트식품을 먹을 수 없게 되어 있어서 미안한 일이다. 산 위의 마을에 오면 술을 찾지 않는 분위기가 정착되어 있다.

개신교와 달리 가톨릭교회는 술과 담배에 대해 너그럽기 때문에 신부들도 즐겨하는 그룹 중 하나다. 처음엔 우리 마을도 술과 담배에 대한 특별한 규제가 없었다. 그래서 가족들은 농업노동을 하면서 술을 종종 마셨다.

평소 술을 자주 마시다 보면 식사 때 안주가 될 만한 반찬만 나와도 술을 꺼내게 된다. 그러다 보니 냉장고에는 늘 술이 있고 손님이 찾아오면 으레 술을 내놓아야 대접이 되고, 방문하는 손님들도 소주와 삼겹살을 들고 오는 것이 인사가 되었다. 싸움 잘하는 곳에 주먹이 가고, 술 좋아하는 곳에 술이 가게 되어 있다.

동네에 사십대 청년이 둘 있었는데 우리 마을의 젊은 가족들과 잘 지냈다. 그들은 종종 술이나 안주를 가지고 마을에 와서 함께 마시기도 했고, 또 다른 곳에서 술을 마신 후 밤늦게 찾아오기도 했다. 어느 날엔가 보니 처마 밑에 빈 소주병 박스가 줄줄이 쌓여 있었다.

당시 나는 서울에서 본당사목을 하면서 매주 한 번 마을을 방문하여 함께 미사 드리고 회의를 갖는 정도로만 결합할 때였다. 2006년 2월 입촌하기 전 어느 날 가족회의에 참석했더니 매일같이 저녁에 술을 마시는 문제가 제기되었다.

술을 마시는 쪽에서는 하루 일을 마치고 한잔 하는 것이 하나의 즐거움인 반면, 술을 싫어하는 쪽에서는 저녁 늦게 술을 마시며 이야기하는 소음에 스트레스를 받았다. 술자리 안주를 마련해주는 사람조차도 미워질 정도로 악화된 상태였다.

술을 마시느냐 안 마시느냐가 절대적이거나 교리적인 것은 아니다. 다만 '공동생활에 술이 무엇인가? 좋은 음식인가?'는 생각해야 할 문제다. 습관이거나 옆에서 자리를 벌였기 때문에 마시는 경우도 적지 않다. 다수결의 문제가 아니다. 이제까지는 술을 마시면서 생활했으니 내가 입촌하면서부터는 술 없이 살아보는 것이 비교가 될 수 있지 않겠는가.

그래서 가족들에게 '일상의 술은 자제하고 축하할 일이 있는 날에만 함께 축배하자'고 제안했다. 말이 자제고 제안이지 사실상 강권 분위기였다. 그렇게 한다면 나도 30년 동안 피워온 담배를 끊겠다고 약속했다. 일종의 새로운 생활에 대한 선언의 자리였다. 그 후 6년째 우리는 그 약속을 잘 지키고 있다. 술은 축일이나 특별한 날에만 건배하는 정도로 가볍게 마신다. 그래도 소풍 가서 술을 마시면 꼭 객기를 부리는 이가 있는데, 평소 술에 목말라 하는 가족들 중에서 나타난다.

단기입촌 참가자 중에는 농촌 사회니까 당연히 술이 나올 걸로 기대하는 이들도 더러 있지만, 우리는 이제 술을 마시지 않고도 축하하는 법을 몸으로 익혀가고 있다. 개신교 공동체 사람들이 술을 마시지 않고도 기쁘게 사는 것처럼 말이다.

술이 멀어지자 소주나 삼겹살을 사들고 오는 이들도 없어졌고, 이제는 방문하는 제자단들도 처음과 달리 술 마실 생각을 하지 않는다.

주인이 사는 수준에 따라 손님의 수준도 정해지는 법! 마을 사람들이 어떻게 사느냐에 따라 방문자들이 마을을 대하는 태도도 달라진다. 방 정리와 환경을 깨끗이 해놓으면 손님들도 깨끗이 해놓고 가는데, 주변 환경이 지저분하면 손님들도 쓰레기를 구석에 붙여놓고 가게 된다.

홈페이지에 금주한다고 공지되어 있어서인지 간혹 알코올의존증 치료를 원하는 이들이 노크하기도 하는데, 그런 경우 입촌을 사양하고 있다. 아직도 힘든 일을 할 때는 술이 있어야 한다는 점을 은근히 제안하는 가족도 있다. 그럴 때는 "술을 먹어야만 일할 수 있는 정도라면 일하지 말라!"고 못 박는다. 물이 새는 것은 늘 작은 틈새나 보이지 않는 구멍에서다.

술이 있는 곳에 고기가 있고 고기가 있는 곳에 술이 있다. 서로야 좋은 궁합이지만, 그 궁합 자체가 좋은 것인지는 별개의 문제다. 고기가 있어야 풍요롭고 즐겁고 대접이 된다는 생각도 관행이거나 일종의 편견이다. 술이 있어야 흥이 난다는 것도 그렇다. 도시의 직장인들은 식사와 술, 여흥 등에서 자신들의 코스를 만들어가는데, 직장마다 만나는 그룹마다 다르다. 그러니까 습관이고 관행이라는 말이다.

지구상 인구의 4분의 1에 해당하는 무슬림들은 술을 먹지 않지만, 춤추고 노래하는 잔치는 새벽까지 이어진다. 이슬람 국가에서 여성의 차도르를 반대하는 운동은 들어봤지만, 술의 자유를 요구하는 시위가 있었다는 말은 들어본 적 없다.

일부 수도원에서는 멤버들의 음주문제가 심각하다는 말도 들었다. 술이 수덕생활이나 선교활동에 어떤 도움을 주는지 알지 못하지만, 생각해봐야 할 문제. 술을 마실 수는 있지만 형제애와 친교를 나누는 데 술을 필수로 삼는 것은 장애 상태. 공동체의 삶과 술이 공존한다는 것이 과연 가능할까? 공동체 마을에서 일상적으로 술을 마시는 곳이 있을까? 그러고도 공동체가 존속될 수 있을까? 없다!

술과 고기는 한국인에게 친숙하고 더러는 필수적이기도 하지만, 다른 한편에서는 이미 천박한 음식으로 분류되고 있는 점도 사실이다. 스스로 자발적인 가난과 소박한 삶을 선택한 공동체 사람들은 삶 자체가 기품이 있어야 한다. 진정한 문화인의 삶이 담보되어야 한다고 믿는다. 건강한 공동체인들의 생활에서는 다음과 같은 공통점을 볼 수 있다.

첫째, 긴장감이 없는 평화롭고 밝은 얼굴이다. 경계심이 없으면서도 자기 생활을 잃지 않는다.

둘째, 미학을 생활화한다. 기발한 아이디어가 빛나는 공작과 조각, 장식들이 눈길을 끈다. 대부분이 재활용 자재이다.

셋째, 소유로부터 자유롭고 생태에 대한 믿음과 철학이 확실하다.

넷째, 채식 중심의 식탁이다. 우유와 치즈, 계란과 생선 정도는 먹기도 한다.

다섯째, 술과 담배를 가까이 하지 않는다.

중국산 없으면 뭘로 살까?

다섯 명 정도 남자 독신자들이 지낼 집을 지으려고 땅에 맞는 평면도를 그려보는데 이동률 바오로 형제가 난방은 무엇으로 할 것인지 묻는다. 특별한 계획이 없거든 심야전기 난방으로 하자고 했더니, 이제는 가정용 심야전기 신설은 안 된다고 한다.

"어우, 그렇다면 연탄으로 할 수밖에 없겠네."

농촌 지역의 주거용 난방은 가정마다 다르지만 대체로 세 종류다. 연탄보일러, 심야전기 난방, 그리고 기름보일러다. 등유를 사용하는 기름보일러는 필요한 정도만 가동하면서 연료를 절약할 수 있는 장점이 있지만, 석유 값이 천정부지로 치솟을 때는 난방비 부담이 이만저만 아니다.

심야전기 난방은 심야에 축열해서 이튿날까지 사용하는 방법으로 계절이 바뀌지 않고는 절약할 방법이 없다는 것이 흠이다. 가격은 연탄 값

다섯 : 불편한 삶이 순교보다 어렵다

259

과 거의 비슷한 반면 관리가 월등히 편리하기 때문에 노인들만 남은 농촌에서는 심야전기를 선호한다. 연탄보일러는 제시간에 연탄을 갈아야 하기에 늘 누군가는 집에 있어야 한다. 내가 지내는 방도 연탄을 쓰는데 외출할 때마다 누군가 신경을 써주지 않으면 꺼뜨릴 때가 많다.

연료비를 절약하기 위해서 나무보일러를 설치하는 집도 있지만 별로 효율성이 없다. 산에 통나무가 지천으로 깔려 있긴 하지만 누가 어떻게 집으로 끌고 들어와 도끼질을 해서 쌓아놓고 사용할 것인가. 그림으로는 낭만적이지만 그 노동력이란 생각처럼 간단한 것이 아니다. 고양이 목에 방울 달기. 오죽하면 전래동화나 민담에 나무꾼이 많이 등장하겠는가. 나무보일러를 설치했다가 대부분 1년도 못 되어 다른 난방으로 바꾸게 된다. 우리도 그렇게 해서 싼값에 나온 중고 나무보일러를 구해다 지금 세탁장 온수를 데우는 데 사용하고 있다.

우리 마을은 심야전기 난방이 다섯 가정이고 연탄보일러 난방이 다섯 가정이다. 장작보일러가 한 대 있고 태양열 온수장치 두 개를 보조로 이용한다. 태양열은 온수를 이용하기 위한 목적이며, 난방에 쓰려면 기름보일러 같은 보조수단이 필수적으로 있어야 하기 때문에 거의 설치하지 않는다.

연탄보일러는 꾸준한 겨울 난방에 가장 효과적이다. 그러나 보일러 물을 순환시키기 위해서는 전기 모터를 사용해야 한다. 어쩌다 전기공사를 하거나 단전이 될 경우에는 보일러 뚜껑을 열어놓거나 연탄불을 빼내야 한다. 그렇지 않으면 과열되어 위험하다. 그리고 춘추 환절기에 난방은 안 하고 온수만 쓰고자 해도 연탄을 피워야 하니 그것도 큰 낭비다.

연탄은 1980년대에 접어들면서 사양산업이었다가 최근 에너지난으로 20여 년 만에 사용량이 복귀되는 추세다. 며칠 전 영월 근처 '석항'이라는 옛날 탄광지대를 지나가다 보니, 당시 정부가 수매하여 산처럼 야적해놓았던 무연탄이 모두 깨끗이 비워지고 없었다. 2006년 초에 240원 하던 연탄 한 장 가격이 현재는 450원이다. 처음에는 농어촌보조지원금이란 것도 있었는데 이제 모두 없어졌다.

심야전기 난방은 원자력발전 건설로 전기가 남아돌던 1990년대부터 전력을 소모하기 위해 시설비의 일정액을 보조해주며 많이 쓰도록 독려했었다고 한다. 그러나 지금은 전력이 부족해서 심야전기 요금을 계속 인상하는 실정이고, 2010년부터는 복지시설 외의 가정용 심야전기 난방의 신규 설치가 폐지되었다.

전력이나 물이 남아돌 때 절제와 절약의 생활을 가르치는 것이 아니라, 경기부양을 위해 소비를 부추긴다. 학교에서도 절약의 덕목을 강조하지 않는다. 그렇게 정부 스스로 소비시대를 주도한다. 자유주의 경제체제는 소비문화를 꽃처럼 생각한다. 재화의 낭비와 파괴를 주도하는 소비문화는 경제 체제로 분류되지 않는다. 자본주의도 아니고 시장경제도 아니다. 악령으로부터 흘러나오는 타락한 인간성이며 상업주의 가치관일 뿐이다. 전문가인 양하는 학자들이란 바로 그 악령의 좀비들이다.

근대 국가권력들은 전매품을 장악하여 폭리를 취하는 방법으로 국가 재정을 조달했다. 담배, 술, 인삼, 올리브, 코코아, 목화, 아편에 이르기까지 기호품이나 특산물, 운하 수입 같은 것들이다. 국가 경제력이 어느 정도 성장하면 전매사업을 매각한 다음, 새로운 산업 패러다임에 맞춰 더 큰 사업을 독점한다. 이른바 '물장사', '불장사', '길장사'다.

생활이 현대화되면서 물의 소비가 늘어났다. 전기와 물 소비는 문화생활의 척도이기도 하다. 그래서 국토 곳곳에 댐을 건설하고 강을 파헤치는 사업을 벌이는 것이다. 문화생활은 석유 연료나 전기를 에너지로 소비한다. 에너지 산업이 '불장사'인 것이다. 국토에 거미줄처럼 길을 뚫고 고속도로 이용료를 받으며 에너지 소비를 부추기는 사업이 길장사다. 불장사와 한통속이다. 200만 원 월급쟁이부터 구멍가게 자영업자까지 온 국민이 승용차를 몰고 전국을 쏘다니게 만든다. '문화생활', '중산층'이라는 자격으로!

아니, 난방 이야기를 하다가 거대 담론에 빠져버렸다.

엊그제는 어린이날이라고 아이들과 함께 영월 청령포에 갔다. 세조에 의해 유배된 단종이 잠시 지냈던 곳이다. 당시 가옥 형태를 고증에 따라 복구해놓았는데 단종과 시종, 궁녀가 기거했던 각 방들의 크기는 가로세로 일곱 자 반(1.5평) 정도에 불과하다. 가회동 한옥마을도 현대식으로 개조하지 않은 이상 대체로 1.5~2평이다. 아궁이 하나로 방 두 개를 데우기도 한다. 그것이 전통적인 온돌방의 크기였던 것이다.

오늘날에는 방의 구조가 매우 넓어졌다. 가구도 가전제품도 늘어났기 때문이다. 우리 마을 가족들의 방은 가정용과 독신자용으로 구분해서 짓는데, 개인 공간은 2.5평 기준으로 결코 작은 방이 아니다. 그래도 그동안 살던 집에 비하면 아주 작아졌을 것이다.

그러나 세계의 공동체들을 가보면 독신자 가족이 독방을 쓰는 경우는 거의 없다. 대부분은 최소 3~5명이 함께 사용한다. 주거 공간이 넓어지면 무엇보다 난방비의 지출이 늘어난다. 과거 5명 내외가 지낼 수 있는 난방비를 한 사람이 차지해버리는 것이다. 반생태적 생활이다.

가족들의 입촌을 기다리는 마을 입장에서는 충분한 시설과 공간을 준비해야겠지만, 우리가 무슨 생각으로 어떤 삶을 살고자 모인 사람들인가, 하는 문제 앞에서 생각할 것이 많아진다. 공동체란 각자의 삶을 모아놓은 것이 아니라, 공동체의 이상과 영성에 참여하고 지체肢體가 되어 사는 것이다. 문화적인 삶이란 것을 넓은 시설 공간, 풍요로운 물질, 놀이, 여행 등에서 찾아야만 할 것인가. 과제다!

밤인데도 바람이 차갑지 않다. 5월은 좋은 시절이다.

전교생 1명의 꼬뮌스쿨

공동체에서는 자녀교육 시작 연령을 매우 중요시한다. 인격이 형성되는 유소년 때부터 자치교육을 하는 곳이 많다. 영성이나 정신, 세계관은 습관이라는 몸의 틀에 담겨지기 때문에 어릴수록 공동체의 자치교육이 필요하다고 한다. 전적으로 동감한다.

가족 수가 적은 우리 마을은 온전히 아이들 교육만 책임질 사람을 따로 두기 어려워 아직 자치교육에 힘을 쏟지 못하고 있는데, 이번에 중학교 1학년이 한 명 생겨서 자연스럽게 '꼬뮌스쿨'을 재개하기로 했다. 꼬뮌스쿨Commun School은 마을에서 공동체로 살아가는 데 필요한 지식과 덕목을 공동체 방식으로 교육하겠다는 의지를 담아서 붙인 이름이다. 올해의 입학생은 중1 한 명이고 전교생도 한 명이다. 오늘 새벽미사 때 입학생 선서가 있었다.

사랑하는 가족 여러분!

예수님은 아버지의 뜻을 당신 몸으로 실현해 보이셨습니다. 예수님은 최후의 만찬에서 "이 빵을 받아먹어라! 이는 내 몸이다! 이 잔을 받아마셔라! 세상의 죄 사함을 위하여 흘릴 나의 피다!" 의미심장한 말씀을 하시고는 다음날 정말로 십자가에 피를 흘려 당신 몸을 제물로 바치셨습니다. 말씀은 실제 상황으로 완성됩니다.

말은 많은데 실천이 없는 세상입니다. 이성과 정신, 철학과 교육은 풍요롭지만 노동과 희생, 사랑이 없습니다. 가르치는 것도 잘하고 배우는 것도 잘하는데 실현이 없습니다. 머리는 엄청난데 몸과 손발이 작동을 못합니다. 행동 없는 믿음, 실천 없는 기도, 증거 없는 삶, 희생 없는 제사가 꽹과리처럼 요란합니다.

오늘부터 우리 마을에서 중고등부 꼬뮌스쿨을 시작합니다. 2006년부터 중고등부 가족이 있어서 꼬뮌스쿨을 했었어요.

"부모님이 무슨 생각으로 우리를 여기까지 데리고 와서 무엇을 하며 사시는가? 어른들의 일손을 돕는 생활을 해보자! 학교가 꼭 가고 싶으면 내년에 가도 된다!" 하고 시작했습니다.

그때 참으로 좋았습니다. 학생도 부모도 공동체도 모두 좋았습니다. 약속대로 이듬해 장덕균 비오 한 명을 제외하고 모두 학교에 갔는데, 1년 다녀보고선 모두 그만둘 정도로 꼬뮌스쿨을 좋아했습니다.

잘 성장해준 장길산 요한이 앞으로 마을에서 아이들 교육을 담당할 수 있게 하려고 검정고시 합격 후 대학시험을 보았는데 낙방했어요. 꼭

태경이 누나, 희수형, 인성어ㅎ
양초 축하해

대학에 가야 하는 것은 아니지만 좋은 지식과 교육하는 법을 배우는 것도 중요합니다. 그래서 내년에 다시 한 번 도전하라고 했습니다.

금년에 중등부 1명으로 꼬뮌스쿨을 다시 시작합니다. 우리 마을 중고등부의 일곱 번째 학생인 셈인데, 훌륭한 공동체인이 되기 위해 필요한 덕행을 습득하는 수행생활이 되기를 바랍니다.

교육이란 '함양'과 '앙양'이라는 두 원리로 이루어집니다. 함양涵養이란 '머금을 함涵, 기를 양養'이라고 하지요. 모르는 것을 배우는 것입니다. 앙양昻揚은 '드높일 앙昻'을 쓰지요. 이미 알고 있는 바를 성장시키는 것입니다. '어른을 보면 인사해라' 가르치면 '아, 윗사람에게는 인사를 하는 거구나!' 하는 뜻을 배우는 것이 함양이에요. '인사뿐 아니라 예를 갖추고 공경하는 것이 중요하구나!' 하는 생각이 들게 되면 이것이 앙양이지요.

옛날 어떤 사람이 유명한 선비에게 아들 교육을 맡겼어요. 1년 후에 돌아온 아들에게 "무엇을 배웠느냐?" 물으니까 "하늘 천天, 땅 지地 두 자를 배웠습니다" 하는 거예요. 한 해 동안 글자 두 개를 가르치다니, 화가 나서 당장 그만두게 했지요. 그런데 동네 사람들이 만날 때마다 아들 칭찬을 하는 거였어요. 알고 보니, 아들의 지혜가 천지만물의 이치를 꿰고 있더라는 것입니다. 그제야 아버지는 진정한 공부란 무엇인가 알게 되었다는 이야기가 있습니다.

사람이 되는 데 필요한 것을 배워 머금고 성장시켜 피워내는 것이 교육입니다. 공동체인이 되는 데 필요한 덕목을 익히고 깨우쳐서 좋은 품성과 덕행을 지니겠다는 결심을 해야 합니다. 교육이란 사물의 개념을 배우고 그 사물을 대하는 태도를 깨우치는 일이지요.

오늘날 학생들은 노동을 하지 않아요. 20년 이상씩 공부만 하지요. 오직 좋은 대학을 나와 귀한 자격증을 얻는 것에 목표를 둡니다. 그런데 그 자격증의 정체가 뭐냐, 적게 일하고 많은 돈을 받으려는 수작입니다. 공부하는 목적 자체가 불량해요.

공동체 교육은 노동을 통해서 이루어집니다. 온몸이 조화롭게 작용하여 일하게 하는 삶이 공동체 교육이지요. 인도 간디의 후계자로 '비노바 바베'라는 분이 있는데, '나히탈림'이란 학교를 세웠습니다. 영국의 근대 교육으로 사라져버린 노동의 교육을 복구하기 위한 대안학교였어요.

예수님은 "나는 율법을 완성하러 왔다" 했지요? 율법은 실천으로 완성됩니다. 교육은 학습과 노동의 통합으로 완성됩니다. 나히탈림 정신이 완전한 교육의 길입니다. 이제 다시 시작하는 우리 마을 꼬뮌스쿨이 마을의 인재를 양성하는 둥지가 되기를 소망합니다. 올해는 단 한 명으로 시작하지만, 앞으로 더 많은 가족들이 입촌하여 함께 공부하는 학교로 성장하겠지요.

한 사람 앉혀놓고 입학미사를 하는데, 가족들이 너무 진지하게 듣고 있어서 나도 엄숙하게 강론을 했다. 입학 선서를 하는 아이의 모습이 대견해 보였다.

아직 아무런 기반도 없는 공동체 마을에 자녀를 맡긴 부모의 심정을 생각했다. 자녀를 공동체에 봉헌했다고 하지만 안쓰러운 한편 '이래도 되는가' 하는 불안한 마음도 들 것이다.

　그렇지만 나는 조금도 부족하지 않을까 걱정하거나 불안해할 필요가 없다는 것을 믿고 있다. 이미 몇 년의 경험에서 공동생활과 노동을 통해서 아이들이 얼마나 놀랍게 변화하고 성장하는지 보았기 때문이다. '뿌리는 것은 사람이지만 곡식을 맺게 하시는 분은 하느님이시라' 하였으니, 꼬뮌스쿨이 기대보다 더 좋은 결실을 맺게 해주시기를 간절히 기도하는 마음으로 입학 선서를 들었다.

〈산 위의 마을 꼬뮌스쿨 입학 선서〉
저는 예수살이 공동체 '산 위의 마을' 꼬뮌스쿨에 입학하면서 다음 사항을 선서합니다.

　1.　저는 산 위의 마을 공동체의 삼덕오행을 열심히 탐구하고 수행하겠습니다.
　2.　저는 인격적인 성장을 위해 필요한 교양과 지식을 갖추는 데 힘쓰겠습니다.
　3.　저는 복음정신으로 살아가기 위해 성서를 열심히 읽고 묵상하며 실천하겠습니다.
　4.　저는 꼬뮌스쿨을 통해서 삶의 목표를 설정하고 자조, 자립의 능력을 기르겠습니다.
　5.　저는 자연을 내 어머니이자 몸으로 여기며 생태 질서를 존중하고 사랑하겠습니다.
　6.　저는 노동을 통해 사랑을 배우며 노동을 완덕의 도구로 삼겠습니다.
　7.　저는 상급생을 존경하고 아우들을 자애로 돌보며, 친구를 독점하여 사귀지 않겠습니다.
　8.　저는 음주와 흡연, 공동체 덕행에 어긋나는 행실을 하지 않겠습니다.
　9.　저는 품성을 높이는 독서와 예술의 발견에 힘쓰며 좋은 취미를 갖도록 하겠습니다.
　10.저는 적성과 능력에 맞고 세상의 평화에 이바지할 천직을 생각하고 준비하겠습니다.

2011년 3월 30일

엠마오

　오늘은 엠마오를 나섰다. 가톨릭교회는 부활절 다음날 '엠마오'라는 행사를 갖는 관습이 있다.

　예수님의 십자가 처형 이틀 후인 안식일 다음날에 제자들은 부활하신 스승을 만나게 된다. 그날 오후에 다른 제자 두 사람이 예루살렘 변경의 '엠마오'라는 동네로 귀가하다 한 나그네를 만나 동행하면서 예수에 대한 대화를 나누었다. 해거름 녘이 되자 제자들은 나그네를 자기 집으로 안내하여 하룻밤 묵어가게 했다. 그런데 함께 저녁식사를 하는 순간, 나그네가 바로 스승 예수의 현신이었음을 알게 된다. 루가복음에 기록된 그 이야기가 '엠마오'의 유래로서 부활절 다음날의 가벼운 소풍이 되었다.

　우리 가족들은 매년 엠마오 소풍을 간다. 작년에는 건너편 성금마을 뒷산의 산림도로를 따라 한나절 걸었다. 멀리 구름과 안개에 쌓인 산맥과 저 아래 흐르는 남한강이 위성사진처럼 내려다보이는 산첩첩 물겹겹의 경관이 너무 좋았다.

건너편에서 보는 우리 마을이 얼마나 아름답고 신비로운 풍경에 담겨 있는지 감탄했다. 아무도 없는 산림도로에 돗자리를 펴고 앉아 김밥과 과일을 먹으며 잠시 신선이 되었다가 온달산성을 통해 내려가 '연개소문', '천추태후' 등의 사극 촬영세트장도 구경했다.

금년에는 아이들까지 함께 나섰다. 특별한 목적지는 없지만 영월 쪽으로 하루 길을 다녀오기로 했다. 남한강변을 따라 영춘의 북벽과 고씨동굴, 영월을 지나 석항의 유문동재를 넘어갔다. 일제시대에 건설된 터널이 하나 있는데 차 한 대가 겨우 지날 수 있는 일방통행 굴이다. 터널 위의 고개로 우회도로가 생긴 뒤 폐쇄되었는데 우리를 위해 열어놓았는지 즐겁게 통과할 수 있었다. 동강 강변을 지나는 경치는 말할 수 없이 아름답다. 사진도 찍고, 가다 서다 보다 하며 느리게 바람을 느끼며 걸었다.

걸으면서 아이들에게 동강의 줄기가 어디에서 시작하여 마침내 팔당과 한강으로 내려가 서울 시민들을 먹이고 씻기는 생명의 젖줄이 되는지, 그간 있었던 동강댐 건설 시도와 백지화 과정, 4대강 사업이 얼마나 반생태적이며 우매한 인간의 탐욕에 의한 것인가를 이야기해주었다.

바위나리(돌단풍) 군락지와 가수리, 굴암리까지의 동강은 그야말로 비경이다.

"이런 동강의 비경이 물속에 감춰진다면 어떻게 될까요?"

"동강의 강변을 일직선으로 만들어놓으면 어떻게 될까요?"

"댐을 건설하지 않으려면 평소에 물을 적게 쓰는 습관을 가져야겠지!"

현장이란 항상 좋은 학습 자료이다.

무심히 흘러가는 동강이 댐과 호수로 묻혀버렸을지 모른다고 상상하면 되돌릴 길 없는 당대인의 오류를 어찌할 뻔했는가, 생각만 해도 끔찍하다. 수만 년 태고의 신비가 숨 쉬는 천혜의 자연 생태다. 이런 문화유산이 사라지는 것은 안중에도 없는 개발주의 국가는 축복받지 못할 것이다.

진부에서 여행자들이 자주 찾기로 유명한 ㅂ식당에서 점심식사를 했는데 왠지 옛날만 못하다. 아이들에게는 자장면에 탕수육이 최고일 텐데, 하는 생각이 들어서 물어보았다.

"제일 좋아하는 음식이 자장면 맞지?"

"그럼요, 자장면이 최고예요!"

"자장면 다음으로는 뭔데?"

"짬뽕이요!"

"저녁에는 자장면 먹자!"

오대산 월정사로 들어갔다. 마침 부처님 오신 날을 준비하느라 오색 연등을 달아놓아 사찰 전체가 환상적 풍경을 연출하고 있었다. 템플스테이를 위한 요사체를 건립 중이었다. 사찰은 건축비가 많이 들어갈 것 같다. 그래도 그런 방식을 고집하지 않는다면 한국의 전통건축은 맥을 잇지 못하고 흔적 없이 사라졌을지도 모를 일이다.

전통 사찰이 있어서 심산유곡의 명당들이 보존되고 있음도 부인할 수 없다. 전국의 대형 사찰이 들어앉은 공간에 콘도와 위락시설과 골프장이 대신 들어서 있다고 상상하면 끔찍한 일이다.

전통적으로 많은 재정이 투입되는 대형 불사에 대해 "백성들은 굶어 죽던 시대에 그토록 사치스럽게 대웅전을 짓고 불사를 일으켰다"고 비판하는 말을 들은 적이 있는데, 잘못된 생각이다. 엄청난 예산이 필요했던 불사는 항상 경제적으로 어려운 시대에 시작되곤 했다. 삽질, 축대, 석공, 목공, 조각, 기와 가마, 단청, 범종과 부조물, 주막 등 잡부에서 전문가까지 총동원되기 때문에 대형 불사를 일으키면 3개 군 백성들의 기아 문제가 해결되었다고 한다. 왕실과 귀족, 지방 호족과 대지주 부호들에게서 돈을 끌어내 지역사회의 노동자와 빈민, 예술인을 도왔던 것이다. 요즘 말로 공공근로를 제공한 셈이다.

종교사상과 예술에서 불교는 동양의 전통을 대표한다. 동양 종교예술의 특징은 '빛과 소리와 동작'이다. 빛은 선線과 색깔이다. 사찰 단청이나 중앙아시아 일원의 문틀 문양과 이슬람 모스크의 문양을 이루는 선과 색깔들은 곧 빛이 지상에 내려오는 형상으로서 사물의 근원성과 영원성을 나타낸다.

소리는 근원성과 영원성에 대한 파동이다. 종교의식의 노래와 독경, 목탁, 북, 종소리는 사물의 생명을 파동으로 드러낸다.

동작은 의식과 일치시키는 몸의 경신례敬神禮다. 동양의 종교예술은 단청과 연등의 화려한 색상과 목탁, 범종 등 다양한 도구의 소리, 그리고 108배 등의 동작을 통해 표현된다.

오래전 서울 금천구 시흥4동 성당의 주임신부로 있을 때 가까이에 '조계종 심원사'라는 비구니 암자가 있었다. 부처님 오신 날을 앞두고 항상 축전을 보내 석탄일을 축하드렸다. 사찰 쪽에서는 사람을 시켜 시루떡과 수박 등 과일을 보내오기도 했다.

타종교의 축제를 경축하는 것은 좋은 일이라고 생각한다. 서로의 신앙을 존중하고 예를 갖추어 교류하고, 지역사회의 복리와 평화운동에 협력하는 것은 종교다원화주의 사회 교직자들의 미덕일 것이다.

언젠가 인도여행 중에 바라나시 녹야원에 갔다가 근처 사찰에 들렀다. 합천 해인사가 운영하는 포교원이었는데 주지스님은 점심식사로 쌀밥과 텃밭에서 가꾼 상추와 고추장을 내어놓았다. 상추쌈이 유달리 맛있었다. 신세를 졌으니 뭔가 인사를 하면 좋겠는데 기부금을 낼 만한 능력도 안 되어 망설여졌다.

마침 석가탄신일을 앞둔 때라 한쪽에서 연등을 준비하고 있었다. 이거다! 연등을 하나 신청하고 '예수살이 공동체 산 위의 마을'이라고 썼다. 기분이 좋았다. 가톨릭 신부로서 연등을 봉헌한 일일신도가 되었다.

단종의 유배지 영월 청령포를 지나 영춘면으로 돌아왔다. 중국집에 들어갔는데 인원이 많아 곤란하다고 해서 식당을 나누었다.

아이들은 자장면! 어른들은 순대국!

엠마오는 1년에 한 번뿐이다.

마을을 떠나는 사람들

1년 6개월을 함께 살던 가정이 퇴촌했다. 어제는 저녁기도 후 가족들 모두 응접실에 모여서 간소한 송별회를 가졌다. 함께 사는 동안 마을을 위해 헌신했던 일, 고마웠던 일들을 한 가지씩 회상하면서 석별의 정을 나누었다. 마침 징검다리 연휴여서 방문자도 있었고 입촌 문제를 상담하러 온 가족도 있었는데 모두 자리를 함께했다.

퇴촌은 부르심의 공동생활에서 선택과 자유의 삶으로 전환되는 순간이다. 떠나는 가정이나 보내는 가족들이나 서로가 아쉬움뿐이다. 그러나 어쩔 수 없다. '행복한가?'에 대한 판단은 개인의 몫이기 때문이다.

한 달 전쯤에는 두 가정이 자녀들과 함께 입촌했다. 떠난 가정의 빈집에는 또 다른 가족이 찾아온다. 여느 공동체들처럼 우리 마을에도 가족들이 찾아오고 떠나기를 반복한다. 기대와 실망, 기쁨과 눈물, 도전과

다섯: 불편한 삶이 순교보다 어렵다

275

좌절을 안고서……. 만남과 이별을 늘 경험하며 사는 곳이 공동체다.

가정이나 독신자가 공동체 입촌을 지원하게 되면 먼저 한 달간 참관생활을 하며 탐색의 시간을 갖는다. 마을 측에서도 지원자가 신체적·정신적으로 건강한가, 지원 동기는 순수한가를 관찰한다. 서로 합의가되면 1년 동안 지원기 생활을 한다. 지원기에는 부르심에 응답하고자기도하고 노동하면서 공동생활에 대한 공부를 한다.

사도 바오로의 표현에 비유하자면 공동체는 몸이고 가족은 지체다. 가족들이 성장하면 공동체가 성장하고, 공동체가 건강한 만큼 가족의건강성이 담보된다. 공동체와 한 몸을 이루는 새로운 양식의 삶이 공동생활이다. 지원기 1년의 생활과 노동을 통해서 공동생활에 대한 믿음이세워지면 공동체 멤버들과 합의하여 정식 입촌계약을 맺는다.

영성, 관계, 노동은 공동체의 세 기둥이다. 몸을 쓰는 일에 대한 두려움이 극복되고 함께 사는 관계가 향상되고 있다면, 삶을 대하는 태도가변화하고 있다는 증거다. 노동이 힘들면 몸 쓰는 일이 두렵고, 그것은가족과의 관계 문제에 투사되어 공동체에 대한 부정성으로 나타난다.

입촌해 살다가 퇴촌하는 가족들은 자체로 좋은 사람, 나쁜 사람, 쓸만한 사람, 아닌 사람이 따로 없다. 어디에 내어놓아도, 어떤 시선으로보아도 모두 좋은 사람들임은 분명하다. 공동체 삶을 수락할 정도라면기본 이상의 수준을 가지고 있기 때문이다.

나의 생을 관조할 때마다 참 행복하게 살아왔다는 생각을 자주 하게 된다. 좋은 사람들과의 만남 덕분이다. 과거로부터 지금까지 내가 만난 선후배 친구들은 한결같이 좋은 사람들뿐이었다.

청년시절에 만나서 함께했던 친구들은 이상이 높고 영웅심이 강하고 헌신적이었다. 그러나 생활력이 부족하다는 핀잔도 자주 들었다. 심성이 착한데다 실속을 챙기는 데 관심이 적었기 때문이다.

신학생 때나 사제가 되어서는 교회의 부르심에 응답하여 자신을 봉헌한 이들과 살아왔다. 어린아이처럼 순수하고 소명감이 투철한 도반들과 살아온 것이다. 그들은 부족한 나를 내치지 않았고, 늘 깨우치며 정화의 삶으로 이끌어주었다.

본당 사목을 하면서 만난 교우들은 세속에 살면서도 세속에 물들지 않은 순박하고 착한 사람들이었다. 세상살이에 억척스러워야 할 때도 있겠지만 교회라는 공간과 시간 속에서는 항상 좋은 마음과 좋은 기운과 아름다운 향기를 풍겨낸다. 그렇게 소중한 순간에 만났으니 나는 그들이 모두 좋은 사람들이라고 증언할 수밖에 없다. 돌아보면 내 생애의 빛나는 만남들은 더 이상 좋을 수 없는 커다란 은총이었다. 만남을 주선하신 하느님께서 나에게 너무 잘해주셨다.

공동체 세계에 눈을 뜨면서 또 새로운 사람들과 살아가고 있다. 소비 중독의 시대에 세상과 다르게 살아가는 예수살이 사람들이다. 누군가는 성경의 가르침을 해석하지만 그 가르침에 몸을 던져버린 이들도 있다.

"가진 것을 내어놓고 필요한 만큼 나누어 쓰며, 날마다 성전에 모여

하느님을 찬양하는 무소유의 삶"에 몸을 던져버린 무모한 자들이기도 하다. 그들에게는 돈도 명예도 자녀에 대한 욕심도 없고, 오직 주님의 영으로 이끄시는 손길만이 소중하다.

떠나는 가족들 입장에서 볼 때는 결국 산 위의 마을 공동생활은 실험으로서 정리되었을 것이다. 그렇다고 고난과 낭비의 시간만으로 볼 일은 아니다. 자녀교육의 기회를 놓친 것도 아니고, 허송세월한 것은 더욱 아니다. 생애 단 한 번뿐인 뜨거운 열정의 삶을 통해 인간과 자연과 신앙에 대한 체험을 얻은 것이다.

지성과 이성, 기술과 문화의 시대에 학위와 신학과 경전연구는 많지만 생애 단 한 번이라도 배운 것을 실천하는 데 투신했던 신앙인은 진실로 극소수다. 우리 가족들은 극소수의 사람들 가운데 하나다. 얼마나 소중한 존재들인가. 산 위의 마을은 보잘것없지만 찾아오는 가족들은 경외로운 사람들이다.

이렇게 순수한 열정을 가진 사람들을 만나며 산다는 것은 은총이다. 함께 사는 가족들을 포함하여 공동체를 찾아오는 이들을 바라볼 때마다 나는 우리 예수살이 모토처럼 '지상에서 천국과 같은' 삶은 분명 존재한다는 것을 확신하게 된다. 복음의 가르침을 저렇게 순진하게 믿는 이가 있는데도 지상의 천국이 없다면 우리 교회도 성경도 모두 사기집단이다. 지상의 천국이 존재하지 않는다면 '가능하다'고 말을 바꾸어서라도 천국의 삶을 꾸려볼 일이니 그것이 공동체 마을이다.

이제까지 본당에서, 교우들 앞에서 강론하고 글로 썼던 것들에 대해 생각한다. 나는 성경의 해석이 그렇다는 것이었는데 듣는 교우들은 살아야 할 길로 받아들였고, 나는 실천할 생각도 없이 말만 했는데 듣는 교우들은 실천해야 할 삶으로 받아들였으며, 나는 사제로서 윤리적 의무감에서 말했는데 교우들은 따라야 할 제자의 삶으로 받아들였다.

알지도 못하면서 내 입으로 말하고 글로 발표했던 것들이 분명히 있었는데, 그것은 사실 내 말이 아니다. 다른 어떤 무엇인가가 나를 빌려 전했다는 생각이다. 무엇일까? 내 삶의 처지에서 해답을 얻었다. 내 죄다!

"지상에서의 천국이라고? 많은 사람들이 네 말을 믿었으니, 그래 책임을 져봐! 밖에서 얼쩡거리지 말고 직접 공동체로 살면서 실증해보렴!"

그래서 나는 이 삶을 살아야 할 의무로 받아들였다. 가족들을 만나고 살면서 기쁠 때는 작은 천국이 내게 나타난다. 반대로 가족들이 떠나서 마음 아플 때는 공동체가 보속補贖의 삶이 된다. 오늘 새벽미사에서 떠나는 가족들을 축복하고 안수하며 기도해주었다.

"오늘까지 우리의 생을 이끌어주신 분께서 우리를 부르셨기에 여기까지 왔는데, 또다시 새로운 길을 열어주십니다. 두려움 없이 따라나설 수 있게 하시고 나그네의 길에서, 어디서 무엇으로 살든 매순간 건강하게 돌보아주시고 하는 일에서 좋은 열매를 맺고 아버지를 찬양하게 하소서."

밤부터 비가 벌써 오랜 시간 내리고 있다.

제멋대로 생활하라.
그러나 타인의 행복을 존중하라.
하고 싶은 대로 생활하라.
그러나 서로에게는 선을 행하라.
좋은 것에 감탄하고 기뻐하며 하느님의 손길로 춤추고 노래하라.
천국에 갈 수 있는 자격은 '신발 정리'를 잘하는 것이다.
-어린이 캠프 훈화

여섯

가장 자연스러운 사람의 일생

"내 손으로 먹고 마시고 내 발로 배설을 다루지 못하는 처지가 된다면 그때는 내가 생의 마지막 시점에 왔음을 서로가 암묵하도록 합니다. 그때에 내게 가장 필요한 것은 먹고 싶은 음식이 아니라 단식할 수 있도록 도외주는 것입니다."

지난 2월 초 하루도 빠짐없이 복용해오던 고혈압과 전립선비대증 약을 끊었다. 고혈압약은 10년 전 감기로 병원에 들렀다가 혈압이 높다고 해서 처방받기 시작해 오늘에 이르렀다. 혈압이 정상이면 3개월분의 처방을 받고, 혈압이 높아지면 약을 추가하는 형태로 최근까지 네 알씩 복용했다. 매일 10년이다. 전립선비대증은 2년 전에 나타나 역시 매일 저녁 두 알씩 복용해왔다.

전립선 진단을 받기 전에는 하룻밤에 세 번씩 깨어나서 소변을 보곤 했는데 처방받은 후로 정상이 되었다. 확실하게 증상을 다스려줘서 그 동안 잘 지냈다. 다만 원인치료가 아니어서 기약 없이 약을 복용해야 한다는 것이 불만이었다. 부작용이 없다고 하지만 그래도 약품인데 10년 이상 장기복용을 해도 문제가 없다는 말은 믿을 수 없다.

여섯: 가장 자연스러운 사람의 일생

나는 이제까지 전신마취 수술을 모두 세 번 받았는데 수술하는 날에도 항상 혈압약은 복용했다. 한의원에서 치료하며 약을 지을 때도 여전히 계속 먹으라 했다. 끊으라는 한의사는 본 적도 없다. 약을 끊으면 문제가 생길 수 있거나 확신할 수 없기 때문일 것이고 그만큼 고혈압이 위험한 질환이라는 뜻도 될 것이다.

나는 의사 말을 잘 듣는다. 처방에 대한 신뢰도 남다르다. 그렇지만 약과 함께 평생을 살아야 한다고 당연한 듯 말하는 것은 뭔가 아니라고 생각한다. 작년에는 목디스크 수술을 받았다. 이후 통증이 심하여 신경외과 약을 오랫동안 복용했다. 결과적으로 작년 한 해 복용하는 약이 매일 한주먹씩은 되었다.

약이란 것을 이렇게 밥 먹듯 먹어도 몸이 정화해내는 것을 보면 대단하다는 생각도 들지만, 그때마다 약이 아닌 원인치료를 받고 싶은 바람은 더욱 간절했다. 그러다가 약에 의한 독소라도 제거해보자는 마음으로 혈압약 끊기에 도전하기로 했다. 일정 기간만 끊고 다시 복용한다고 해도 그만큼 내 몸이 정화의 휴식기를 가졌다는 점에서 유익하리라는 계산이었다. 물론 그동안에 응급 사태가 발생하지 않는다는 것을 전제로 말이다.

고혈압과 전립선비대증 등 모든 약을 동시에 버렸다. 한동안 혈압이 190~110까지 오르기도 하고 두통도 있었는데 그때마다 발과 배를 따뜻하게 하거나 머리와 손가락에 사혈을 하며 몸을 조신調身하고 지냈더니, 한 달이 지날 무렵부터 혈압이 떨어졌고 지금은 160~90 내외의 수준이다. 이제 해볼 만하구나, 하는 희망을 가지고 있다.

가끔 약간의 두통이 있는데 고혈압약을 먹는 중에도 종종 겪던 정도라서 신경 쓰지 않고 있다. 몇 개월 더 지내보고 병원에 가서 진단을 받을 생각인데 야단맞을 각오를 하고 있다. 약을 먹지 않고 몸을 다루는 것에 대한 확신이 서면 '혈압약 끊기 전도사'로 나설 생각이다. 내 권고를 몇 명이나 따를지 모르지만……. 우리 신부들 사이에서는 고혈압약을 복용하는 연령이 점점 낮아지는 추세이고 의외로 많은 숫자가 복용 중이다.

마을에 들어올 무렵, 나 자신의 역할에 대한 고민을 잠시 했었다. 가족들의 신심생활을 독려하고 공동체 영성과 의식을 성장시키는 일, 마을 운영의 논의와 결정에 참여하는 문제, 그리고 내 자신의 노동에 대한 문제 등이 생각과 고민의 대상이었다.

2006년 2월 입촌한 직후 오전에는 독서나 집필 시간을 갖고 오후에는 가족들과 함께 일을 하는 것으로 일과를 정했다. 그런데 그렇게는 곤란했다. 다른 가족들은 땀 흘려 일하고 있는데 책상 앞에 앉아서 글을 쓰거나 책을 본다는 것이 뭔가 아닌 듯 어색하고 마음이 편치 않았다. 일주일 만에 계획을 버리고 오전과 오후 모두 밭으로 나가 함께 일했다. 밭 노동은 힘들었지만 대신에 밥을 많이 먹게 되고 건강도 좋아졌다.

그렇게 2년 반을 보내고 2008년 여름, 주일미사를 주례하려고 제의를 입는데 머리가 어지러웠다. 구토를 심하게 하는데 맹물만 쏟아냈다.

미사를 못하고 누워서 휴식을 취해도 더 심해졌다. '혹시 뇌혈관 계통의 문제는 아닐까?' 불길한 생각도 들었다. 병원에 가보자는 마음으로 시외버스를 탔다. 다행히 제자단의 경충호 테오도로 형제가 마을에 왔다가 동행해주었다. 버스 안에서도 구토는 계속됐다.

성모병원에 입원해서 검사를 받는데 정확한 이유는 알 수 없었고 다음날에야 "바이러스가 달팽이관으로 침입한 것 같다"는 정도의 소견을 들었다. 이틀 동안 감자 캐는 일을 했고, 또 이틀 반 동안 축대작업을 하느라 육체적으로 조금 무리를 했다는 생각이 들었다. 몸살이 그런 형태로 나타난 것이 아닐까? 약을 복용하고 쉬니 4일 만에 회복되어 퇴원했다.

이듬해에는 왼쪽 손가락이 저리는 증상이 나타났는데 점점 힘을 쓸 수 없고 급기야는 물건을 들 수조차 없었다. 목디스크라고 했다. 제천에 나가 침도 맞고 안악관절 교정도 받았지만 호전이 없었다. 성모병원에 가서 MRI 촬영을 했더니 경추 5~6번 사이 디스크가 신경을 심하게 압박하는 상태라고 사진으로 설명해주면서 수술하면 될 거라고 했다. 공기 청정한 산촌에 들어가 산다면서 이거 원, 체면이 말이 아니다.

생활권이 서울이라면 날마다 사우나로 몸도 풀고 한방이나 지압, 물리치료를 하면서 수술 안 받고 어떻게 해볼 수도 있을 텐데, 마을 생활에선 그럴 수도 없었다. 수술을 결정했다. 설명을 들을 때는 간단한 수술인 줄 알았는데 목 앞쪽을 절개하여 식도와 기관지 등을 젖히고 경추에 시술하는 고난도 수술이었다. 그런 줄 알았더라면 못했을 것이다. 의사의 말이라면 그냥 믿는 습관대로 내가 결정한 것이니 누구를 탓할 일도 어쩔 일도 아니다.

　나와 같은 환자를 만난다면 건강의 중요성으로 볼 때 수술이 아닌 방법으로 최선을 다해볼 필요가 있음을 설득하고 싶다. 마음은 아쉽고 께름칙하지만 손에 힘도 생기고 해서 현재의 수술 결과는 다행으로 여기고 있다. 평소 바른 자세로 생활하는 습관이 중요하다는 큰 각성을 했다.

　단양성당의 조규남 주임신부를 만났을 때 수술한 사실을 말했더니, 당신도 목디스크 수술을 했었다면서 수술 전에 알았더라면 운동으로 치유하는 법을 먼저 시도해볼 수 있었을 텐데 아쉽다면서《통증 없이 산다》라는 책을 한 권 주었다. 월남전에서 총상을 입은 장교가 고통을 극복하고자 스스로 터득한 운동법이라고 한다. 목, 허리 등의 교정과 치료에 필요한 자세들이 사진과 함께 설명되어 있었다. 부록으로 요약된 부분을 복사하여 가족들에게 나누어주었는데, 반응은 시큰둥했다. 아직 건강하다는 뜻이리라.

　수술 후 어깨 경직 등으로 인한 통증클리닉 복용약까지, 하루 세 번을 계속 복용하다 보니 약을 보는 것만으로도 두려움이 생길 지경이었다. 그러던 중《나는 혈압약을 믿지 않는다》라는 책을 보게 되었다. 알고 보니 저자 선재광 원장은 내가 화양동 본당에 있을 때 함께 활동했던 분이었다. 내용의 골자는 이러하다.

1) 혈압은 사람마다 몸이 요구하는 수치가 다르기 때문에 일률적 기준으로 고혈압, 저혈압을 규정하는 것은 맞지 않다.
2) 혈압이 높아야 하는 사람인데 약으로 혈압을 제압해버리면 필요한 혈의 공급이 이루어지지 않아 순환기 장애가 생길 수 있다.

3) 혈압약으로 제압하면 몸이 혈압을 더 높이려고 애를 쓰게 되고 혈압약 처방은 늘어날 것이다.

4) 8년 정도 복용하면 전립선 계통의 문제와 당뇨가 나타나는 것은 필연적 순서다.

5) 강압으로 인한 혈압 부족 현상으로 뇌 손상을 가져와 치매가 빨리 나타날 수 있다.

6) 혈압약을 평생 먹어야 한다는 것은 잘못된 상식이다. 약을 끊어도 문제가 없으니 당장 끊고 대체치료를 시작하면 된다.

해독제 환약을 받았다. 발과 배를 따뜻하게 하고 뜸을 하라고 했다. 혈압약을 끊고 20여 일쯤 지났을 때 머리가 많이 아파서 두통약을 먹을까 하다가 혈압약을 먹어보자 하고 복용을 했는데, 즉시 120~80으로 뚝 떨어졌다. 다른 때 같았으면 혈압약을 먹어도 140~90이 기본이었는데, 그렇게 떨어진 것은 내 몸이 그만큼 순수해진 것인지 아니면 다른 이유 때문인지 모르겠다.

두 달 접어들 즈음부터 지금까지 8개월째 평균 160~90을 유지하고 있다. 섭생과 생활습관을 바르게 하면 될 것 같다는 생각이 든다. 요즘은 우리 밭에서 나는 채소들을 많이 먹고 있고, 몸에 약을 섞지 않는다는 것만으로도 가벼워지는 느낌이다.

공동체 마을도 하나의 작은 세상(Little society)이다. '선교사의 가방에 있는 것 세 가지는 빵, 분필, 청진기'라는 말이 있다. 인간의 삶에 가장 절실한 것이 '의식주, 교육, 의료'라는 뜻이다. 삶의 기본이 되고 절실히 필요한 것은 스스로 해결하게 되어 있다. 그래서 어느 원주민 세계를 가도 굶어죽지 않고 서로 살아가게 되어 있고, 아이들을 가르치고, 아플 때 치료하는 의사 역할을 누군가 하고 있는 것이다. 주변의 풀과 나무들이 치료약과 보약이 되는 것도 그런 이유다.

공동체 마을이 건강하게 성장하려면 치료약이 될 수 있는 산야초와 나무에 대해 잘 아는 이가 있어야 도움이 되고, 침이나 뜸, 지압을 할 줄 아는 가족들도 필요하다는 생각이다. 동시에 현대의학의 도움을 받을 수 있는 고리도 필요하다. 우리 자녀들 가운데 의학과 한의학 전공자가 나왔으면 좋겠다. 일상의 건강 운동을 위해서 전통적인 무예 같은 것도 필요하지 않을까 생각한다.

할 일은 많은데 사람이 없다!

송아지가 태어났다는 소리에 순식간에 모여든 어른, 아이 모두 침묵이다. 아무도 조용해야 한다고 말하지 않았지만 모두 숨을 죽이고 있다. 확실히 탄생이란 위대하고 경외로운 순간이다. 소가 바닥에 떨어진 태반을 먹자 누군가 침묵을 깬다.

"엄마, 엄마도 나 태어날 때 태를 먹었어?"

"…… 조용히 해!"

현장교육은 필요하고 소중하면서도 더러는 종종 난처할 수도 있겠다. 순진무구한 어린이들의 눈에 비친 의심은 곧 대답해야 할 진리다. 그러므로 뚱딴지같은 질문이라고 하면 안 되겠다.

제 새끼 사랑은 소나 사람이나 경계가 없다. '눈에 넣어도 아프지 않을 내 자식!'이다. 나는 낮은 소리로 축가를 불러주었다.

"송아지, 송아지, 누런 송아지, 엄마소도 누렁소, 엄마 닮았~네에."

아이들 일곱 명 중 한 명도 따라 부르지 않고 쳐다보지도 않는다. '송아지' 동요를 모르다니 슬픈 일이다. '송아지'나 '학교 종'은 이제 퇴출 버전인가 보다.

송아지의 뽀송뽀송한 털이 너무 곱고 예쁘다. 그런데도 어미 소는 계속해서 혀로 새끼를 핥아주고 있다. 특별히 무릎 주변을 집중적으로 핥아준다. 잠시 후 송아지는 비틀거리며 일어선다. '독.립!'이다.

새끼가 홀로獨 서는立 것이 어미 소의 관심사다. 제 새끼가 독립할 때까지 마음이 놓이지 않아서인지 어미 소는 '어서 일어나 걸어보라'고 계속해서 무릎에 기를 불어넣고 있었던 것이다. 나는 그렇게 생각했는데 정확한 해석인 것 같다.

몇 번이고 비틀거리다가 마침내 독립한 새끼를 그윽한 눈길로 바라보는 어미 소의 커다란 눈망울에 사랑이 가득하다. 소와 사람, 누가 더 자기 새끼를 사랑할까? 어미 소의 사랑은 출산하고부터 새끼의 독립을 돕는 일로 실천된다. 새끼의 독립에 관심이 있다!

그러나 사람은 자식의 독립을 원하지 않는다. 자식을 통해서 행복해야 하고 소유임이 확인되어야 하기 때문이다. 자식은 부모의 행복을 위한 대상이어야 하는가? 그렇다. 부모와 자식, 형제와 자매, 나와 이웃 모두 서로가 서로에 대한 행복의 대상이어야 한다. 그래서 사람은 함께 사는 데 의미가 있다.

어미 소에 비추어볼 때, 사람은 자녀 사랑의 방정식을 알지 못한다. 부모는 자식이 최대한 빨리 독립하도록 돕는 것이 사랑이란 것을 모른다. 늘 아직은 어린 자식일 뿐이다. 우리 마을에서 강산이는 유치원 다니기 전부터 저녁기도 전례의 복사를 시작했다. 아이가 제 알아서 할 수 있는가 없는가는 부모의 마음이 결정하는 것이다.

그래서 서른이 넘어도 김치 담그는 것을 못할 수 있다. 서른이 넘도록 등록금과 용돈을 대주면서 독립을 방해하는 부모도 많다. 진정한 자식 사랑이 아니다. 자식에게 많은 유산을 남겨주는 것도 사랑이라고 볼 수 없다. 이런 면에서 사람은 진정한 자식 사랑에 무지하다는 생각이다.

인간은 사유하고 지성을 가진 존재라고 동물과의 차별점을 말하면서도 왜 동물보다 새끼 사랑에 무지한 걸까? 동물은 사유와 지성이 없어도 자연의 질서를 따르는 데 어긋남이 없는데, 인간은 스스로 만물의 영장이라고 하면서도 자연의 이법을 넘어서 사는 것이 지성이라고 생각한다. 그래도 '지성인'이라고 하니 소가 웃지 않을까?

소가 태반을 깨끗이 먹어치웠다. 한우 교육에서는 태반을 먹으면 감염 위험이 있기 때문에 먹지 않게 하라고 한다. 하지만 소가 스스로 그렇게 하는 것이니, 그것이 맞다고 생각한다. 우리는 자연보다 더 큰 스승이 없다고 생각해서 내버려두는데, 그렇게 해서 우리 마을에 지금까지 열두 마리의 송아지가 태어났다.

인위적으로 무엇인가를 하지 않아도 될 것은 되게 되어 있다! '스스로 자自, 그러할 연然', 그것이 자연인데 왜 자연을 신뢰하지 않을까? 전공자들은 늘 사족蛇足이 문제다. 그러나 이해하는 면도 있다. 너무 지저분한 공장식 축사 바닥에 떨어진 태반을 어미 소가 먹는다는 것을 생각하면 감염 우려는 당연한 것이다. 분뇨로 질퍽거리는 우사 바닥은 '자연'이 아니기 때문이다.

송아지는 일어서자마자 젖을 문다. 그것도 '자연'이다. 젖 빠는 법은 가르쳐주지 않아도 태어날 때부터 할 줄 알기 때문에 자연이라는 것이다. 어미 소는 새끼가 태어나 젖을 먹는 한동안 새끼의 대변과 소변을 자주 핥아 먹는다.

새나 짐승들은 새끼 똥을 먹어버리거나 물어다 멀리 버린다. 다른 금수들이 냄새를 맡고 침입할 수 있기 때문에 냄새가 풍기지 않도록 특별 단속을 하는 것이라 한다. 소가 태반과 분비물을 흔적 없이 깨끗하게 먹어치우고, 새끼의 변과 오줌까지 핥아 먹는 것도 같은 본능의 맥이 아닐까 싶다.

어미가 이렇게 하는 이유는 새끼를 깨끗한 상태로 돌보아서 새끼의 항문과 생식기가 제 기능을 하도록 돕기 위한 것이기도 하다. 태 속에서 동물은 머리가 가장 먼저 성장하고 항문이 가장 늦게 형성된다고 한다. 항문이 아예 열리지 못하고 태어난 경우도 있다. 그래서 어미 소는 항문과 생식기에 신경을 쓴다. 배설이 제대로 되어야만 안심하는 것이다.

우리는 여태 태어난 송아지 가운데 한 마리를 실패했는데, 태어날 때부터 항문이 너무 작았고 성장이 이루어지지 않았다. 수의사가 곧 성장할 거라며 영양제만 놓고 갔는데, 결국 수술도 받아보지 못하고 죽었다.

소는 입으로 새끼의 똥을 치워주지만 사람은 기저귀를 발명했다. 사람은 기저귀를 차는 유일한 동물이다. 기저귀란 홀로서기獨立를 방해하는 물건이 되고 있다. 아기가 걸어 다닐 즈음부터 발가벗겨 키워서 스스로 배변가림을 할 수 있게 가르치는 대신 방바닥에 똥 묻히는 것을 허락하지 않고 계속 기저귀를 채우는 것은 어미 소가 새끼 송아지의 항문을 핥아주는 역할을 포기하는 것이다. 소가 사람보다 못하다고 할 것인가?

한 아기가 기저귀를 그만 찰 때까지 버리는 일회용 기저귀의 양이 족히 1톤 트럭 한 대 분량은 될 것이다. 사람은 원죄原罪를 안고 태어난다는 것이 그리스도교의 공식 교리다. 원죄는 유아세례로 사함을 받는다고 해도, 일회용 기저귀 때문에 숲을 파괴하고 환경을 오염시킨 원죄만큼은 피할 수 없게 되었다. 이건 부모의 죄일까, 아기의 죄일까?

송아지는 어미의 모든 것을 태 속에서 배운다. 어미의 사랑과 헌신, 인내와 절제, 두려움, 노동, 게으름, 미움, 시기와 질투도 모두 배운다. 임신 280일 동안 어미 소는 이미 스승이고 교사였다.

산모들은 좋은 클래식 음악을 들려주는 것이 태교라고 여긴다. 하지만 잘못 아는 것이다. 태교란 없다. 어미의 삶이 있을 뿐이다. 자신의 삶이 태아에게 복사될 뿐이다. 시간과 공간을 초월한 교육이므로 신비의 차원이다. 자신에게 일어난 신비의 세계를 알지 못하면 태교는 없다.

나는 생각하는 존재로서 생의 경험과 믿음도 가지고 있지만 내 생각이 반드시 옳은 것은 아니며 더 큰 옳음이 존재한다는 것,

내가 경험적으로 아는 것은 부분일 뿐이며 전체 세계가 있다는 것,

내 믿음은 분명하지만 모두가 그 분명함 때문에 속는다는 것,

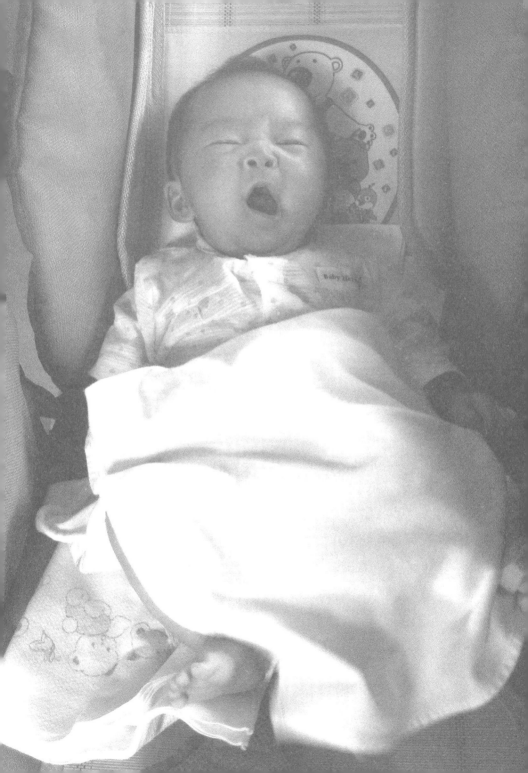

작은 것이 큰 것을 모두 알 수는 없다는 것,

나와 관련된 일이면서도 내가 알지 못하는 어떤 일이 일어나고 있다는 것,

그것들에 대해서 내가 확실하게 모르는 존재와 시간과 공간과 세계가 '있다'는 것.

엄마의 생각과 행동이 바르면 태아의 천성도 좋고, 엄마의 마음이 고우면 아이의 성질도 곱다. 엄마가 영적인 존재에 대한 경외심과 신심과 신비의 차원을 믿고 희망하고 생활하면, 태아에게도 영적 차원이 함께하는 종교 심성이 부여된다. 그러므로 진정한 태교란 회심과 회개, 그리고 영성의 삶이다.

어미의 태 속이 송아지 본래의 집이요 학교였다는 것을 생각하면서 '태胎'라는 것을 생각한다. 인간이란 생명에게 가장 완벽한 환경이 태 속이다. 알맞은 수분 함량과 영양성분, 안전한 놀이터, 쾌적한 보온과 완벽한 보호 시스템, 어미에 의한 외부와의 커뮤니케이션……. 태 속은 남지도 부족하지도 않은 환경이다. 바로 거기서 자기 존재가 시작되었기에 사람들은 그곳을 고향으로 삼는다.

힘들고 어려울 때 본능적으로 원초의 환경을 회고하면서 어머니를 생각하는 이유도 그 때문이다. 그 옛날 어느 때인가 가장 완벽한 사랑 안에서 행복했던 품을 그리워하는 것이다. 예수님도 너무 힘들고 어려울 때 그렇게 기도하셨다.

"아버지, 제 영혼을 아버지의 손에 맡깁니다!"

"아버지, 제가 창세 이전에 아버지와 함께 있었던 곳으로 저를 불러주십시오."

이때의 아버지는 가부장 시대 친밀성의 비유일 뿐 남녀의 성(性)이 아니다. 하느님은 절대 존재이시기에 반쪽짜리 개념에 해당되지 않는다. 따라서 '하느님 어머니'로 부를 수 있다.

출산한 어미 소는 아직도 피가 흐르고 있는 자신의 뒤태를 한동안 핥으며 스스로 아픔을 달랜다. 무덤덤한 표정이지만 아주 힘들 것이다. 아파도 새끼를 위해 먹어야겠다고 생각했을까? 입맛 없는 표정으로 여물을 찾아 먹다 말다 한다. 주방에서 미역국을 끓여왔는데 먹어본 적이 없어서인지 별로인 표정이다. 먹을 기운도 없을 것이다.

"고생 많았다. 소야. 쟁기질 훈련에서 낙방했으니, 새끼나 잘 낳거라. 그것이 네 몫이다."

그러고 보니 '문명인'이라는 사람들만 제 손으로 새끼를 낳지 못하는 것 같다. 만약에 산부인과병원이 없어진다면 현대인들은 어떻게 될까?

툰드라 지대의 유목민 사회에 관한 다큐멘터리 영상을 본 적이 있다. 영하 30도의 엄동에 수십 명의 대가족이 썰매를 타고 이동하는데, 낳은 지 일주일 된 빨간 아기를 안고 바람을 피하려 애쓰던 여인의 얼굴이 떠오른다.

어떤 여중생이 학교 화장실에서 출산을 했다는 기사도 떠오른다. 얼

마나 힘들고 고통스럽고 외로웠을까? 젊은 여성들의 출산력과 자연분
만의 힘이 떨어지는 것은 건강의 문제보다 두려움의 문제라고 생각한
다. 아닐 수도 있겠지만……. 출산은 고통이다. 그래서 산고産苦겠지. 태
어나는 과정은 사람이나 짐승이나 다를 리 뭐 있겠는가. 모든 생명의 탄
생은 위대하다.

　아이들을 물끄러미 바라보며 어미 소가 말한다.
　"우움~머!" (번역: 코 좀 풀고 와라!).

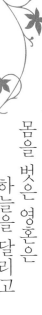

몸을 벗은 영혼은
하늘을 달리고

전주교구 김진룡 안토니오 신부의 선종미사에 다녀왔다.

"김진룡 신부 장례미사 16일 10시 중앙성당, 제의지참 요망."

처음 휴대폰 문자로 도착한 소식에 부모님 상을 당했구나 생각했다. 그런데 자세히 보니…… 현실이었다. 허무의 공간으로 떨어지듯 휑한 바람이 가슴을 쳤다.

김진룡 신부는 금년 53세로 군산 오룡동 본당 주임신부를 맡고 있었다. 서품 23년차. 가장 정제되고 기품과 능력을 갖춘 사목자로 무르익은 시기인데 훌쩍 불려가게 되었다. 아쉽고 무상한 마음이 너무 공허하다. 어쩔 수 없지. 목숨이란 물건이 다 그런 것이니…….

영결미사 전날 오후 전주로 향했다. 먼 거리지만 직접 운전하기로 했다. 최종수 신부가 운영하는 진안의 '만나공동체'를 찾아갔다. 얼굴이

여섯 : 가장 자연스러운 사람의 일생

299

수척해 보이는 것이 고생이 많은 듯했다. 두 사람이 겨우 누울 만한 그의 방에 함께 누워 소등을 하고서도 밤 깊도록 이야기가 오갔다. 공동체 건설 과정에서 겪고 있는 동병상련의 마음을 나눴다.

김진룡 신부는 최근 얼굴이 많이 상기되어 있었다고 한다. 운명하는 날 새벽미사 때도 몸이 힘들었는지 잠시 미사를 멈추었다고 한다. 미사를 마치고 자전거를 타고 나갔는데 평소에 전군가도全郡街道를 자주 달렸다고 한다. 전군가도는 일제시대에 건설된 전주-군산 간 산업국도인데, 도로 양쪽으로 고목이 된 가로수로 유명하다. 지금은 외곽도로가 뚫리면서 차량이 별로 다니지 않아 자전거 하이킹 코스가 되었다.

김 신부는 자전거를 타다 통증이 나타났는지 가드레일에 기대어 앉아 있었단다. 한참만에야 등교하던 학생들이 발견하여 119에 연락을 했고, 응급실로 옮겨졌으나 그의 영혼은 몸을 따라가지 않고 바람을 따라 다른 곳으로 떠나버렸다. 새벽미사 후에라도 병원에 가봤더라면……. 안타깝고 아쉽지만 인명재천人命在天이라 하니 어쩔 수 없는 일이다.

아침식사 무렵 경기도 양평 꼰벤뚜알 프란치스꼬회의 윤종일 신부가 들어섰다. 그는 팔당 두물머리(양수리)에서 4대강 반대를 위한 기도를 수년째 진행하고 있다. 함께 식사를 하고 중앙성당으로 갔다.

영결미사에서 나는 마침 김진룡 신부의 흑백사진 영정 바로 앞에 앉게 되었다. 조용하고 그윽한 눈길도 표정도 여전해서 미사 시간 내내 김 신부와의 인연을 회상했다. 나의 생을 이끌어주신 부르심과 응답의 길목들에 대한 생각들로 가득했다.

처음 만나기 전까지 김 신부와 나는 단지 동시대에 같은 가톨릭 신앙인 집안에서 성장했다는 것, 서로 사제로 불리는 환경에 있다는 것을 공유할 뿐이었다. 같은 사제지만 교구도 신학교도 달랐다. 김 신부는 전주교구, 나는 서울교구였으니 어쩌면 얼굴 한 번 마주치는 일 없이 살아갈 수도 있었다.

그렇지만 우리는 사제직 가운데서 또 한 번의 불리움을 받았는데 '정의구현전국사제단' 활동이었다. 교구를 넘어 연대하는 사제로서 형제애를 나누었고 그는 공동대표를 맡기도 했다.

가톨릭 사제들은 주어진 소임에만 충실해도 하느님의 일에 투신한 독신의 생애로 인정받고 좋은 사제로 살아가는 데 문제가 없는 삶이다. 그럼에도 눈총을 받아가면서 사제단 활동에 참여하는 것은 세상 가운데로 거듭 이끄시는 분의 힘에 의해서다.

1996년부터 나는 사제단 총무를 맡고 있었는데 운영회의 때 김 신부가 전주교구 대표로 참석하면서 자주 만났고 서로 마음이 통하여 깊은 우정을 나누게 되었다. 회의 때나 대화할 때 김 신부의 음성은 항상 낮고 느렸으며, 과묵했고 늘 경청하는 타입이었다. 마음새김이 깊고 무엇에나 진지하면서도 경계감 없이 소탈한 성품이었다. 시국 문제를 다루는 회의 분위기가 격앙되면 신부들은 늘 강경한 대안을 내놓기 마련인데, 그때마다 호흡을 가다듬게 해주었던 중화中和의 기풍을 기억한다. 기도와 묵정默靜의 세계를 지녔던 전형적인 외유내강의 인품이었다.

뭔가 알았을까? 김 신부는 평소 사제관에서 옷을 대충 벗어놓는데, 사고가 있던 날 아침에는 모든 옷들을 아주 가지런히 가려놓았었다고 한다.

그 말을 들으니 오래전 사고로 떠난 동창 신부 이운기 스테파노가 생각났다. 당시 신학교에서 영성지도를 하고 있었는데, 후배 신부들과 스쿠버를 배우러 갔다가 사고를 당했다. 사제관에 들어가보니 책상 위 독서대에 장례미사 경본이 펼쳐져 있더라고 한다. 또한 최근에 찍은 칼라 정장 사진을 큰 액자에 담아두었다고 한다. 그 액자가 장례식 영정이 되었다.

알 수 없는 일이다. 사람이 떠난 다음에야 그의 동정을 회상하며 '그랬었구나!' 하는 것이지만, 자신의 마지막 가는 길을 미리 준비하는 행위는 아주 많고도 다양하다. 말로 표현하는 경우도 있다. 그러나 망자가 자신의 죽음을 준비했었다는 사실은, 의식意識으로서가 아니라 영적인 감응의 응답을 일상생활 속에서 무의식적으로 드러내는 것으로 이해한다. 자신도 가족도 이웃들이 보기에도 평소와 변함없는 모습인데, 마지막 집을 나선 걸음이 되고 작별인사가 되어버린다.

김 신부의 시신은 장례미사 후 승화원에서 화장을 하고 오후에 치명자산 성직자 묘역에 봉안되었다. 교우들과 변함없이 성당에서 미사를 드리고 불과 이틀 반 만의 일이다.

묵묵히 듣기를 좋아했던 그가 자주 그리울 것이다. 서로 고해성사를 나누고 대화하며 함께 녹차를 마시고 싶은 마음이 종종 생길 것이다. 세월이 흘러도 김 신부의 모습은 우리 사제들에게 회상의 성사로 남아 있을 것이다. 우리가 그를 기억하는 만큼, 그가 생전에 지녔던 덕행이 모든 형제 사제들의 인격이 되고 덕목이 되기를 간구한다. 우리의 인연을 맺어준 한국 교회와 사제단과 모든 사제들의 성화를 위해 기구해주시기를 기도한다.

자전거 페달을 밟으며 전군가도를 활주로 삼아 승천해버린 김진룡 신부! 바람과 구름 사이로 옷도 신발도 육신마저도 하나둘 모두 벗어 던지고 멀어져가는 그를 생각하며 호남고속도로를 달린다. 길게 뻗은 고속도로는 어딘가에서 하늘로 연결되어 있을 것만 같다.

3월 중순의 함박눈발이 쏟아진다. 추월해가는 차량들도 가드레일도 차창을 어지럽히는 눈발도 모두 낯설기만 하다. 내가 지금 도로를 달리고 있는지, 하늘을 날고 있는지……. 이대로 이륙해버릴 것 같은 느낌이다. 멀리 회색 하늘 아래 자전거를 타고 손을 흔들며 떠나는 김 신부의 뒷모습이 나타났다 사라진다.

"신부님, 만나서 좋았습니다. 존경하고 사랑합니다. 또 만납시다!"

죽음의 문을 열면, 가장 먼저 보이는 것은 무엇일까?

울
지
마
톤
즈

　이번 추석 연휴에는 서울의 어머니 댁에서 지냈는데, 두 편의 영화를
보았다. 〈울지 마 톤즈〉와 〈엘 시스테마〉인데 모두 감동적인 다큐 영화
였다. 〈울지 마 톤즈〉는 아프리카 수단의 한국인 슈바이처로 알려진 이
태석 신부의 헌신적 생애와 마지막 시간을 다룬 영화다.

　영화를 보는 내내 울었다. 내가 너무 편하게 살고 있다는 부끄러움에
슬펐고, 생의 이별이라는 안타까움에 울었다. 그리고 '항암 치료'라는 의
료 방식에 화가 나기도 했다.

　이태석 신부는 살레시오수도회 신부다. 의대 출신인 그는 수도생활의
부르심을 받았고, 서품을 받자마자 주저 없이 찾아간 곳이 중앙아프리
카 수단의 '톤즈'라는 지역이었다. 나환자와 빈민 청소년을 위해 의료와
교육 사목을 열성과 헌신으로 펼쳤다. 그러다 모처럼 가진 휴가 중에 건

여섯: 가장 자연스러운 사람의 일생

305

강검진을 받게 되었는데 뜻밖에도 대장암이 진행 중이라는 판정을 받은 것이다. 항암 치료를 시작했지만 1년 만에 운명했다.

죽음까지의 표현이 어찌 이렇게 단 몇 줄도 되지 않게 간단할까. 정말로 안타까운 죽음이다. 부르심에 응답하여 젊음을 투신했던 땅에 자신을 묻고 싶은 것은 모든 선교사들의 사랑이고 삶이다. 아마도 그는 사랑했던 땅의 사람들, 나환자, 가난한 청소년들의 얼굴, 그리고 톤즈의 하늘을 단 한 번만이라도 다시 보고 싶었을 것이다.

한 방송사 피디가 촬영한 현지의 추모 행진과 인터뷰는 이태석 신부가 항암주사에 매달려 최후를 맞이하게 해서는 결코 안 될 사람이라는 것을 웅변했다. 그는 이미 한국의 이태석 신부가 아니라 '톤즈의 쫄리 신부'였던 것이다. 쫄리를 회상하며 눈물을 흘리던 청소년들, 돈 보스꼬의 사랑하는 아이들이 있는 그곳이 바로 쫄리 신부의 마지막 숨결과 노래가 울려야 할 대지였다.

젊음을 바친 선교의 삶터를 단 한 번만이라도 다녀올 수 있도록 허락하지 않았다는 점은 도저히 이해되지 않는다. 쫄리는 자신을 내어놓았으되 '죽음을 향한 치료'는 그를 날지 못하도록 묶어놓았던 것 같다. '장산곶 매'의 전설처럼!

본당 사목을 하면서 교우들이 암 판정을 받는 경우를 종종 보았다. 치료받고 회복되는 경우도 많이 보았고, 결국 죽음을 맞이하는 경우는 더 많이 보았다. 본인들의 말에 의하면 항암주사를 맞으러 간다는 생각부터가 공포심에 질린다고 한다. 얼마나 괴롭고 힘들까. 그래도 믿고 살길은 그것뿐이라고 여기면서 매달리는 것이다.

항암 치료 후 탈모로 가발이나 수건을 둘러쓰고 나타난 교우들의 모습은 말할 수 없이 안쓰럽고 처연하다.

"신부님, 내가 무슨 죄를 지어서 이런 일을 당해야 합니까?"

"죄를 지어서가 아니겠지요. 예수님도 당신 죄가 아니라 세상의 죄 때문에 십자가에 못 박히셨잖아요."

'예수님은 세상의 죄를 대신하여 희생 제물이 되셨다'고 내 입으로 설교해온 것을 내가 믿어야 하지 않겠는가. 불치의 병들은 하느님께서 내린 것이 아니라 사람에게서 왔다. 자연의 틈새에서 자연의 이법과 조화롭게 살기를 거역하고, 인간 중심으로 생태 질서를 바꾸고 지배하려는 인간의 과학과 오만에 의한 것이다. 그것이 죄이고, 죄의 결과는 생명의 위협과 위기로 다가온다. 다만 그 당사자가 누구일지 모르는 룰렛 게임인 것이다.

악성종양(암)은 이제 불특정 다수를 대상으로 일어나는 흔한 질병이다. 발병률이 높아지는 것이 검진 기술의 향상 때문이 아니라 현대의 섭생, 환경, 체온 저하와 관련 있는 것으로 보는 견해가 더 많다.

현대인들의 체온은 40년 전에 비해서 1도 정도 낮아졌다고 하는데, 냉난방의 발달로 생활의 온도가 변화하기도 했다. 여름에 땀 흘리고 겨울엔 웅크리며 체온을 조절하는 계절의 리듬이 사라져버린 것이다. 냉장고의 출현, 농법의 개발, 수입 농산물로 인하여 계절 음식이 사라져버린 것과 평균체온의 하강이 관계가 있을 것이라고 한다. 한방과 민방을 다루는 이들은 일상 체온을 1도만 높여도 발암 예방과 항암 효과를 70퍼센트 이상 얻을 수 있다고 말한다. 전문가가 아니니까 사실인지는 모르겠다. 문화병인 것만은 확실하다! 악성 질환의 원인에 대한 여러 가지 견해들, 즉 체온 때문이든, 면역력 저하 때문이든, 식용유와 식품첨가물에 의한 내분비 질서의 교란 때문이든 간에 죽음의 그림자가 소비문화 생활 속에 늘 어슬렁거리고 있는 것이다.

병은 자연을 거스르는 데서 비롯된 것이니 자연에서 치유의 답을 찾아볼 수 있을 것이다. 하지만 나를 포함해서 많은 이들이 자연보다는 현대의학에 몸을 맡기고 산다. 정말 현대의학을 신뢰해서일까? 아니면 선택의 여지가 없기 때문일까?

종합병원에서 치료받다가 죽게 되면 어쩔 수 없는 일로 받아들인다. 100퍼센트 회생을 믿지 않는다는 뜻이다. 그렇지만 자연요법이나 한방으로 치료하다가 죽게 될 때는 어리석은 판단이었다고 말한다. 역시 100퍼센트 회생을 믿지 않았다는 뜻이다. 믿음 없이 치료를 맡기기는 마찬가지다.

현대의학도 자연요법도 살고 죽는 데는 반반이다. 목숨이 하나뿐이고 두 번 경험할 수 없어 검증할 방법이 없을 따름이다.

현대의학과 전통의 자연의학이 협진, 협방하는 길이 대안일 것이다.

중국이나 북한은 이미 오래전부터 그렇게 해왔다. 사람을 치료하는 데만 목적을 두는 것이다. 미국 메이저 병원의 고명의高名醫들이나 다수의 의과대학 교수들이 침을 시술하고 있다는 사실이 무엇을 의미하는지 새겨들어야 할 것이다.

나는 잔병치레를 많이 해서 늘 병원 신세를 지는데, 의사가 시키는 대로 잘한다. 한의원도 자주 간다. 침을 맞을 때는 한의사보다는 돌팔이로 폄훼하는 전통 침구인들을 찾아가야 효과가 확실하다. 비방秘方은 한의사 자격증을 가진 이들의 손을 이미 떠난 듯하다.

병치레로 병원이나 한의원을 자주 다니는 환자들은 의사를 만나면 고수인지 하수인지 알아보는 눈이 있다. 고수들은 치료에 대해 겸허하며 사람 냄새를 풍긴다. 사제도 그러하겠지!

나는 한방이나 민방의 자연요법도 존중하고 신뢰한다. 사람의 몸도 자연의 일부이니 치유도 자연을 활용하는 것이 정상적이라고 생각한다. 치유를 소명으로 삼는 이들은 환자들이 양방과 한방 사이에서 갈등하지 않게 해야 할 의무가 있다. 미래의 의료 시스템은 병자들이 의사를 믿고 몸만 맡기면 되는 협진, 협방의 종합 치료로 갔으면 좋겠다.

무엇보다 치유는 건강을 잃었을 때의 문제이고, 근본 해답은 건강한 몸으로 사는 것이다. '목숨은 하늘에 달렸다'는 진리를 숭앙하고, 살아 있는 순간을 선물로 고백하면서 건강을 잘 돌보아야 한다. 서로 섬김으로 하늘의 부르심에 순명하는 생활이 곧 건강한 삶이다.

우리 눈에는 안타까운 현실이지만 젊은 한 생을 온전하게 헌신한 이태석 신부를 하늘에 불러 올린 사실만으로도 하느님께서 그를 얼마나 사랑하셨는지 생각한다. 생의 길고 짧음은 인간의 기준일 뿐, 하늘의 뜻은 따로 있을 것이다. 예수님은 쫄리 신부가 선교사로서 최고의 향기로운 꽃을 피우도록 하여 당신의 십자가 제단에 분향으로 삼았다.

"너희는 세상이 빛이다. 세상 사람들이 너희를 보고 아버지를 찬양하게 하여라!"

그
날
밤
에
보
았
네

마취에서 깨어난 몸에는 온갖 호스와 부착물들이 주렁주렁 달려 있
다. 한 줄 한 줄이 생명선일 것이다. 의식은 멀쩡해서 다 보이고 들리는
데 말을 할 수 없고 움직일 수도 없어 고통이다. 나는 살아 있음이 분명
한데 외면당하는 듯하다. 소외란 두려운 일이다. 경보음이 울려야 간호
사들이 달려온다. 내게 어떤 조처가 필요하다면 즉각 쫓아오지만, '나'
는 망망대해에 떠 있는 외로운 조각배 위에 홀로 눕혀진 몸이다.

이럴 때는 생각을 돌려야 좋다. 드라마에서 종종 보았던 그런 처지의
주인공이 되었다고 상상하니 재미있는 일이다. 이런 경우 주인공이라면
죽지 않지만, 나 같은 조연이나 단역들은 죽는 경우가 훨씬 많다. 그래
봤자 극중 연기일 뿐이지만……. 생각도 잠시다.

긴 잠에 빠진다면 행복할 텐데 잠들고 싶어도 잠이 오지 않는다. 표현

할 길 없는 괴로움만 한이 없다. 누워 있지만 침상도 방도 땅도 아닌 허공에 누워 있는 듯하다. 내가 있을 자리가 아닌 곳에 누워 있다. 이런 게 진통제 효과일까? 특별히 아픈 곳도 없는데 편안한 곳도 하나 없다. 하루가 족히 지난 것 같은데, 겨우 한 시간 지났나. 힘들고 괴롭다.

어느 날 산소호흡기에 의지해 중환자실에 누워 있는 내 모습을 상상한다. 순간 두려움이 밀려온다. 나는 지금처럼 또렷이 모든 말을 들을 수 있는데 '아직 의식이 없다' 하며 간호사들만 왔다 갔다 할 뿐 보고 싶은 얼굴들은 하나도 없다. 꼭 이렇게 기약 없이 누워 있어야 한다면 어쩌나…… 죽고 싶어도 죽을 길이 없을 것이다. 안 돼! 공포감이 겹겹이 높은 산처럼 밀려온다.

"제가 지은 죄가 많습니다. 자비를 베푸소서!"

그날 밤에 나는 보았다.

그리고 그날 밤에 내가 보고 느낀 것들에 대해서 눈물로 동의했다.

그동안 알지도 못하고 체험도 없으면서 지금 살아 있음이 선물이며 축복이라고 말했다는 것을,

항암 치료를 받는 교우에게 기도해주면서도 그 고통의 근처에도 가지 못했다는 것을,

스스로 목숨을 끊을 수 있는 괴로움의 처지가 얼마든지 실재(實在)한다

는 것을,

차라리 죽여달라고 애원하고 저항해도 죽어지지도 않는 욥의 절규가 사실이었다는 것을,

아브라함의 품에 안긴 거지 나자로를 시켜서 손가락에 물을 찍어 혀를 축이게 해달라고 애원했던 어떤 부자가 실존했었다는 것을(루가 16.19~31),

꺼지지 않고 타오르기만 하는 고통의 연옥불이 있다는 것을,

연옥이 있으니 지옥이 있고 또한 천국도 있다는 것을,

연옥에서의 정화의 시간은 살아오며 쌓은 것과 비례한다는 것을,

이승에서의 희생과 사랑만이 그 정화의 시간을 줄여줄 수 있다는 것을,

사랑과 자비심과 용서, 배려와 나눔의 헌신만큼 값진 것들이 또 없다는 것을.

그날 밤을 지새우며 울고 또 울면서 나는 그 모든 것에 동의했다.

내 생애 가장 겸손한 엎드림으로, 내 생애 가장 슬픈 눈물 사이로 목격했다. 스스로 죽음을 선택한 고독한 영혼들을 떠올리면서 구원송을 바친다. "저희 죄를 용서하시며…… 연옥 영혼 중의 가장 버림받은 영혼을 구하소서!"

항암 치료로 탈모되어 가발을 쓰고 나타난 이들이 죽기보다 싫더라는 고통의 증언을 이제야 조금 느낀다. 항암주사를 맞지 않고서도 공감한다.

사랑하는 그 사람들의 얼굴을 떠올리며 간구한다.

"오, 주님, 우리 한숨 들으사, 자비를 베푸소서. 영원히!"

언제부터인가 집에서 운명할 수 있는 노부모도 임종 때가 되면 중환자실로 실어간다. 참으로 고귀한 이승에서의 마지막 시간을 중환자실에서 호흡기로 연명시키며 가장 고독하고 비참한 종말을 맞게 한다. 그것은 못마땅한 일이다.

나는 중환자실에서 절대 죽고 싶지 않다. 그러나 그때는 이미 내 마음대로 되는 상황이 아닐 것이다. 내 의식이 살아 있고, 내가 그 모든 것을 느끼면서도 표현할 길이 없다면 얼마나 슬플까? 나는 그 혼돈의 시간을 지금의 짧은 영적 체험으로 겪고 있는 것이다. 두렵다.

죽음에도 품격이 있음을 믿는다. 기품 있는 죽음은 선종善終이며 최고의 은총이다. '이만 하면 충분하다' 할 때가 죽음이 준비된 때인데, 그 순간에 하느님께서 부르시어 가는 것이 선종이다. 그렇지만 꼭 그럴 수는 없고, 약간의 할 일이 남아 있는 아쉬움 가운데 불려가더라도 선종이 아닐까?

그래서 가족들에게 평소 남길 말을 하고 갱신하는 훈련을 해야 할 것 같다. 유서를 써놓고 종종 함께 읽는 것도 좋겠다는 생각이다.

고백건대, 나는 살아 있는 사람을 불러가 달라고 기도한 적이 있다. 매월 정기적으로 환자 방문을 할 때였다. 85세 되신 할머니 한 분이 중증 중복장애로 10년을 꼼짝없이 누워서 말도 못하고 일어나지도 못하고 눈만 껌벅이며 지내셨다. 작은 며느리가 모시고 살면서 먹여드리고 대소변을 받아내야 했다.

할아버지도 계셨는데 몸은 건강하지만 치매로 인해 종종 가출을 하셨

다. 지금이야 구립 노인센터도 많고 도우미도 보내주곤 하지만 1990년 대 초에는 그런 것도 없었다. 외출 한 번 못하면서도 말없이 살아가는 착한 며느리는 "어머니의 식성이 너무 좋으신데 마음껏 잡수게 하지 못 하는 것이 늘 마음 아프다"고 했다. 지금도 나는 그가 천사였다고 믿고 있다.

어느 날인가 또 방문했을 때, 할머니도 자식들도 모두 고난이니 이제 는 돌아가셨으면 좋겠다는 마음이 들었다. 성당으로 돌아오면서 그렇게 기도했다. 그런데 얼마 후 할머니께서 돌아가셨다는 전언이 왔다. 덜컥, 마음이 걸렸다. 하느님께서 주도하시는 일이라고 스스로를 위안했다.

장례미사를 드리며 말했다.

"할머니, 미안합니다. 할아버지도 잘 돌봐드릴 거니 걱정 내려놓고 가 세요. 착한 며느리, 아들, 손녀가 잘 살게 빌어주시고요."

그런데 장례 후부터 할아버지께서 시름시름 앓으시다 한 달이 조금 넘어 돌아가셨다. 할머니께서 마음이 안 놓였던 것일까.

'그러한 기도'는 두 번 다시 하지 않는다. 대신에 내 자신을 위한 선종 의 기도를 자주 바친다. 우리 마을 저녁기도는 '선종의 은혜를 구하는 기도'를 마지막으로 바치고 있다.

죽음은 내려다봐야 잘 보일까, 올려다봐야 잘 보일까?

　가톨릭교회에선 죽음을 '선종善終'이라 한다. 신심 속에서 아름답게 맞이하는 임종에 '착할 선善'을 붙여준 것 같다. 가장 아름답고 인간다운 마무리는 어떤 죽음일까? 자기 죽음의 색깔은 자신의 삶이 만든다. 좋은 삶이 좋은 죽음을 만든다는 것을 나는 세계의 공동체 마을 노인들의 죽음을 전해 들으면서 더욱 확신했다.

　수술 후 짧지만 고통스런 시간은 영적 탐험과 같은 체험이었다. 생의 건강과 아름다운 마무리에 대해 자주 생각하게 했다. 어떻게 마무리되는 죽음이 가장 행복할까를 생각했다. 이런저런 생각 끝에, 죽음을 능동적으로 맞이하는 방법으로 '단식'을 떠올렸다.

　미국의 스코트 니어링은 100세가 되자 단식으로 생을 마감했다. 치매가 있었다고 한다. 간디의 후계자인 비노바 바베도 자신이 세운 빠우나르 아쉬람에서 그렇게 마무리했다. 인도의 지성들은 단식으로 죽음을 맞이하는 전통을 아직도 따른다는 설명을 들은 바 있다. 죽음으로 떠나기에 좋은 시기라는 것을 느낄 때, 이제는 신께로 귀의하겠다는 뜻을 자녀들에게 알려 도움을 받는다고 한다.

자녀들은 편안한 침대와 금식에 필요한 우유와 소금을 준비해놓고 명상에 도움이 되는 분위기를 만들고, 친구와 친지들에게 알린다. 소식을 접한 친구들은 여유롭게 방문하여 추억의 대화를 나눈다. 임종을 하면 가족과 가까운 친지들만 모여 간소하게 장례를 치른다.

단식의 결정은 어느 때 하게 될까? 기준은 다양하겠지만 대표적으로 두 가지 경우라고 할 것이다. 첫째는 타인의 손을 빌려야만 먹고 마시고 배설할 수 있는 상태로 더 이상 병원 치료로 호전이 불가능할 때다. 그래서 의사들도 이 시기에는 막연한 기대에 매달리게 하지 않는다.

둘째는 자신의 경험이 후손에게 도움이 되지 않을 때, 즉 치매가 심해질 때다. 이미 정신에서 실제적 뇌사가 진행되고 있는 것이다. 가장 가까운 자식과 친구들이 치매의 경중을 자주 설명해준다고 한다. 이제 내 몸은 떠나가는 것이 가족과 세상에게 도움이 되는 때라는 징표로 삼는다.

나는 마을에서 한 달에 한 번 단기입촌 프로그램을 진행할 때마다 참가자들에게 이런 내용을 들려주면서 중환자실에서 천박하고 비참하게 죽어가지 말자고 강조한다. 그러나 오늘날 가정에는 노인의 임종을 챙겨

드리고 지켜볼 수 있는 자식도 손자도 없는 실정이다. 모두 뿔뿔이 흩어져 돈벌이에 바쁘게 살아가기 때문이다. 노환의 부모를 중환자실로 모시지 않으면 자식으로서 도리가 아니라고 여기는 풍조도 있고, 어차피 장례는 종합병원에서 치르기를 선호해서 중환자실로 가는 경우도 있다.

어떤 참가자들은 내 말에 동의하면서, 산 위의 마을에 그런 마무리의 집을 만들고 모임과 인터넷 카페도 만들자는 의견도 제시한다. 좋은 생각 같다. 아름다운 석양을 바라보면서 새 벗을 사귄다는 것은 먼 길 가는 우정의 도반을 만나는 일이 될 것이다. 행여 '노인들 자살 카페'가 생겼다고 하진 않을까?

자발적 단식으로 생을 마감하는 것은 자신에게는 의식세계를 명료하게 관조하며 떠나는 건강한 죽음이고 자식들에게는 마지막 정과 사랑을 나누며 헤어지는 방법이 될 수 있다. 주어진 모든 생을 자투리 하나 낭비 없이 충만하게 사는 길이 될 것이다. 노구의 노환이 분명한데도 호흡기로 연명시키는 것은 타인에게 가야 할 의료의 기회를 빼앗는 것일 수 있다고 생각한다.

아무튼 삶에 대한 미련이야 있겠지만 몸부림치며 가지는 않는 게 좋을 것 같다. 삶은 구속받지 않을 자유가 있듯이, 방해받지 않는 죽음이라야 자유롭고 행복할 수 있을 것이다. 평화로운 죽음을 스스로 설계하는 것은 생의 마지막 권리라고 생각한다. 나도 죽음에 친숙해지기 위해서 유서를 마을에 내어놓고 자주 읽어야겠다.

매비둘기 한 마리 또 창가에 왔다!

선종의 은혜를 구하며

사랑하는 산 위의 마을 가족들에게,

내가 부름 받을 날을 알 수는 없지만, 나는 언젠가는 다가올 죽음을 보다 거룩하고 숭고하게 맞이하고 싶습니다. 그날에 수호천사께서도 함께 오실 터인데 낯설지 않을 것입니다. 저는 '수호천사께 드리는 기도'를 자주 바쳐왔고, 또 평소에도 그분의 도움을 많이 받아왔기 때문에 내 마지막 길에서는 그분의 얼굴을 뵈올 것이라 믿고 있습니다.

"우리 돌아갈 곳 주님뿐이니, 오직 주님만을 믿으며 사랑하나이다."

저를 데리러 오시거든 향주삼배를 올리며 정중히 맞이할 것입니다.

녹차 한잔 대접할 시간만 청하겠습니다.

"두려워 마라. 걱정을 마라. 주님 계시니 아쉬움 없네.

두려워 마라. 걱정을 마라. 주님 안에서……!"

저녁기도 시간이면 자주 불렀던 찬양으로 발걸음 가벼이 따라갈 것입니다.

그 순간이 왔을 때 아쉬움에 울지 않기 위해서, 저는 살아 있는 동안 믿음과 사랑으로 열심히 생활하겠습니다.

"주님의 손길 받아들이는 자, 희망을 잃지 않으며 고난과 슬픔에서 구원받으리라.

주님의 전능하심을 믿는 자, 굳건히 서리니 기쁨의 순간을 알며 언제 부름 받을지 알고 있으리라.

주님 앞에 진실하며 거짓 없는 자, 곧 선으로 충만한 인생을 맞으리라.

기도하고 찬양하며 신과 함께 가라. 그리고 선을 행하라.

천국의 장엄함 믿는 자, 거듭나리라.

주님에 대한 믿음 굳건한 자, 버림받지 않으리라."

우리 마을 가족들과 지도자들은 저의 죽음에 대한 친권자입니다.

어디에 있건 제 명의로 된 등기와 재물과 권리는 모두 마을의 것입니다.

내 어머니와 누님과 동생들, 가족 모두 그렇게 알고 있습니다.

"누가 내 어머니이고 형제고 누이입니까?

아버지의 말씀을 듣고 따르는 이 사람들이 바로 내 가족입니다."

공동체의 책임자들은 제 노년의 모양에도 책임이 있습니다.

제가 불치병 진단을 받으면 어느 정도인지 정확히 알려주기 바랍니다.

치매에 걸렸으면 그 증상 정도를 알려줄 의무가 있습니다.

정신이 돌아온 순간에 유서를 내보이며 말하면 됩니다.

내 손으로 먹고 마시고 내 발로 배설을 다루지 못하는 처지가 된다면 그때는 생의 마지막 시점에 왔음을 서로가 암묵하도록 합시다.

그때에 내게 가장 필요한 것은 먹고 싶은 음식이 아니라 단식할 수 있도록 도와주는 것입니다.

허기진 단식은 경험상 좋지 않았으니, 우리가 만든 효소액과 좋은 죽염을 곁에 준비해준다면 수시로 입에 넣고 침을 삼키면서 하루 석 잔씩 맛있게 먹으며 지내겠습니다.

맑은 정신으로 가족들과 여러 벗들을 종종 만나면서 지나간 날들을 회상하고 감사하면서 기도하는 시간을 가지고 싶습니다.

마을을 떠난 가족들의 얼굴이 보고 싶을 것입니다.

학교에서 돌아온 아이들이 찾아와 불러주는 노래와 이야기를 들으며 지내다가 나의 천사를 맞이한다면 이 얼마나 큰 행복이겠습니까.

"그 도성에 들어가려고 자기 두루마기를 깨끗이 빠는 사람은 행복하다."

내가 병원에 있는 상태에서 듣고 말할 수 없을 때는 회복 가능성 운운에 귀 기울이고 갈등할 필요가 없습니다.

아는 얼굴이라곤 아무도 없는 중환자실에서 산소호흡기에 의지해 무진 애를 쓰면서 기약 없이 홀로 누워 마지막 고귀한 시간을 허비하게 하는 것은 최악最惡이고 죄악罪惡입니다.

그것은 가장 비인간적이고 추한 죽음입니다.

그것만은 피해갈 수 있도록 도와주기를 간곡히 바랍니다.

저는 감사할 일도, 용서를 청할 사람들도 너무너무 많습니다.

살아오면서 많은 분들의 은덕을 입었지만, 저는 그분들께 실망을 안 겨드렸습니다.

칠죄종七罪宗에 매인 인간적 욕망과 능력의 한계 때문이었음을 고백합니다.

저를 사랑하고 도와주셨는데 실망했던 분들께 크신 자비를 구합니다.

저로 인해 상처받았던 모든 분들께도 용서를 구합니다.

이 글을 쓰는 지금 누구에게도 더 이상의 미움이나 섭섭함이 없습니다.

잠시의 만남까지도 모두 감사하고 오직 한 마음, 사랑하는 마음뿐입니다.

제가 가는 영원한 걸음에서 여러분을 위해 부족함 없이 기도하겠습니다.

모두 감사했습니다. 사랑합니다. 또 만납시다.

"Omnia, Dominum! Deo Gratias!"

2011년 5월 28일

박기호 다미아노 신부 합장

유서 : 선종의 은혜를 구하며

323

산 위의 신부님

ⓒ 박기호 2011

초판 1쇄 발행 2011년 10월 7일
초판 3쇄 발행 2011년 11월 28일

지은이 박기호
펴낸이 이기섭
기획편집 김윤희 이선희
마케팅 조재성 성기준 정윤성 한성진
관리 김미란 장혜정
디자인 김리영

펴낸곳 한겨레출판(주) www.hanibook.co.kr
등록 2006년 1월 4일 제313-2006-00003호
주소 121-750 서울시 마포구 공덕동 116-25 한겨레신문사 4층
전화 02)6383-1602~3 **팩스** 02)6383-1610
대표메일 happylife@hanibook.co.kr

ISBN 978-89-8431-505-1 03810